MW00748798

中国十大变态凶杀案

蜘蛛◎著

十宗罪2

湖南文艺出版社
HUNAN LITERATURE AND ART PUBLISHING HOUSE

博集天卷
CS·BOOKY

目　录

十宗罪 2

有鬼电梯

过去属于死神，未来属于自己。

——雪莱

有个少妇，钥匙忘在了公司，她带着儿子半夜回公司拿钥匙。

公司在四十楼，那是一座国际投资大厦写字楼，共有四部电梯，电梯都超龄使用很久了。

四部电梯，夜间只开放两部，一部电梯因故障维修暂停使用，只剩下一部平时用来运送货物的电梯。四部电梯中，只有这部货梯没有监控。

这座大厦多次流传电梯闹鬼事件，很多职员都遇到过诡异现象。例如电梯失灵，自动门常常在十八楼无故打开，但是门外并没有人；例如在夜间走出电梯，会听到身后传来令人毛骨悚然的冷笑声，然而回头看，电梯里却空无一人；电梯监控甚至还录制到一件难以解释的事，监控长约一分钟，画面显示两个白领男士

走进空荡荡的电梯，一分零十秒的时候，电梯停住，两个交谈的男士走出电梯，恐怖的是他们身后竟然多出一个低头弯腰的老太婆。

少妇从来不信鬼魂之说，她和儿子搭乘电梯到四十楼，楼层的人全都走光了，阴森森的，非常安静，走廊上光线很暗。少妇回到公司手忙脚乱地找钥匙，其间还给出差的老公打了个电话。十几分钟后，少妇终于找到钥匙，回到电梯口，电梯竟然停在了楼上——四十一楼。

少妇以为有人按了呼梯按钮，大厦里常有加班到深夜回家的职员，她也不以为异。

少妇看到儿子的鞋带松了，她要儿子按住电梯，自己则蹲下去低头给孩子系鞋带。

电梯很快下来了，自动门打开，儿子不知为何却松开了手，一动不动呆傻傻地站着。

电梯门关上，很快就下去了，少妇系好鞋带，责备孩子为什么不按住按钮，孩子不知道看到了什么恐惧的画面，吓得小脸煞白，说不出话来。据说，孩子的眼睛很纯净，能够看到灵异现象。少妇重新呼唤电梯，好奇地询问孩子看到了什么。

孩子：电梯里有一个姐姐。

妈妈：这有什么害怕的，胆小鬼。

孩子：妈妈，没有脚的人怎么走路？

妈妈：残疾人呀，可以坐轮椅，要不就用拐杖。

孩子接下来的一句话，让妈妈汗毛直立。

孩子：那姐姐，也没轮椅和拐杖。

妈妈：可以坐在地上，双手撑着，爬出来。

孩子：她个子比人都高。

妈妈也感到此事很古怪，她俯下身子问道：那个姐姐，站在电梯里，没有脚？

孩子害怕地抱住妈妈说：她没有站在地上。

有鬼电梯

妈妈抱起孩子，一阵阴风吹过，她不寒而栗，只感到脊背发冷。电梯从下面又缓缓升上来。妈妈胆战心惊，犹豫着要不要乘坐这部电梯，但她实在没有勇气走下四十楼。等待电梯的时候，她的脑海里出现一幅惊恐的画面：电梯门打开，会不会出现一个骇人的悬空女鬼，长发红衣，舌头还伸出来，滴着血。

终于，电梯在少妇面前停下了，门缓缓地打开了。

电梯的恐惧之处在于——你永远不知道电梯门打开以后你会看到什么。

◎第一章 尸体痉挛

2008年10月17日，一对母子夜间回公司办公室拿钥匙，电梯门打开后，一个球形物体滚到妈妈脚边，竟然是一颗血淋淋的人头。妈妈吓得直跺脚，大声尖叫；孩子目光呆滞，惊恐万分地指着电梯，妈妈定睛细看，电梯里有一具无头尸体，诡异的是，那具无头尸体竟然站在电梯里。

电梯四壁溅满鲜血，血液蛇形流下，灯光惨淡，电梯中间站立着一个无头女人。

这骇人的一幕吓得妈妈几乎昏厥过去，她想抱着孩子离开，但浑身瘫软，没有力气，手哆嗦着按了好几次手机按键，才拨通了110报警电话⋯⋯

110指挥中心迅速向辖区警方发出指令，当地警方火速赶赴现场，大厦安监主管和保安部门积极配合工作，安抚受惊的母子俩，第一时间切断了案发电梯的电源。

警方分为两组，一组负责做讯问笔录，另一组进行现场勘察。

勘察工作进行了一整夜。

特案组次日清晨赶到，看到案发现场保护得非常好。一个姓周的警官担任现场负责人，他向特案组沮丧地表示，尽管工作了一整夜，但是目前还不能

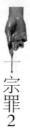

確定这起案件是自杀或他杀还是意外死亡，所以请求特案组协助侦查。

画龙说：头都掉了，还能是自杀吗？

周警官说：我从来没有见过这样蹊跷的案子，你们相信有鬼吗？

死者名叫温小婉，是一名编辑，出版公司位于该大厦的四十二楼，也就是顶楼。案发当天，她独自一人加班到深夜，回家时死在电梯里，身首异处，双手被丝巾反绑，头虽然掉了，但身体站立不倒。当时，四十楼的一对母子正欲乘坐电梯下楼，偶然发现电梯里的血案，继而报警。

警方根据目击者的描述以及初步验尸报告判定：

死亡时间——夜间十一点左右。

死亡地点——电梯，这里是第一案发现场。

死亡原因——非自然性死亡。

周警官介绍道，经过摸排调查，案发前些天，死者温小婉和男友分手，郁郁寡欢，有自杀倾向。案发当天，因工作出错，编辑部领导责令她加班完成，回家时死在电梯里。目击者中的那个小孩，曾经看到她悬空站在电梯里，警方推测——她当时应该是吊在电梯里。

小孩只看到一个悬空的女人，没有看到电梯里有其他人。

警方据此认为有可能是自杀，但是现场勘察中没有发现绳索钢丝之类的东西。奇怪的是，电梯顶部也没发现重物悬挂的痕迹。

尸首分离的原因是外力猛烈拉扯造成，电梯事故中时有这种惨案发生，警方根据血液喷溅痕迹，基本排除了意外死亡的可能。脖颈部创口并非利器切割造成，看上去就像是用绳索或者钢丝勒住死者的脖子，硬生生地将头勒了下来，或者将死者悬空吊起，然后抱住死者双腿，借用自身力量，将死者的头用力拽断。

画龙说：怎么可能，凶手即使力大无穷，也很难将一个人的头硬生生地勒下来。

周警官说道：电梯四壁的血液喷溅痕迹显示，当时只有死者一个人，她

的头断了的时候，周围没有人，如果有人的话，会挡住喷溅的鲜血，警方勘察电梯内壁时肯定能够发现。

苏眉说：很多女性都害怕一个人坐电梯，怕鬼，怕被困在电梯里。

包斩问道：死者双手反绑的丝巾是谁的？

周警官说：丝巾是死者的，捆绑得并不紧，究竟是死者自缚还是凶手所为，目前还不清楚。我们也是从这点上，认为这个案件十有八九是他杀。但是以往也有自杀者反缚双手上吊或跳河的先例，还需要进一步勘察才能证实。

梁教授说：我的直觉认为这是他杀，一起不可能犯罪案件，表面现象和逻辑上都不可能发生的犯罪行为，凶手具有很高的智商，了解密室杀人的特点。

现场勘察结果显示，凶手就像从空气中消失了一样，或者说，凶手根本就未出现过。现场没有指纹，没有鞋印，没有凶器，没有留下任何可供破案的线索。这起案子就像是电梯里的一个幽灵或者一个恶鬼所为，它猛地掐住独自乘坐电梯的女性，用一种不可思议的力量，硬生生将其头拉扯了下来。

苏眉说道：站着的死人，我还是第一次见到。

周警官说：是啊，这个站着的死人，还没有头，我们去听一下法医怎么解释。

法医介绍说，死后站立，是一种特殊的尸体痉挛现象，一种罕见的尸僵现象。

尸体痉挛发生于死亡的一瞬间，因肌肉收缩僵直而将死亡时的姿态或表情固定下来。

尸体痉挛是一种极其少见的肌肉僵硬现象。它是人死后没有经过肌肉松弛，而在临死时的一瞬间，肌肉立即强硬收缩，并迅速形成尸僵，将肢体固定在临死时的姿势。多发生在精神高度紧张或脑损伤时，也发生于延髓受到严重

的机械性损伤时。

尸体痉挛可以是局部的，也可以是全身的。局部尸体痉挛保存生前最后一瞬间的身体局部某些肌群收缩状态，这种局部尸体痉挛比较多见。例如，某些拿刀刎颈、持枪自杀者，死后手中还紧握着致死工具。自勒死者，双手还抓紧勒绳。生前溺死者手呈鹰爪状，手中紧握水草和泥沙。某些中毒死者，还可以留下临死时的痛苦表情。全身尸体痉挛使尸体固定死亡前的全身姿势。在战场上，有的士兵虽已死亡，但仍保留端枪射击的姿势，或者紧抱对方，与对方同归于尽的姿势。在出现尸体痉挛的场合，大多是局部尸体痉挛，只有极少数呈全身尸体痉挛。

死者温小婉的头断了，但是在死亡的一瞬间，因尸体痉挛现象，她僵直的身体并没有倒下，而是一直站着。她的头滚落在电梯里，四十楼的那对母子呼叫电梯，电梯停下时，人头因电梯的颠簸而滚出门外。

电梯内空间狭小，警方很快就结束了案发现场的勘察工作，尸体也被转移到辖区警方的验尸室，准备进一步解剖分析。

特案组四人站在四十二楼的电梯口，当时，死者温小婉就是从这里走进电梯的。

梁教授让大厦安监主管开通案发电梯的电源，让周警官在一楼记录电梯运行时间，让安监主管在四十楼呼叫电梯，他打算作一个电梯运行时间的测验。

电梯门开了，血迹还未清理，里面弥漫着一股浓烈的血腥味。

苏眉摆着手说：非得坐这电梯吗？咱们能不能不……

包斩似乎闻到了什么，电梯内的血腥味中夹杂了一丝奇怪的味道，一种焦煳味。

包斩警告道：最好还是不要进去，这部电梯有问题。

画龙耻笑两人胆小，推着轮椅上的梁教授走进电梯，包斩和苏眉只好硬着头皮跟进去。梁教授通知一楼的周警官和四十楼的安监主管开始记录时间，电梯门很快就关上了。

有鬼电梯

电梯内灯光昏暗，特案组四人都没有说话，他们想到死者当时也是站在这部电梯里。

梁教授仔细观察，电梯四壁的血迹在灯光下显得非常骇人，脚下的一块地毯硬邦邦的，很久没有更换了，地毯上也浸有死者的鲜血，电梯顶部的排风扇是坏的，没有安装电梯防火装置。

电梯在四十楼停下，安监主管按下秒表，告诉梁教授电梯的运行时间。

梁教授点点头，电梯门很快就关闭了，继续下降。

突然，电梯内的灯光闪烁了几下，竟然停电了，电梯内一片黑暗。这部超龄使用的电梯，没有任何预兆，从四十楼急速坠落。很多人以为电梯急救时，可以在落地的一瞬间跳起来，避免灾难发生，但是在失重条件下，人根本无法跃起……

生死一线，电梯如果落到底层，也就是负一楼，特案组四人就会被摔成肉酱。苏眉大叫起来，画龙眼疾手快，危急中按下电梯的几个按键，急速下落中，四人一个趔趄，电梯猛地在一楼停下了。

电梯一般都带有自锁装置，如果下落速度超过限度，电梯轿厢就会锁住。

黑暗的电梯中，四人都有捡回一条命的感觉。

灯闪了几下，重新亮了起来，电梯自动启动了紧急备用电源。

电梯门打开，周警官一脸惊讶，奇怪地问道：你们，怎么这么快？

特案组四人心惊肉跳，每个人都惊出一身冷汗。

画龙擦擦额头上的汗，推着梁教授走出电梯，说道：从地狱里回来的。

包斩扶着脸色煞白的苏眉随后走出来，他说道：这部电梯有故障，停止运行。

梁教授说：凶器找到了。

周警官说：在哪里？

梁教授说：这部电梯就是杀人凶器！

十宗罪 2

◎第二章 悬空女尸

特案组让周警官召集警员，在大厦的会议室里举行案情发布会，和以往不同的是，梁教授并未分析案情安排任务，而是先给大家出了一道谜题。

这道题也是美国FBI（美国联邦调查局）的犯罪推理测试题，能在一分钟内解答正确的，才会被FBI录取。

会议室里警员的积极性被调动起来，大家跃跃欲试，显得很兴奋。

FBI测试题：一个坐轮椅的老人搭乘电梯下楼，电梯里空无一人，只有老人自己，但是到了楼下的时候，电梯门打开，人们发现老人已死，背上插着一把短剑，凶手是如何做到的？

在场警员议论纷纷，电梯这么一个狭小的空间，没有凶手，但是那把致命的剑如何解释？

会议室里的警察想破脑袋也无法作出合理的解答，眼看一分钟的时限就要到了。

包斩脱口而出：利用弹力绳子和电梯向下的力发射短剑，这是凶手不在现场的杀人方式。

大家恍然大悟，一个警员提出疑问，凶手如何判断轮椅老人的位置？

包斩解释说：坐轮椅的人在电梯里的位置，肯定靠近电梯按钮，凶手的短剑即瞄准那个方向。短剑的柄上，凶手事先连接了一根弹力很强的橡胶绳子，穿过电梯的换气孔，橡胶绳子的另一端系在电梯井道上方的某个固定物上。当电梯向下时，橡胶绳子就会随着电梯的下降而伸长，长度达到极限，橡胶绳子就会绷紧断掉，因为具有弹力，短剑就会像弓箭或者子弹一样射出，杀

有鬼电梯

死受害人。

梁教授点头赞许道：回答正确，接下来，我们要找什么，我不说，大家也能猜到了。

包斩主动请缨：电梯井道或者电梯顶部的机房里肯定有凶手留下的痕迹，我一定会找到的，只是不知道凶手使用的是什么样的绳子，钢丝、尼龙细绳，还是碳纤维纺织绳索？

梁教授说：我们先来研究一下脖子。

苏眉拿出一幅准备好的颈部解剖图，图上构造分明。最外面是皮肤，皮肤下面是肌肉和淋巴结，两侧有纵向血管和神经，前方有呼吸道和消化道，筋膜后是脊柱。脖子很脆弱，软组织很多，只有一根骨头，以脊柱颈部为支柱。脊柱的环状软骨中间有韧带，刽子手在砍头时瞄准这个位置，就可以轻而易举地砍下人头。

特案组详细分析了整个凶杀过程。

死者的创口在颌下三角，只有机械的力量才能把人头活生生撕断。假设杀人工具是钢丝，钢丝套住人头，另一端系在电梯井道上方的某处，通过电梯，这种机械产生了巨大的力。电梯不断下降，先是将死者吊在高处，头顶着电梯顶部，钢丝收紧，勒进脖子，勒进软组织，电梯顶部出现死者血液的第一喷溅点，钢丝勒进脊柱的韧带，那也是脖颈骨骼中很脆弱的位置，随后，人头被钢丝勒断，钢丝迅速没入电梯的通气孔，不见了。

整个杀人过程很快，几乎是一瞬间完成。

因为是瞬间发力，尽管死者脖颈处皮肤有撕扯痕迹，但整个创口很整齐。

然后，根据血液喷溅轨迹和分布图可以确定，死者死亡后一直是站立的，钢丝将人头勒断后，死者尸体痉挛僵硬，从空中落地，无头尸体落在电梯里，颤悠悠地晃了两下，始终没有倒。

无头尸体站在电梯里，脖颈处像喷泉一样喷出鲜血，溅满电梯四壁。

梁教授说：杀人绳索很细，具有超强度和弹性等特点，长度至少有两层楼那么高。

周警官不解地问道：钢丝绳还没找到呢，你怎么知道长度？

梁教授说：死者温小婉在四十二楼搭乘电梯，进入电梯后，肯定要按下一楼的按钮，凶手当时应该也在电梯里，他用钢丝套住死者的头，反绑双手，在四十一楼离开。目击者在四十楼，那对母子，妈妈低头给孩子系鞋带，没有看到电梯里的一幕，孩子看到的是一个悬在空中的人，这就说明绳子的长度最少有两层楼那么高。

画龙补充说：孩子看到的肯定不是悬在空中的尸体，当时受害人可能并没有死，只是被吊在电梯里，正在挣扎，双腿奋力向后跷起，这也是孩子说这个姐姐没有腿的原因。随后，电梯重新上来，目击者看到的是站立的尸体。

周警官提出一个问题：时间，从四十二楼下到四十一楼，只需几秒钟，凶手不可能在那么短的时间里，反绑受害人双手，套住脖子。

梁教授说：这个问题目前还无法解答，凶手的作案时间还是一个谜。

会议结束前，梁教授分配了任务。包斩对电梯井道进行仔细勘察，寻找凶手留下的作案工具和痕迹；苏眉走访死者所在公司的同事，了解相关情况，尤其是要掌握与死者发生过矛盾的人；画龙和周警官负责排查案发时大厦里的留守人员，重点排查电梯控制室以及知道死者加班的人员，列出一个详细的名单。

梁教授叮嘱大家，工作一定要细致，凶手的名字很可能就隐藏在这个名单里。

大家各负其责，很快展开工作。

案发时是星期五，两天后，大厦里各公司的职员都开始上班了。

一个加班到深夜的女编辑在电梯里被杀，头都断了，但是身体还站着。这个恐怖的噩耗传来，就像炸了锅一样，死者温小婉所在的出版公司的同事都感到非常震惊，大家无心工作，当天就有三名职员递交辞职报告。他们每天都要乘坐电梯上下班，看到那部案发的电梯就感到非常恐惧，相信每个同事在很

有鬼电梯

长一段时间里都会有心理阴影。

苏眉对出版公司的主编进行了讯问：温小婉的男朋友也在那三名辞职人员中吧？

主编说：是的，出版编辑跳槽啊，人员流动啊，都是很正常的事情。

苏眉说：我更认为和这起案子有关，你们公司有什么竞争对手吗？

主编说：竞争很激烈，每一家出版公司几乎都是我们的竞争者，四十楼就是一家文化公司。

主编简单介绍了一下，他们出版公司和四十楼那家文化公司虽同在一座大厦办公，但是因为竞争关系，以前有过一起法律诉讼纠纷，最终以文化公司败诉告终。

苏眉用笔记录下主编的话，然后询问了温小婉的男友。他叫杨子，和温小婉是同事，一名图书策划编辑，做过不少悬疑类的图书。案发后，警方曾去他的住所做过讯问笔录，没有发现什么疑点。

杨子接受询问时，表现得很平静，他的态度是此事与他无关，他和温小婉已经分手了。

苏眉提示说：你们分手仅仅一个星期，同事证实，你们以前感情很好，分手时大吵了一架。

杨子将头歪向一边，用一种平淡的语气说：恋人分手，不都是这样吗？

苏眉说：你的眼睛有点红肿，看得出，你哭过了，我们调查得知，你送过她一条丝巾。

杨子看了苏眉一眼，低下头，他的眼泪又流了出来。

杨子告诉苏眉，分手前，温小婉拉直过头发，做过离子烫，晚上都不敢睡觉，怕把头发压变形。他知道一种小窍门，在枕头上垫条纱巾或者真丝的东西，起床后，头发就不易变形，所以送她一条丝巾。

苏眉说：看来你们关系挺好的，但是你的网络日志中有这么一段话，我念一下——

我的每一次恋爱都是初恋，一辈子爱一个人是不可能的，人世间有千娇百媚，美女如云，我总要领略不同的女人，感受不同的爱，有热情似火的相爱，有刻骨铭心的感情，有温情脉脉的依恋，这样过一辈子，才不算虚度。霉菜扣肉好吃，我凭什么一道菜吃一辈子啊。

杨子不耐烦地打断苏眉的话，说道：这就是我的爱情观，怎么啦？

苏眉说：你写在日志里，是故意气她的吧？

杨子提高音调说道：我烦她，小婉这个女人嫉妒心太强，天天吃醋，我看美女照片她都和我闹别扭，还要检查我的手机短信，不许我干这，不许我干那，烦死了，索性分手。

画龙和周警官的排查没有什么进展，大厦物业管理部门下设几个工作组：安全组，维护组，卫生组，水电组。电梯血案发生时，大厦里每个小组都有几名夜间值班人员。电梯监控室本来有两名值班人员，因为案发当晚，唯一运行的电梯没有安装监控，两名值班人员就请假离开了。安全组的两名保安夜间巡视时，也没有发现什么异常情况。

画龙和周警官逐一询问，要求值班人员都写下案发时自己在做什么，以及与被害人的关系。

温小婉长相一般，不过身材火辣，穿衣着装很时尚，一头飘逸的秀发，从后面看上去，她的背影非常迷人。尸检结果显示，她并没有遭受性侵犯，夜间值班人员无人认识她，只有几人对她有点印象。

包斩先对电梯机房进行了仔细勘察，电梯机房里有曳引轮和导向轮，底座上没有发现钢丝悬挂的痕迹。包斩有些失望，又对电梯井道底部进行检查，希望找到钢丝绳索之类的杀人凶器，然而除了垃圾外一无所获。

包斩几乎就要放弃的时候，在电梯井道顶部的导轨支架上发现了一处悬挂点，摩擦痕迹很新，防锈漆已经剥落，很显然，这个点上悬挂过重物，看来

这里就是系着钢丝绳的地方。

　　然而，包斩又产生了新的疑惑：凶手是从何处进入电梯井道的呢？

　　只有两个地方：

　　一、电梯机房，用三角钥匙可以打开，这种钥匙值班人员都有。

　　二、电梯里，开起轿厢顶活板门，凶手爬到轿厢顶部，也可以将钢丝拴在导轨支架上。

　　尽管没有找到钢丝绳索等杀人工具，但是包斩在垃圾桶里发现了一个奇怪的东西。

　　包斩说：我检查了一下四十二楼、四十一楼、四十楼电梯口的垃圾桶，希望能发现凶手随手扔掉的作案工具。我在垃圾桶里发现了一个奇怪的东西，这种东西我们常常见到，但是现在看上去很怪异。

　　画龙不耐烦地说道：什么东西啊？以后你就直接说，我最烦你卖关子。

　　苏眉笑道：小包一向很严谨，究竟是什么呢？

　　包斩拿出一个证物袋说道：一根奇怪的香蕉，香蕉上还缠着胶带，里面是空心的。

　　梁教授说：小包，你在哪个楼层发现的？

　　包斩说：四十一楼的垃圾箱，看起来至少有两天没有清理了。

　　透明的证物袋里放着一根香蕉，果皮完整，内部中空，奇怪的是香蕉上还缠绕着胶带。

　　梁教授仔细端详，他问大家：谁能告诉我，这根香蕉是干吗用的？

◎第三章　电梯十忌

　　包斩：自慰，这个香蕉是用来自慰的！

苏眉：啊，自慰！男用还是女用的啊？

梁教授笑而不语，画龙忍不住哈哈大笑起来，包斩和苏眉的脸都有些红了。

这根香蕉很显然是男人用来自慰的，空心的香蕉里面发现了精液，还有一些用来润滑的洗面奶。

出于侦破案件的需要，特案组让人买了一些香蕉，挑选出粗细合适的一根。包斩首先用透明胶带将这根香蕉密密缠绕，然后在根部切开一个口，隔着果皮把柔滑的果肉揉烂挤出，揉捏时要保证香蕉皮的完好，然后注入一些洗面奶做润滑剂，这样就做成了一个自慰器具，和垃圾桶里发现的那根空心香蕉一模一样！

香蕉不会说话，但是这根无辜的香蕉分明在告诉警方：大厦里有一个性变态者！

画龙粗俗地说道：这个大厦里有一个操香蕉的人。

找出这个性变态的人并不难，尽管胶带上没有留下指纹，但可以对大厦里男性职员的DNA进行对比核实。然而，特案组根据目前的证据，还无法将这根香蕉和电梯无头血案联系起来。DNA检测耗时费力，付出很多努力，最终结果很可能找到一个与此案无关的性变态者。

特案组的侦破方向以搜寻作案工具为主，动员所有警力重点排查大厦里的垃圾桶以及可以丢弃物品的隐蔽角落，然而始终没有发现杀人用的钢丝绳索。

梁教授鼓励大家不要泄气，没有找到作案工具至少可以证明死者不是自杀。

特案组对凶手作出了简单的画像侧写：此人利用电梯杀人，说明对电梯结构及运行非常了解，电梯检修人员、电梯监控人员、巡夜保安、电梯清洁人员都具有嫌疑，应该重点排查。凶手杀人后，带走杀人工具，现场没有留下任何证据，整起案件的策划几乎可以说是天衣无缝，说明凶手具有很高的智商，

对细节非常重视。此人有可能常常看罪案凶杀小说，死者所在的出版公司的编辑，尤其是罪案推理类图书的编辑也具有嫌疑，需要作重点摸排。

周警官说：死者只是个小编，没钱，财物未丢，杀人动机不外乎情杀或者仇杀。

梁教授说：不要想得这么简单，犯罪动机多种多样，即使是仇杀，也许并不是和死者有仇，制造电梯血案，散布恐惧氛围，也有可能是和这个大厦里的所有人都有仇，或者仇视死者所在的出版公司。即使是情杀，也要考虑暗恋或者同性恋等因素。

警员分成了两组，画龙和周警官负责调查大厦物业职工，包斩和苏眉对死者所在的出版公司进行排查。这次的摸排任务，梁教授要求他们列出一个初步的犯罪嫌疑人名单，同时注意安全，凶手很可能还在这栋大厦里。

这次摸排，两个小组都有了新的进展。

包斩和苏眉对温小婉对桌的同事进行了询问，她是一名宣传编辑，别人都叫她钟小编。在询问中，这个女孩看上去很慌张，说话支支吾吾，一直在低头摆弄手指。刑侦审讯教程中明确写道，大部分撒谎者面对警察询问时，目光都会躲躲闪闪，还有撒谎者老爱触摸自己。

包斩并不认为这个钟小编就是凶手，因为凶手的心理素质不会这么差，直觉判断，这个女孩肯定知晓什么事情。

苏眉要她放下包袱，据实回答问题。

钟小编告诉警方，死者温小婉曾经被公司主编骚扰过，但上司骚扰办公室女下属已经司空见惯，几乎每家大公司都会发生这种情况，她自己也被上司骚扰过。令她恐惧的是，在这座大厦的电梯里，她经历过很多难以解释的诡异事情。

有一次，钟小编晚上加班，听到空无一人的走廊里传来敲碗的声音，跑出去看，楼梯拐角的墙壁上出现一个摇晃的人影，有人正在那里点蜡烛，奇怪的是当时并未停电。

还有一次，钟小编一个人乘坐电梯，深夜回家。下到十八楼的时候，电

梯停了许久，终于缓缓打开。外面廊灯昏暗，进来一个穿黑衣的人，那黑衣人打着一把伞走进电梯。

苏眉：那天，下雨了吗？

钟小编：没有，那天晚上有月亮呢，即使下雨，在电梯里也用不着打伞啊。

包斩：那电梯里有监控吗？

钟小编：有，一共四部电梯，只有货梯没有监控，我从来不敢乘坐货梯。

包斩：那个打伞的人，他想遮住自己的脸。

钟小编的博客上还写着一篇《电梯十忌》，由此可见这个胆小女孩多少有些迷信，摘录如下：

1. 电梯据说是阴阳门，能连接地狱和人间，常有鬼魂出没。现代电梯都采用的是不锈钢厢体，表面光亮，尤其是夜里单独乘坐的时候切忌凝视自己的影像，据说持续五秒钟以上就会见到可怕的东西。

2. 爱化妆的女士要注意了，如果东西掉在电梯里，低头捡东西时，不要从两腿之间向后看；如果掉下镜子，捡起时不要去看，镜子里可能会出现一张陌生的脸。

3. 如果在你即将进入电梯的时候，发现里面一个你不认识的人凝视着你，千万不要进电梯，借口按错了等下一趟吧。据说那个人就是鬼，常人扫一眼就把视线转移了。

4. 当你一个人在电梯里的时候，发现进来一个你不认识的人凝视着你，马上走出电梯，千万不要在里面停留，道理和上面一样。

5. 如果你不幸遇到了3或者4的情况，那么一定要记住，如果对方问你几点了，千万不要告诉他，据说那就是你的死期，找别的借口说我没带表或者说表停了。

6. 在电梯里忌讳问别人时间，那样容易让人误解，同时如果真有鬼在身旁，告诉你的时间就是你的死期，切记。

7. 女士和另外一个陌生男人站在电梯里，记住千万不要站在那个男人的

有鬼电梯

身后或者前面，你应该和那个人并排站。据说不管是恶鬼还是恶人都愿意从背后或者面前袭击人，并排站你也好作出反抗。

8. 如果电梯开门后不在正确位置，而是露出一半地面，不要贸然爬出去，按下呼叫按钮等待救援，据说事故往往发生在你爬出的过程中。那时电梯会突然掉落或者提升，把你活活挤死。

9. 如果发现电梯里面只有一双鞋，千万不要进去，据说鬼就站在那里，你看不到而已。

10. 如果有人打伞走进电梯，立刻离开；如果看到电梯里有一个打伞的人，千万别进去。

包斩和苏眉又对主编进行了询问，此人是个四十多岁的知识分子，看上去温文尔雅，说话也很平静，他否认骚扰过女下属，反而说公司里有几个女职员主动勾引过他，甚至还有女作者想通过潜规则让主编出版自己的书。包斩和苏眉对这种男女暧昧关系没有过多纠缠，直接问他案发时他在做什么。

主编的回答是：那天是周末，我下班后在天桥剧场听相声，一直到夜场结束十二点离开。

包斩：你一个人？

主编：我和很多人在一起啊，剧场里的人多了。

包斩：剧场离这里很近吗？

主编：很近，开车大概十分钟吧，你要觉得我撒谎，我可以给你说一下相声的内容。

温小婉的男友杨子首先排除了嫌疑，杨子的合租室友证实他周末晚上在家。他们合租的房子，隔音设施并不好，一个人有什么动静，隔壁总能听到。

摸排结束后，特案组制定了一个嫌疑人名单，除了主编外，还有两名保安以及电梯控制室的一名值班人员。

案发当晚，两名保安负责大厦楼层里的安全巡视，他们最有可能接近受害人。这两名保安，一高一矮，高的那位外号叫做傻大个，矮的那个叫做裤

兜。这两名保安都很爱看恐怖推理小说，曾去死者温小婉所在的出版公司借阅过图书。另一名值班人员将电梯监控录像剪辑成了一个视频，视频里可以看到很多白领美女，还有美女独自在电梯里整理丁字裤或者脱丝袜等香艳画面，其中就有温小婉在电梯里粘上乳贴的视频，香肩玉背，一览无余。

这段视频剪辑在物业内部广为流传，两名保安也看过。

特案组对这两名保安分别进行了重点审问，梁教授将那根香蕉拿出来放到桌上，傻大个对这香蕉感到很奇怪，甚至捂着嘴笑出声来，此人看上去有点神经质，说话慢吞吞的。审讯矮个儿保安时，这个外号叫做裤兜的年轻人看到这根香蕉，脸色一变。

梁教授：我们应该写一份失物招领，贴在大厦门前。

裤兜：我不懂你的话啥意思。

画龙：兄弟，这香蕉是不是你丢的东西？是就承认，都是男人，可以理解。

包斩：我们可以做DNA检测，逃不过去的。

裤兜：好吧，我承认，我用过这个东西。

梁教授：怎么用的，在什么场合？

裤兜：就是晚上，一个人，在值班室里。

包斩：你撒谎，胶布上没有指纹，说明你戴着手套制作的这个东西，一个喜欢自慰的人不会戴着手套自慰，这样会减少兴奋度。你应该是在电梯里，下身戴着这玩意，保安的裤子很宽松，所以看不出有什么异常。你在电梯里站在美女身后，用香蕉自慰达到高潮。我猜，你有时也会大着胆子用你的香蕉去顶那些白领美女的屁股吧？

裤兜说：有证据吗，就算是这样，也不能说那个女人是我杀的啊，你们接下来就该打人了吧？

审讯结束，特案组觉得这两个保安很有嫌疑，但是没有证据可以证实谁是凶手。包斩想起钟小编的话，那个打伞的黑衣人，还有半夜传来的敲碗声。这栋大厦里很可能有一名精神病患者，做过很多怪异行为，也许，他不知道自

已是精神病，甚至不知道自己杀了人。

如果是一个正常人，为什么在半夜敲碗，没有停电却点着蜡烛，一个人打着伞乘坐电梯？

◎第四章　见鬼十法

两名巡夜保安上升为一号犯罪嫌疑人，但警方没有掌握任何证据，这两名值班保安都住在大厦的地下室。周警官以查看消防安全设施为由，对两名保安的宿舍进行了突击检查，然而没有发现杀人用的钢丝工具，只在床边找到了很多书。

矮个儿保安裤兜喜欢看刑侦推理类图书。

傻大个喜欢看灵异恐怖类的图书。

这些图书都是从出版公司借阅来的，其中几本书的编辑正是温小婉。

特案组重新分析了一下案情，这个案子蹊跷离奇，但是一直找不到突破口，是不是有些东西被忽视了呢？他们确信这栋大厦里有一个精神不正常的人，奇怪的人才会做出奇怪的事，这个人是否和凶手有关呢？

特案组决定找出这个神秘的人，侦破方向由寻找凶手转为寻找大厦里的精神病人。

精英层一向是精神病的高发人群。

这栋大厦里的公司职员大多有很高的学历，高智商犯罪也符合这起电梯血案的特点。

警方对钟小编看到烛光的那个楼梯拐角进行了勘察，地面上发现了残存的蜡，这直接说明钟小编经历过的那些诡异的事情都是真实发生过的。

苏眉在出版公司的会议室对钟小编再次询问，这次她没有作任何记录。

苏眉：小钟，想和你聊聊，八卦一下，你们公司，你觉得谁有神经病？

钟小编：我不爱在背后说人坏话。

苏眉：就是聊天，这些不会被记录在案，就是我们两个女人间的悄悄话。

钟小编：这样啊，我觉得他们都有神经病，我们主编就不用说了，公认的神经病，每个同事都知道。我们的编辑部主任，脚丫子特臭，能熏死人，夏天也穿皮鞋，臭死了，还自以为多帅，长得肥头大耳，对了，他还用女人化妆品，说话娘娘腔，我怀疑他性取向不太正常。说真的……我真不喜欢在背后说人坏话。

苏眉：还有吗？还有什么不正常的人吗？

钟小编：还有一个，我和你说，你可千万别说是我说的。你站起来看看，就是坐在窗边格子里那个胖女孩，她脾气不太好，特极品，特抠门，一个月不换内裤，洗衣服都是借别人的洗衣粉，用完了的牙膏，还要用擀面杖擀一遍……这些不算什么，她最神经病的地方是花痴，以为所有男人都爱她，公鸭嗓，说话超哆，在女人面前也哆，好恶心。她用山寨机，假装打电话，故意说给我们听，这个总啊今天哪里吃饭，那个总啊明天要来接她。同事要是好奇地问一句，她会高深莫测地说，猜吧，反正和我约会的是胡润百富榜上的一位。吹牛吹得没边没沿的。买双新鞋子，显摆半天，她喜欢穿高跟鞋，走路还扭啊扭的，就是那种夸张的扭。要不，我喊她过来，你注意看她走路的姿势，我说的绝对没错。

苏眉微微一笑，打断她的话，问道：温小婉的男友杨子呢，有没有过什么怪异行为？

钟小编又开始滔滔不绝地说起杨子和温小婉：杨子倒是挺正常的，除了花心，男人有不花心的吗？男人都是色狼，不色的是胆小的。他那个女朋友，温小婉，花了几千块钱去上一门心理学与星座的解读课，这不是神经病是什么？

苏眉问道：什么时候的事情？

有鬼电梯

钟小编答：他们分手前，温小婉是一个超级醋坛子，嫉妒心特强，喜欢研究星座，她是白羊座，本来我也记不住，但是她老爱和我念叨这些。白羊座是最爱吃醋的星座，占有欲极强，醋意惊人，一旦打破白羊座的醋坛子，必定会石破天惊。杨子是双鱼座，浪漫爱幻想，还有些多情，热恋的时候，死心眼地对对方好，可是一旦失望，双鱼座就再也不回头。温小婉根据星座制定黑名单，不许他男友和什么星座女人有交往，担心他们会相爱。男友过生日，同事送的礼物，统统被她扔进垃圾篓。她不仅暗中调查男友的行为，甚至还调查女同事，她怀疑好几个女同事和男友有一腿，还怀疑过我。你说，这不是神经病吗？

苏眉：你有没有过什么异常行为？

钟小编：你什么意思！我正常得很，我有男朋友，也是一家IT企业老总。温小婉都死了，我至于嘛！其实，我不爱说这些……我要下班了。

一栋大厦如同一株向日葵。这些写字楼里的职员，每日朝九晚五，占据一个很小的格子，内心充满阳光，但对生活感到迷茫。快节奏的生活方式，巨大的工作压力，可以看得出，他们并不快乐，同事间充满猜忌和诋毁。

温小婉的收入并不高，但是花几千元上一门心理学和星座解读课，这件事很怪异。

特案组分析了一下，最终同意了苏眉的看法——这是因为爱，爱情总是不可理喻。温小婉爱杨子，她试图通过一种难以理解的方式，通过研究星座去了解恋人的内心。

特案组讨论案情到深夜，苏眉在电脑上有了一些新的发现，她输入关键词进行搜索，发现点蜡、敲碗、电梯打伞等怪异行为是为了招鬼！

苏眉：这个大厦里有人在招鬼。

包斩：这不还是精神病嘛，怎么会有这么无聊的人。

画龙：叶公好龙吧，鬼真来了，还不把招鬼的人吓死？

苏眉：你们还别不信，我以前也爱看恐怖小说和电影，里面就有一些招

鬼方法。很多大学生寻求冒险和刺激，还组织了捉鬼队。有些科学家还在一些发生过凶杀案的老屋子里、闹鬼的废弃大楼里安装夜视摄像机，然后招鬼，试图拍下一些灵异现象。

画龙：你是警察，不是小女生，整天对这些稀奇古怪的东西感兴趣。

苏眉翻了个白眼：要你管！

苏眉将网上流传的"见鬼十法"收集整理出来，据说，这十种方法都可以见到鬼。

一、找个黑暗的地方，例如无人的落满尘埃的房间，或者旧楼梯的拐角，在半夜三更时分，敲碗，不停地敲下去，鬼听到敲碗的声音，就会悄悄出现在你身后。

二、凌晨三点，把准备好的食物，放在无人的十字路口，也可以是荒郊野外的路口，坟地附近最佳，点燃两根蜡烛，过往的鬼魂会停下来吃东西。

三、晚上，确定楼道里没有灯光，摸黑上楼，上台阶的时候学僵尸跳，两臂伸直，面无表情，跳上一段台阶后再跳下来，如此重复。当自己觉得阴森得要死的时候，鬼就会出现，很可能会和你一起跳。

四、月圆之夜，北斗星移，鬼门大开，牵一只黑猫进入乱坟岗，在黑猫脖子上挂一个铃铛，然后放开黑猫。当铃铛不响了，你找不到黑猫的地方，会找到鬼。

五、住在菜市场附近的人，晚上，一个人在家，这时是见鬼的最佳时机。要准备好针线，午夜的时候，可以从里面敲门，过一会儿鬼会从外面敲门找你。这种鬼往往是无头鬼，是以往被斩首死掉的冤魂，他们需要针线把脑袋和身体缝在一起。

六、在夜里照镜子梳头，照镜子时间长了，会发现镜子里的自己很陌生，最终你会看到一个完全陌生的人；同样，你长时间盯着一个字看，会发现你仿佛不认识这个字了。那是因为现实生活中有两个"你"存在。

七、这个方法需要一个很重要的道具——死人的头发。不管你如何弄

有鬼电梯

到，你可以去殡仪馆，甚至去盗墓，只要有死人的头发就可以，将头发放在枕边，晚上做梦的时候，会梦到死者生前的模样。如果在梦中醒来，半夜睁眼，身边可能会多了一个人，正看着你。

八、最常见到鬼的地方是女生宿舍，因为住的都是女生，阴气极重。学校里，最恐怖的地方不是医学院的停尸房，不是楼后杂草丛生的坟场，而是女生宿舍。在宿舍里的见鬼方法是停电的时候，用手电筒照明，如果同学都在睡觉，不要惊醒她们，手电筒照着同学的脸，光线最好昏暗一些，还有，同学这时不能醒，然后仔细观察，会隐约看到同学床底下爬出一个穿睡衣的短发女生，站在墙角，不要用手电筒去照，一照就没了。

九、穿着黑色衣服在封闭空间里打伞，例如电梯，门窗紧闭的老屋，伞以暗红色为佳。

十、终极见鬼法——死亡！

画龙感到很可笑，认为这些见鬼方法都是封建迷信，即使有人真的做过，也不会成功。

梁教授说：为什么不试一下呢？

苏眉说：梁叔，这深更半夜的，你不会是开玩笑吧？我可不敢试。

梁教授说：既然是特案组警员，恐怖这两个字就应该从心里删除，因为我们面对的是最残忍、最血腥的特大凶杀案。

画龙：我就没害怕过，只是觉得，这样有用吗？

包斩：这也算是一种犯罪模拟，想了解精神病人的思想，最好变成神经病。

梁教授：没错，想要了解那个神秘的人为什么招鬼，有何用意，最好亲身体验一下。

包斩选择了第一种见鬼方法——敲碗。

画龙选择的是僵尸跳，他心里并不感到害怕，只是觉得，万一被人看到他在楼梯上伸着胳膊跳上跳下，会有多么荒唐可笑。想到这里，他开始苦

笑起来。

苏眉很紧张，她的声音有点发抖：梁叔，我真不想去。

梁教授没有说话，伸出一根手指摇了摇。

苏眉撇撇嘴，拿起一把伞，磨磨蹭蹭地出门了，大厦走廊里空无一人。

她走到电梯口，咬着嘴唇，按了一下按钮。

苏眉穿着一身黑色职业套装，白领真丝衬衣，发束柔滑似水，红色高跟鞋衬托出高挑迷人的身材，黑色丝袜看上去优雅而性感。

电梯来了，苏眉深呼吸，打开伞走进电梯，一直上到顶楼，这个过程中，她的心一直怦怦跳，紧张又恐惧，但电梯里并没有发生什么灵异古怪的事情。她松了一口气，打算回到一楼就算完成了这次的招鬼任务。

电梯门即将关上的时候，一只手突然伸进来，挡住了自动门。

苏眉吓了一跳。

保安裤兜走进来，他穿着制服，戴着手套，看样子是要去进行夜间巡逻。

裤兜看到苏眉打着一把伞，站在电梯里，也愣了一下。他面露慌张，随即走进电梯。

两个人都没有说话，一言不发。

电梯门很快就关上了，苏眉提高警惕，因为她身边的这个保安也是犯罪嫌疑人。

电梯下到十八楼的时候，鬼使神差，竟然发生了故障，电梯轿厢突然停止不动了。苏眉跺了一下脚，暗叫一声糟糕，然后灯熄灭了，电梯里黑糊糊一片，什么都看不见。

苏眉和那个用香蕉自慰的变态保安被困在了黑暗的电梯里。

苏眉焦急地问道：怎么回事，电梯应急呼救按钮在哪里，你有手电筒吗？

保安若无其事地回答：没有，应急呼救是坏的，没用。

苏眉：那怎么办？

保安：耐心等备用电源启动吧。

有鬼电梯

苏眉：要多久？

保安：说不准啊，美女警花，几秒钟，嘿嘿，也可能几分钟，十几分钟。

保安的笑声中带着一丝淫猥，苏眉想打电话呼救，但又想到这部货梯根本没有覆盖手机信号，她急中生智，说道：警察，当然有枪，你最好老实点。

苏眉没有打开手机，她担心那保安借着荧光看到她手中没枪，会生出歹意。

保安掏出打火机，点着一支烟，眼角瞟了一眼苏眉，识破了她的诡计。

烟头忽明忽灭，微弱的光，映红了保安的脸，一支烟很快抽完了。

电梯依然停止不动，重新恢复了黑暗，这是一种没有任何光线的黑暗。苏眉简直快要崩溃了，她打着伞缩在墙角，不知所措。黑暗中，突然有一只手摸了她一下，她吓得大叫起来，喊道，别碰我。保安待在另一个角落说道，我没动你啊。苏眉想起自己还打着把招鬼的伞，她瑟瑟发抖，将伞合上，拿在手中当做武器。

那个保安的呼吸开始急促起来，发出一种很古怪的喘息声。

苏眉清楚地意识到这个变态保安想强奸她，但又在极力克制住自己。

保安气喘如牛，说道：做不做？

苏眉大叫：滚开。

她听到那保安解腰带的声音。

保安用一种激动的语气说道：帮帮我，美女，小警花。

苏眉：你他妈快给我滚！

这时，电梯里的灯突然亮了，苏眉看到那保安已经脱下了裤子，面目狰狞，他手里拿着一根空心香蕉，正快速地套动着下身。保安双目圆睁，正在紧要关头，他看着电梯里的这个美人，身体猛地向前一挺，大叫了一声，然后转过身，背对着苏眉提起裤子。他说道，射了，好爽，能射给你这么漂亮的美女，哪怕拘留半个月都值。

电梯门打开了，这里是十八楼。

门打开的一瞬间，苏眉和那变态保安看了一眼外面的走廊，几乎同时发出一声惊叫！

◎第五章　墙上之门

电梯门打开后，他们看到的是一面墙。

墙的上方有一道缝隙，看来电梯停在了两层楼中间。缝隙外面是灯光幽暗的走廊，让苏眉和保安感到惊恐无比的是——有一双脚正站在走廊里，这双脚悬空在地面上。

苏眉按下应急按钮，毫无反应，按了向下或者向上的键，电梯仍纹丝不动。

那个保安焦躁不安，冲动地想要爬出去。他的两只手扳住头顶上方的地面，一只脚蹬着电梯门，手和脚一使劲，身体上撑，脑袋就从上方缝隙里探了出去。这时，电梯突然启动了，保安拼命地想要爬上去。苏眉顾不上多想，用力将他拽了下来。电梯门合上了，再晚一步，保安的脑袋就会被硬生生地切断！

电梯门打开，他们看到走廊里吊着一个人。

傻大个吊死在十八楼的走廊里，面对着电梯门，红色的舌头伸出老长，还滴着血。

特案组立即进行现场勘验，傻大个为自杀，上吊的工具是一种很细的钢琴线，系在走廊顶部中央空调的百叶风口上，旁边一个倒下的铝合金垃圾桶上提取到了他的鞋印，看来他是踩着垃圾桶上吊，死意坚决，没有犹豫。琴线坚韧无比，非常结实，勒进了他的皮肤，头低垂着，血液顺着伸出来的舌头滴落下来。

钢琴线上意外地发现了凝固的血痕，说明这段琴线以前还吊死过一个人。

有鬼电梯

梁教授和包斩不约而同地有了一个疑问：难道是傻大个杀死了温小婉，又畏罪自杀？

苏眉把保安裤兜在电梯里非礼她的事情告诉了画龙。画龙将裤兜狠狠地揍了一顿，戴上手铐，关进大厦的治安室里。特案组连夜对他进行了审讯，裤兜鼻青脸肿，神色慌张。

特案组四位成员一言不发，注视着他，临时审讯室里气氛异常凝重。

一会儿，裤兜的头上冒出汗来，他绷不住了，低下头小声说道：我也没犯多大的罪啊。

梁教授：小包，猥亵罪判多少年？

包斩：强制猥亵、侮辱女性，情节严重者处五年以下有期徒刑或者拘役。

画龙：你还涉嫌袭警。

裤兜人汗淋漓，辩解道：冤枉，我拿什么袭警啊，香蕉？

画龙拍案怒道：判你十年都是轻的。

裤兜：我戴罪立功，能不能宽大处理？

苏眉冷冰冰地说道：你这个浑蛋，不要和我们谈条件。

裤兜：我说的宽大处理，是指的电梯里的那件事，判十年五年也太重了吧。

梁教授：你的意思是，你没有杀人，仅仅是猥亵？

裤兜急忙摆手说道：我可没杀人，我也没犯多大的罪，更不会包庇凶手，因为……

包斩：因为什么？

裤兜拱着手哀求道：能不能给我宽大啊，小警花，就算求你了成不？我错了，我说，你还救了我一命，我说出来算是谢谢你的救命之恩。

苏眉哼了一声说道：看你的表现了。

梁教授示意画龙给他打开手铐，并且给他一支烟，裤兜点燃香烟，揉着手腕说道：我不包庇凶手，因为根本就没有凶手，那个女编辑是自杀的！

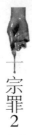

特案组感到很意外，梁教授让裤兜将自己知道的内幕原原本本地讲一遍。

这个大厦里的人分为三等，社会的金字塔也是这样搭建的：

一、老总和主编在金字塔顶端，有私车和住房，有妻子和情人，有糜烂的夜生活。

二、公司职员位于中部，没钱没车，以地铁或公交车代步，买不起房子，只能与别人合租。他们在同病相怜的同类中选择恋人，浪漫的爱情列车向现实婚姻的大山驶去。要么翻越，要么碰撞。

三、保安或者清洁人员，位于金字塔最下端，他们住在地下室。没钱没车没房，没有学历，没有女朋友。这些外来打工人员来自农村，为了追求梦想离开家乡，多年来，繁重的工作，低廉的薪水，挫折的情感，无数青春和汗水缔造了城市，然后被城市遗忘。隐蔽的背后，黑夜里，性生活基本靠手。那个香蕉是一个异类，看上去丑陋，但在民工的黑夜里闪闪发光。

傻大个来自北方，裤兜来自南方，两朵漂泊的蒲公英暂歇在一个地下室。

在北方，山上的每一块石头里都有一座山；在南方，树上的每一根树杈中都有一棵树。

他们穿着保安的衣服，在大厦里巡夜。他们光着膀子，在夜市上喝酒。他们在地下室的宿舍里一起看书，朋友之谊不知不觉建立。傻大个有些神经质，沉默寡言，内向，笑的时候爱捂着嘴。裤兜认为自己很聪明，除了看刑侦推理类图书，还喜欢看《孙子兵法》和《厚黑学》。裤兜有时会向傻大个发牢骚：我以后会有钱的，要有钱了，就把这栋大厦买下来。

傻大个：那你会不会让俺当保安头，主管？

裤兜：那时，还当什么保安啊，我是老总，你做副总。

傻大个：嘿嘿，想想还真不错。

裤兜：你有啥想法没，愿望？

傻大个：俺就想见到俺娘。

裤兜：别傻了，你娘已经死了。

有鬼电梯

　　警方在事后调查得知，傻大个的母亲在他六岁的时候上吊身亡；父亲是一个跳大神的乡间巫师，除了装神弄鬼，平时也给人算卦算命。傻大个幼年时曾用一根细竹竿牵着假扮成瞎子的父亲走街串巷，走过槐花盛开的夏天和桂花飘香的秋天，在北方的很多乡村城镇中留下了足迹。

　　六岁那年的春天，雷声滚过家乡的山坡，山坡上摇曳着几朵雏菊。一个孩子在柏油路上推着热腾腾的轮胎，一场大雨下起来，水花四溅，孩子滚着轮胎走进家门。

　　门的后面，吊着母亲的尸体。

　　孩子吓呆了，旁边的竹床上并排放着几条毛裤，从小到大，排列整齐，母亲去世前为儿子织完了从童年到成年的所有毛裤，一共六条。

　　孩子扑上前，抱着妈妈，号啕大哭起来，这一哭，就是许多年。

　　　娘啊娘，补衣裳。

　　　黑黑的夜，昏黄的灯。

　　　针尖儿扎了娘的手，

　　　娘，疼了不？

　　　娘啊娘，织毛裤。

　　　白白的雪，大冷的天。

　　　针尖儿扎了娘的手，

　　　娘，你疼不？

　　孩子长大成人，穿着母亲为他织的毛裤到城市里闯荡。他的个子很高，毛裤显得有些瘦小。在宿舍里，保安裤兜曾经多次讥笑，傻大个穿着紧身瘦小不合体的毛裤看上去很滑稽。傻大个第一次对朋友发火，他说：这是俺娘织的，就是死了，俺也会穿着。

　　确实，这个固执的人，一直穿到死。

　　案发前几天，两个保安在大厦里巡夜时，看到两个加班的公司职员还在办公室。傻大个打算提醒他们走的时候别忘关灯，裤兜阻止了他。

裤兜说道，咱偷偷看看，看看他们会不会那啥，就是那啥，你懂的。

傻大个嘿嘿一笑。

两个职员在吵架，偷窥的保安感到有些失望，本来以为他们会在办公室偷情。

杨子：你忘了我吧，我也忘了你，我们在一起真的不合适，但我还是希望你能幸福。

温小婉：我以后没有幸福了，你会后悔的，你给我记住。

杨子：你冷静一下好吗？失恋又不是什么大不了的事情，一个人一生中总要失恋的啊。

温小婉：我不会失恋，我失身了，就不会再失恋，我的处女之身，还有那里，都给了你。

杨子：你别说得这么恶心好不好。

温小婉：你现在觉得恶心了？

杨子：你别这么咄咄逼人，感情就是这样毁掉的，你聪明，但感情上常常弄巧成拙。

温小婉：你还爱不爱我，我问你最后一次？

杨子：爱情是一个花瓶，每次吵架，花瓶上就多一道裂痕。爱情花瓶摔碎了，就不会再复原。

温小婉：你还爱不爱我？这是我最后一次问你，我警告你，你必须给我正面回答。

杨子：我受不了你了，你忘了我吧，我也忘了你，忘了我们的感情，做朋友吧。

温小婉：好，你想忘记我，没那么容易，我要让你永远都忘不了我，让你做一辈子噩梦。

温小婉的处女之身给了男友，分手后，伤心欲绝，万念俱灰。这个嫉妒心极强的女子，为了爱甚至去听星座和心理学的课程，因为吃醋，几乎得罪了

有鬼电梯

公司里的所有女同事。男友的心无法挽回，她想到了死，为情自杀身亡的女子是不可理喻的。

几天后，温小婉从一家音乐器材商店买了一小卷钢琴线。警方事后找到了这家商店，老板证实，这个奇怪的女顾客当时泪流满面。

自杀那天，温小婉一个人在办公室待到深夜，空无一人的走廊里传来了敲碗的声音。她循声而去，看到一个保安跪在楼梯拐角，敲击着一个碗，碗中盛着米饭和红烧肉，面前还点着两支白烛。

那保安就是傻大个，他一边敲碗一边说：娘，你来吃饭啊。

温小婉编辑过悬疑灵异类的图书，知道这种怪异的行为是一种招鬼方法。

温小婉站在保安身后，轻轻地问道：你渴望见到鬼吗？

傻大个回头认出她，他偷窥过这个女编辑和男友吵架。傻大个说道：是啊，我正在招鬼。温小婉幽幽地说道：我就是。

傻大个站起来凑近看，摇了摇头说：你不是。

温小婉说：我一会就要变成鬼了。

傻大个说：我不信。

温小婉说：我一会就自杀。

温小婉简单地将男友抛弃她，她买了钢琴线准备自杀的伤心事讲了一遍，她觉得自己活不下去了，只有死亡才能解脱。傻大个劝了几句，心里想起自己死去的老娘，也就不再说什么了。但是他有一个疑问：为什么选择上吊，而不是跳楼呢，从顶楼跳下去，不是更简单？

温小婉的回答是：我不要跳楼，我想吊死在电梯里，我要让那个负心男人一辈子都有心理阴影，要让他这辈子坐电梯的时候就想起我，永远都忘不了我。

温小婉让傻大个帮忙，把钢琴线吊在电梯里。

傻大个也有私心，他想让温小婉给他娘带个话。温小婉挡住电梯门，按着按钮不让门关上，傻大个把走廊里的垃圾桶搬到电梯里，踩上去。手脚麻利地打开电梯顶部盖板，然后站在轿厢上系好琴线，另一端穿过电梯的排气孔，

然后绾了个活结，用垃圾桶挡住门。

当这一切做好后，傻大个对温小婉说：你要是死了，到了那个世界，就给俺娘捎个话，就说俺很想她，想了这么多年了，让俺娘托个梦吧！

温小婉点点头，走进电梯，她将丝巾系成一个"8"字形，然后将自己的双手在背后伸进去。

温小婉把头伸进琴线绳套，眼泪涌了出来，她说道：再见。

傻大个挪开垃圾桶，物归原位，电梯门缓缓地关上。傻大个说：再见，别忘给俺娘捎话。

温小婉要自杀，傻大个协助，两个人互相利用，一个想死，一个想见到死去的亲人。

特案组事后分析，温小婉反绑双手的原因很可能是要嫁祸给男友杨子，要不就是避免自己临时退缩，放弃自杀。她自杀的时候，电梯可能发生了故障，她一个人站在黑暗的电梯里等待死亡。特案组重新对温小婉的遗物进行了检查，在一张空白的纸上发现了她书写过的痕迹，上面有"杨子杀我"的笔迹压痕，但是后面演变成了一封情书。最后一句话是：即使我失去全世界，我也不想失去你。

傻大个回到宿舍后，将这件事告诉了裤兜。裤兜大为惊骇，气得说不出话来。他指着傻大个说：你，你这傻子，你要成杀人犯了。知道不，警察会把你当杀人犯抓起来。

傻大个说：我没杀人啊，就是帮忙。

裤兜说：现场有你的指纹和鞋印，你说得清吗？

裤兜平时就爱看刑侦推理类图书，比较了解警察的侦破手段。他为了帮朋友洗清嫌疑，要求傻大个擦掉垃圾桶上的鞋印，把钢琴线取回来扔掉，傻大个赶在警方来到现场前，做好了清理工作。

两个人订立了攻守同盟，所以面对警方询问时，没有露出什么马脚。

案发几天后，傻大个上吊自杀了，特案组不明白他为什么选择在十八楼

有鬼电梯

自杀。裤兜表示，十八可能代表十八层地狱。傻大个即使找遍十八层地狱，也想找到自己的母亲。裤兜说，书中写的"见鬼十法"，傻大个挨个儿尝试过，但都失败了。那些方法也许不管用，但是最后一个方法肯定能够见到鬼，见到去世的母亲——死亡！

此案告破后，大厦物业管理部门更换了新的电梯。在电梯井道里，安装调试人员看到十八楼下面的墙上有一扇门。

苏眉和保安裤兜被困在十八楼电梯里的时候，并没有注意到墙上的门。

这是一扇画在墙上的门。

画在墙上的门呈淡红色，不仔细看难以辨认，很像是有人在很久以前用鲜血画上去的。

恐怖旅馆

第二卷

一只脚踩扁了紫罗兰，它却把香味留在了那只脚上，这就是宽容。

——安德鲁·马修斯

很多人住宾馆时都有个禁忌，避免住在走廊尽头的房间。

这种房间背阴，经常会遇到一些很邪门的事情。例如半夜敲门，卫生间马桶自动抽水，电视机突然打开……迷信者认为宾馆尽头的房间容易撞鬼，宾馆除了住人外，还有一些孤魂野鬼把这里当成歇息之地。这些当然都是无稽之谈，不过，很多恐怖的凶杀案都发生在宾馆走廊尽头的房间！

2009年3月，一个出差的女士住进了隍城宾馆101房，这是该宾馆走廊尽头的一个房间。

当天夜里，她打开自己的笔记本电脑和未婚夫激情视频。面对摄像头，随着音乐扭动身体，释放性感与妖娆。未婚夫在视频里看着，鼓励她更激情一些。这个女士开始抚摸自己，发出呻吟，摇摆着身体，慢慢地脱下衣服，背后的窗帘被风吹起……

未婚夫眯着双眼，享受着视觉上的刺激，隐约看到未婚妻背后的窗帘动了一下，可以肯定的是——窗户关着，不是被风吹起，窗帘后面藏着一个人！

未婚夫吓得惊慌失措，急忙打字提醒她。

她扭头去看，宾馆房间的窗帘静止不动。她壮着胆子走近，拉开窗帘，后面没有人。

她打字说：老公，你真坏，故意吓唬我。

未婚夫回话说：可能是我眼花，看错了吧。

女士继续跳舞，未婚夫盯着视频，注意力却转向窗帘后面的那堵墙，越看越觉得宾馆的房间不对劲——墙壁上隐隐约约地有一个人的轮廓。

宾馆房间的一盏灯突然灭了，视频画面显得阴森森的。

这时，有人敲门，女士透过房门的猫眼向外看。

门外，没有人，走廊上连个鬼影都没有。

女士转身，房门又敲响了。

她凑近猫眼，一只惊恐的血淋淋的眼睛正从门外看着她。

◎第六章　墙内尸体

2009年3月19日，隍城宾馆发生了一起离奇的凶杀案。

一名女士入住该宾馆101房间，对面的房客酒后召妓，因嫖资发生纠纷，殴打小姐。头破血流的小姐倒在101房间门外，不断地敲门求救。女士报警后，警方拘捕了醉酒的嫖客。

做笔录时，民警觉得房间有点古怪，空气中有股死亡腐烂的臭味。

民警勘察了一下，这个房间位于一楼的走廊尽头，非常破旧，空调有被

烟熏黑的痕迹，墙上有发霉的斑点，床头灯坏了一盏，厕所阴暗潮湿，镜子湿漉漉的非常模糊，看不见人影，卫生间里还有一扇封死的方木窗，有点发霉了。

一名细心的民警对着一面墙大喊大叫起来，他发现墙壁上有一个人形的轮廓！

经过初步勘察，警方认为这面墙里藏着一具尸体。尸体在密封状态下会自溶，尸油慢慢渗透到墙面上形成人形图案。尸油是指尸体在腐烂时脂肪呈油状溢出，一般死者较胖，尸体好像被油泡过一般。

警方使用电钻、撬棍、凿、大锤、螺丝刀等多种工具，将包裹着尸体的墙壁凿开，历时三小时，最终成功地将一段长方形水泥体截取出来。经过X光透视检查，水泥内的人体骨骼历历在目。

水泥封尸，墙内藏尸，恐怖离奇的案情震惊了整个城市。

特案组接到当地警方的邀请，立即赶往隍城，负责刑侦的支队长将特案组四人带进法医工作室。他们遇到了一个难题，如何在不破坏尸体的情况下将尸体从密封的水泥中取出。法医束手无策，解剖尸体的器械面对混凝土根本派不上用场。

一名民警用电钻在混凝土上钻了一个小孔，黄褐色浓稠的尸水流了出来。

尸水有毒，臭不可闻，众人无不掩鼻。

梁教授当场制止了这种鲁莽的行为，尸体含有大量信息，一旦破坏会加大侦破难度。梁教授要求隍城警方去找几个石雕工人，很快，支队长带了几个工人前来。

工头说：我是雕石头的，这是一块水泥嘛。

支队长说：都一样。

工头说：雕成啥形状，有草图没？

支队长说：这水泥里面有个人，有一具尸体，你们注意不要破坏……

几个工人听到混凝土里藏着一具尸体，炸窝似的扭头就走，警方给他们加钱也不干。支队长没有强求，突然想起一个人。他有个雕刻家朋友，无论是

恐怖旅馆

石雕还是木雕都技艺超群，雕刻作品在国内屡获大奖。

支队长将雕刻家请来，雕刻家表示自己愿意帮忙。他打量着水泥体，上面有个模糊的人形轮廓。雕刻家用点型仪为三坐标立体定位，使用剁斧、雕刻刀、锤、凿、电磨等，忙活了半天，最先剥离出了头部——水泥中露出一个人头，身体都在混凝土里。

雕刻家清除多余的水泥，一个站姿人形出现了，钢筋裸露，外面还包裹着很薄的水泥层。

雕刻家对支队长说：这是我最好的作品，如果参赛的话肯定能获得世界大奖。

支队长将雕刻家朋友送走，表示晚上请他吃饭。雕刻家临走前还想和这"雕塑作品"合影留念，但被警方婉言拒绝。

包斩和法医使用小锤子敲掉头部的水泥层，一张异常肿胀的脸出现在众人面前，已经高度腐烂，惨不忍睹，完全看不出五官轮廓。梁教授要求包斩和法医立即验尸，剥离的水泥也要作细致检验；支队长和画龙对当年建造宾馆大楼的建筑公司进行重点走访调查，列出一个名单；苏眉查看当地近年来的报案失踪人员。

大家辛苦了整整两天，各种线索汇总在一起，梁教授召开了案情分析会议。

宾馆位于长途汽车站附近，这一带治安形势复杂，外来人口聚集。该宾馆半年前建成，承包单位为隍城建筑公司。公司的一个项目经理表示民工流动性很大，现在已经找不到当初的建筑工人，列出名单很困难。支队长向公司经理施加压力，经理找到一份旧的工资单，然而上面仅有当年建筑民工的名字，没有住址、电话等详细信息，排查难度非常大。

包斩和法医将验尸报告分发下去，死者为男性，根据骨龄分析，年龄约六十岁。

死者上身赤裸，只穿着一条大裤衩，没有穿内裤，手上戴着一枚金戒指，尸体被塞进建筑的承重柱内，承重柱有钢筋支撑，尸体即在钢筋框架内，然后浇筑混凝土。对比大楼的结构施工图可以看出，最初这栋大楼是要建成一

家商场，中途停工了一段时间，后来改建成宾馆。这栋大楼的承重结构异常坚固，尸体所在的承重墙也比普通民居要宽厚得多。

支队长问道：尸体被封进水泥里会怎样？

法医回答：尸体被密封的水泥包裹，水泥干燥后还有很多微小气孔，水和氧气可以进入，而且水泥干燥后开始出现中性特征，尸体腐烂的速度非常缓慢，骨骼保持时间很长。这样就不太好判断尸体现象，早期尸体现象表现为尸冷、尸斑、尸僵、局部干燥、角膜混浊、自溶等，晚期尸体现象表现为腐败和保存型尸体。从尸体现象推断死亡时间是法医学判断死亡时间的一个重要手段。然而这具混凝土中的尸体局部腐烂，其他部位保存完好，不太好推断死亡时间，初步分析，死亡时间至少半年以上。

梁教授表示要请教国内专家，一定要弄清楚死亡时间。

苏眉看着验尸报告，对画龙说道：天哪，这个老人被杀害了两次。

包斩说道：不，三次。

画龙看了一眼尸检报告说：是啊，死者还被人爆菊了。

支队长凑过来小声问道：什么是爆菊？

画龙：呃，就是那啥，菊花就是屁眼。

苏眉正在喝菊花茶，一口水喷了出来。

死者的颅骨有多处骨折下陷，裂口呈放射状，胸部肋骨处有利器刺伤痕迹，一支碳铝箭杆从直肠深入腹腔。这三处均是致命伤。由此可见，凶手心狠手辣，务必将这老人置于死地。碳铝箭杆为高精度弓弩器具，没有发现形成其他伤口的凶器。

特案组和隍城警方展开了讨论，大家分析认为，这支弩箭穿进死者肛门，很可能是凶手用手插入，而不是弓弩发射。

梁教授笑眯眯地说：很显然，凶手对这个老人的肛门充满了仇恨。

恐怖旅馆

接下来的侦破重点是搞清楚死者的身份。苏眉将当地的失踪人口名单与死者进行对比，很快就找到了相吻合的人。这名老人于半年前失踪，家人几次报案，还在电视台发布过寻人启事。老人失踪时穿着拖鞋和一条大裤衩，上身赤裸，符合死者体貌特征，经过DNA检测，证明死者就是这名失踪老人。

画龙和支队长进行了广泛走访，当地邻居都称呼这名老人为鲁叔。

鲁叔的老伴多年前去世，退休在家，靠领取养老金生活，除了接送孙子上学，老人无所事事，平时就是在街上散步，在公园里下棋。

街坊邻居反映，鲁叔口碑不佳，喜欢出入街边的发廊。

一个女孩向警方举报称，她有一次放晚自习回家，看到鲁叔站在一个黑暗的胡同里，手伸进大裤衩里，不停地套动着什么东西……

男人的手淫方式各种各样，为了寻求刺激可谓是花样迭出，非常富有创造力。有的人喜欢在视频里自慰给女性看，有喜欢跪在地上手淫的男人，还有的少年对香蕉、茄子以及五花肉非常偏爱……

特案组认为，鲁叔的嗜好是站在黑暗的小胡同里，对着发廊手淫。

鲁叔的儿子最初对此不愿多谈，画龙和支队长做了很多思想工作，鲁叔的儿子也很想抓住杀害父亲的凶手，几经犹豫，吞吞吐吐讲了一件极为尴尬的事情。

每座城市都有一些不理发的发廊，浓妆艳抹的女子站在玻璃门后向路人钩手指。

有一次，鲁叔的儿子路过一家发廊。一个艳丽少妇站在门后向他微笑招手，少妇身穿紫衣，露着乳沟，充满性感诱惑的魅力，令人难以抗拒。鲁叔的儿子走进去，恰好遇到自己的父亲。

鲁叔坐在沙发上，也是来找小姐的。他已经不满足于对着发廊打飞机，也许，这个老人在发廊外面徘徊了很多次，才鼓起勇气走进来。

鲁叔镇定地说：我是来理发的。

儿子：爹，你上星期不是刚剃了个光头吗？

　　鲁叔说：要不，你先理吧，我再去别的剃头店转悠转悠。

　　儿子：我有事，你先吧，我走了……那个，你注意点安全啊。

　　紫衣小姐说道：赶紧，快点快点，你们俩谁先来？最近查得严，说不定一会儿条子就来检查了……

　　儿子尴尬地离开了，警方后来抓捕了这名小姐。小姐供述，鲁叔当时看上去也没心情了，但是精虫上脑，欲火战胜了一切，随着小姐钻进一个隐蔽的入口。色情发廊为了逃避警方打击，往往会开设暗门，那入口是在发廊的一个衣柜后面。鲁叔跟着小姐进入后院的一个小屋，屋子里光线昏暗，亮着暧昧的粉红小灯，里面只放着一张床。

　　紫衣小姐拿出一个安全套，脱了裤子说道：快点，快点，别磨叽。

　　鲁叔说：我加俩钱，不戴套，行不？

　　小姐说：我现在不是安全期，你结扎了没？

　　鲁叔说：我没有，你戴环了？

　　小姐：我也没戴环。

　　鲁叔：我再加俩钱，干你后面行不？

　　小姐：你加多少？

　　鲁叔：一百。

　　小姐：一百？不干。

◎第七章　水泥封尸

　　世界犯罪史上，有两起水泥封尸案轰动一时！

　　一起是台湾宜兰县骇人听闻的杀童水泥封尸惨案。五岁女童被母亲的情夫吴文宏杀害，警方在租屋处后方水沟发现一个可疑的长方形水泥块，重约六十公斤。运回殡仪馆后，用电钻小心钻了约一小时，终于切开，果然发现女童尸体。女童死亡已超过一年，遇害当时约五岁。只见其眼睛凹陷，右脸颊有疑似被虐淤青伤痕，身体、四肢也伤痕累累，连身洋装清楚可辨，颈子挂贝壳项链。水泥封尸时，女童蜷缩着身体，样子像是坐下来，死状凄惨。

另一起是轰动世界的日本东京女子高中生水泥埋尸案。凶手是四名十六到十八岁的高中辍学学生，他们随机掳人，在路上看到骑脚踏车的美少女，就过去将她撞倒，再假装好心帮忙进而劫持，将被害少女监禁四十一日，轮奸杀人后，尸体以水泥密封在圆柱油桶内，扔在东京都江东区若洲内——现若洲海滨公园附近。日本评论家将这一类型的犯罪命名为拦路之狼的"狂宴犯罪"，此案影响深远，对当时的社会造成极大打击。

案情分析会议上，一名叫胡浩然的民警作了精彩发言。

这起宾馆尾房封尸案，有三点对案情来说至关重要。

一、死者只是一位退休老人，并非巨富，手上还有枚金戒指，说明杀人者不是为了钱，基本可以排除谋财害命的行凶动机。

二、尸体在承重墙内，还在钢筋框架内，说明是先放的尸体，后进行的浇筑。做过施工的都知道，绑完钢筋后，大部分工人就不在现场了，由于建筑面积大，浇筑混凝土时一般是夜间施工，有些混凝土罐车没有执照，也只能在夜间才敢行驶。夜间浇筑时，一般只有一个司机，几个工人现场看护一下就行。凶手将尸体放在钢筋框架内，框架外还有铁质模板，夜色中难以辨物，模板又遮挡住了工人的视线，当时的浇筑工人很可能是局外人，并不知情，尸体所在的钢筋笼灌进水泥浇筑后，就什么都看不出来了。

三、碳铝箭，箭杆是在铝管外包裹碳素材料制成，兼备弹性好和刚度大的特点，且可制成较复杂的形式，如一些高档碳铝箭的箭杆被制成两端略细、中间粗的形式，在不增加箭径的前提下减小了侧向挠曲。碳铝箭价格较高，属高端产品，隍城并没有发现出售这种弓弩箭矢的商店，凶手应该比较有钱，从外地或者通过网络购买。

综上所述，胡警官认为下一步调查方向应该是当时建筑宾馆的开发商，而不是建筑工人和发廊小姐，因为建筑工人和发廊小姐不会和金戒指无关，也不可能有碳铝箭。

梁教授肯定了胡警官的观点，他提出一个疑问：碳铝箭本该是弓弩发射，却被凶手用手插入死者屁眼，深达腹腔，这是一种随意行为还是反映了凶手奇特的犯罪心理？

苏眉说：这个玩鸡鸡和菊花的老人，被别人玩了。

画龙说：老头从黑暗的胡同里对着发廊手淫，升级为走进发廊嫖娼，他有爆菊的嗜好，很可能因此丧命，会不会是某个小姐被富商包养——我赞同胡警官的发言——假设富商为开发商，这样，三点就连成一线，因为矛盾冲突，老头死于非命。

包斩说：还有个问题，当时那里是一片工地，水泥封尸现场是不是第一杀人现场呢？

法医补充道：死者没穿内裤，大裤衩上发现了排泄物，因为水泥密封的原因，这些排泄物仍有检测价值。如果是野外的一坨大便，日晒雨淋，用不了多久就消失了，而放在塑料袋里的大便，能够保存很长一段时间。人在死亡时，大便失禁并不罕见，然而死者的排泄物是在大裤衩背后的裤腰处，这说明，他是在排泄时被凶手突然袭击，一下未死，这个老人提上裤子就跑，大便就沾到了裤腰上。

梁教授问道：排泄物里有什么？

法医回答：检测结果显示，这个老人吃过金针菇。

苏眉说：金针菇，这种东西好恐怖，我从来不吃。

支队长说：有一次，我吃了金针菇，说出来不怕大家笑话，我肠胃消化不好，第二天，拉大便的时候，这玩意根本就夹不断，几根金针菇连着一截大便吊在空中，我甩啊甩啊，也甩不掉，没办法啊，我就用卫生纸揪下来了。

大家都哄笑起来，会议结束时，梁教授作出了安排部署，隍城警方调集所有警力，分成三个工作组，明确任务，各负其责。

第一组，加大排查力度，扩大走访范围，包斩和胡警官重点调查开发商的社会背景，对于旅馆内部人员以及周边的商铺，都要作细致的走访排查。

第二组，苏眉负责调查碳铝箭，务必搞清来源，对全城拥有弓弩的人员

列一个详细的名单。

第三组，画龙和支队长带领警员在全城范围内展开一星期的扫黄专项斗争，在所有被捕小姐中找出与死者有过接触的人，加强审讯，力图发现可疑人员。

一个星期后，苏眉没有获得任何进展，碳铝箭的调查无法深入。弓弩之类属于违禁品，一般都是通过网络销售，在实体店中，根本见不到踪影。弓弩是一种具有较强杀伤力的器材，属于国家严格管制物品，任何单位和个人未经允许不得擅自生产、销售和购买。

扫黄组收获颇丰，全城的小姐几乎被一网打尽，市民对此举纷纷拍手称快，大加赞扬。

有的色情发廊就在学校旁边，居民区里也有从事卖淫的"楼凤"，社会影响极坏。在扫黄行动中，警方逮到了一名青春期男生，刚上初三，每天上学放学都要经过一条发廊街。他禁不住诱惑，背着书包走进了发廊，将处男的第一次献给了小姐。

警方对所有小姐挨个儿审讯，拿出死者鲁叔的照片供她们辨认，有四个小姐供述与鲁叔有过接触。因为鲁叔有爆菊的嗜好，几乎每次都要提出这种变态要求，所以小姐对这色老头印象深刻。其中一个叫毛毛的小姐只有十六岁，令办案民警吃惊的是，她的幕后老板竟然是自己的父母。

毛某夫妇开了一家足浴店，安排自己十六岁的女儿卖淫，另外两名卖淫女是毛某的侄女。

办案民警在足浴店里发现了账本，还有一本有着小锁的私密日记。毛毛在日记中记录了卖淫的过程、对父母的怨恨，以及她和一名嫖客"宝贝"的爱情故事。

在每一篇日记的最后，她都会说，祝自己生意兴隆，加油，加油！

日记中也记录了鲁叔的猥琐形象，毛毛写道：今天，那个色老头又来找

我了，我把他带到里屋。有时候，这种老客人想要找处女，我妈就会把我推到前面，一本正经地介绍我肯定是处女。我妈还专门找了一些修补处女膜的广告，带着我去做手术。这老头就上当过一次，后来他说我不紧，要求做后面，我妈让他加钱，还说，只要能进得去。真疼啊，我在里屋疼得直叫唤，幸好老头没几下就软了，要不，还不疼死我。以后我得求我妈别让我做后面了，疼，我真想上学去啊。不过，没办法，还是祝自己生意兴隆吧，加油，加油！

包斩和胡警官所在的走访调查组获得了一条重要的线索，宾馆对面有个修鞋摊。修鞋老头向警方反映，对面的宾馆里有小姐，常常有浓妆艳抹的女人出入，一看就知道是做什么的。

很多宾馆的床头柜上都有个牌子，上面留有保健按摩的电话号码，有的宾馆即使没有，提供色情服务者也会将小广告塞进门里。

胡警官和包斩将宾馆的小姐全部治安拘留，勒令该宾馆停业整顿。

修鞋老头还向包斩和胡警官反映了一个情况，几个月前，有个修鞋的人让他帮忙拍照。那人说的话似乎和宾馆封尸案有关，包斩多次询问，老头却始终回忆不起那人长什么模样，穿的衣服也忘记了，只记得那人很年轻。

当时，他们的对话非常诡异，所以，修鞋老头对此印象深刻。

那人坐在马扎上，端正姿势，他把手机调成拍照状态，对老头说：来，给我们合影一下。

修鞋老头接过手机，问道：这玩意怎么拍，我不会啊。

那人说：你就对着我们，按中间的那个键。

修鞋老头将手机对着那人，觉得不对劲，问道：就你自己？

那人说：是啊。

修鞋老头笑起来说：你一个人，怎么能说是合影呢？

那人说：我后面还有一个人。

这句话让修鞋老头日后感到头皮发麻，当时那人身后并没有人，老头以

为是开玩笑，不以为意。后来宾馆封尸案发，全城皆知。修鞋老头想起，照片的背景就是封有尸体的那面墙。

◎第八章　卖淫日记

包斩和胡警官把修鞋老头叫到公安局，因为时隔久远，老头实在想不起那人的模样，警方画像专家无法画出犯罪嫌疑人的肖像。老头想了好长时间，补充了一个情况，那人看上去很白净，但是他的手很粗糙，都是趼子。

梁教授问了一个关键的问题：那人后来去哪里了？

修鞋老头毫不思索地回答：去宾馆了。

宾馆的墙内有一具尸体，凶手将尸体封存后，有可能会重回现场查看。很多埋尸案中，凶手以为自己安全了，会重回埋尸现场。凶手站在地面上，站在麦苗青青的田野里，站在公园的僻静处，只有他自己知道，脚下有一具尸体。

梁教授要求包斩和胡警官全力排查该宾馆的住宿人员，尤其是在封尸房间住过的客人。

宾馆登记住宿人员身份复杂，很多都是外地人，包斩和胡警官没日没夜地查看宾馆住宿登记表，派出警力挨个儿核实名单上的每一个人。这种排查工作，耗时费力，很难在短时间内找到犯罪嫌疑人。

死者鲁叔的社会关系简单，亲友邻居中没有发现谁和他有仇。警方认定凶手的犯罪动机为报复杀人，那么找到与鲁叔有矛盾冲突的人，案情就会明朗清晰。警方再次将侦查视线放在性工作者身上，全城的小姐众多，扫黄专项行动将其一网打尽。

特案组重点审讯了与鲁叔有过接触的几个小姐，毛毛在审讯中言辞闪

烁，似乎有什么难言之隐。

梁教授和苏眉几经劝导，毛毛交代说，鲁叔和毛毛妈也有过性交易。

这个嗜好爆菊的老嫖客，心理极其变态。有一次，他领取了养老金，一次要了两个小姐——毛毛和毛毛妈。在足浴店的那间里屋里，亮着粉红小灯，他当着女儿的面玩弄妈妈，然后当着妈妈的面折磨女儿。毛毛的爸爸在门口把风，一家人为了钱已经没有了廉耻。

后庭做爱是一种比较特殊的性行为，大多数女人对此感到疼痛难忍，少数女人会有快感。毛毛妈就是其中一个。毛毛妈在审讯时告诉特案组，她身为老板娘但也卖淫，原因是自己性欲强烈。

梁教授大跌眼镜，随后对毛毛爸进行了审讯。

梁教授问道：那是你亲闺女啊，你就让她卖淫？

毛毛爸狡辩道：她自愿的。

苏眉怒道：放屁，一个十六岁的未成年少女会自愿卖淫？

包斩说：她应该在学校，而不是在发廊，我感到很心痛。

毛毛爸软弱无力地说：上学有什么用，毕业能好找工作吗？不还是为了钱嘛，她现在挣得不少，比上班的那些人还多。好了好了，我该死，我有罪，我认罚，交多少罚款吧。

梁教授说：这次可没那么容易，扫黄不归我们管，你别以为你交了罚款就放你走。

画龙用拳头猛砸了一下桌子，怒道：你还是人不？真是心如蛇蝎，看什么看，再看，我就狠狠揍你一顿。

毛毛爸低下了头，不敢直视画龙。

特案组认为，毛毛在审讯时，交代的事情避重就轻，这个十六岁的卖淫少女似乎刻意隐瞒着什么。特案组对毛毛的"卖淫日记"进行了研究，里面多次提到一个叫做"宝贝"的嫖客，毛毛在日记中记录了她与宝贝的爱情故事。

隍城公安局局长分析，这个"宝贝"很可能是个昵称，是恋人之间的亲

恐怖旅馆

密称呼。

特案组四人面面相觑，画龙忍着笑对包斩和苏眉压低声音说：这不是废话吗？

隍城公安局局长说：下一步，应该对这个毛毛加大审讯力度，撬开她的嘴。

特案组要求毛毛交代"宝贝"的身份。毛毛情绪失控，她哭着咬破了自己的舌头，死活不说。看来，这个少女非常担心警方把自己的心上人抓起来，她愿意用死来维护自己的爱情。

卖淫日记放在隍城公安局局长的办公桌上，旁边还有秘书为局长写的一份发言稿。扫黄工作获得了市民的认可，市长将在扫黄打非工作总结会议上对隍城警方进行嘉奖和勉励。

局长发言稿由A4纸打印，语句通顺，干净整洁，括号里还有秘书特别提醒局长的话。

卖淫日记错别字连篇，记录在一个很旧的日记本上，每一页都有着很多涂抹的痕迹。

秘书给局长写的发言稿，原文摘录如下：

同志们：今天，在隍城召开的全市扫黄打非工作总结会议，我认为是十分必要的，这对于本市扫黄工作的开展，具有十分重要的指导意义。

下面我提议，让我们用热烈的掌声感谢市委市政府各级领导对本市扫黄打非工作的高度肯定！（此处望一眼市长，鼓掌，请市长讲话。）

对于刚才王市长的重要讲话，我认为，讲得非常好，非常深刻，给我们上了一堂深刻的教育课。（此处等掌声。）希望在座的同志，认真领会，深刻理解。回去后，要传达王市长的讲话精神，并认真落实，真抓实干，推动扫黄专项工作的深入开展，努力开创精神文明建设新局面。（喝口水，望一眼市

长，等掌声。）

毛毛写的卖淫日记，替换掉错别字，摘录如下：

我还记得，宝贝推门进来的那天下着雨，从此，我就喜欢上了下雨的日子。

我和宝贝认识快三个月了，他在我身上花了不少钞票。真正的爱情是天使的化身，一段孽缘不过是魔鬼开的玩笑。我和宝贝是爱情还是孽缘？

今天很累，那些工地上的工人发工资后全拥来了。一天做了二十多档生意，做完所有的工作时，已是凌晨一点。我真不知道，这样活着是为了什么，就为了那些钱吗？这样做值得吗？

人生总是充满痛苦吗？还是只有小孩是这样的？

宝贝，你还信誓旦旦地说无所谓，现在为了这个闹到吵架的地步，真是悲哀。亲爱的心中的完美女孩是不是能跟你天天一起逛街，经常一起看电影？我不是那个女孩。你只为自己想，不会为我想，我真希望你能理解我。有你的支持，是我最大的力量！我现在已经在为你改变了。希望我们的爱情能接受任何考验！

……

无论什么时候我都相信他，我相信宝贝是爱我的，他会负起责任。今天，他跟我说：我们一起存钱，为将来打拼。这是一个很好的建议，我要努力工作。

……

宝贝不知道我很自卑，我不是好女孩，所有人都瞧不起我。

我叫他不要来的，在我这里花钱没有意义，可是他不听，隔两三天就要来。看着他把钱交给我爸妈，我好辛酸。爸妈已经对我们有所察觉，爸爸还狠狠地训了我一顿。

……

听说我从小到大没吃过比萨，宝贝今天专门到必胜客给我买了一个九寸的比萨，好感动。两个姐姐叫我小心，不能对他动真感情，做我们这一行的，就不能有感情吗？

姐姐说：在妓女身上找初恋，真可笑。

宝贝，你知道吗，你是我的初恋，这辈子都会死心塌地地跟着你，哪怕天涯海角。

有时，我常在想，别的女孩在上学，我的命运为何是这样。假如不是这样，宝贝可以跟我天天开玩笑！咳，算了，有太多太多的烦心事。还是努力赚钱吧！妈妈说，我只要再做两年，就可以回家了。

加油，加油！我相信命运一定不会再来戏弄我了，为了梦想而前进吧！GO, GO！

……

今天很惊险，差点被抓到。听到爸妈的暗号，我推着客人从后门离开了，钱也没收到。算了，人没事就好。最近严打，这里也打得很紧，原来周围的店都关门了，只剩我们一家还在苦撑。

宝贝，突然我觉得自己好下贱。明明有了个爱我的、疼我的什么都顺着我的男朋友了，为什么我还这样？感觉自己真的好丢脸！他对我好的时候，我的负罪感就越重。

……

最近生意不好，我一天只做了两个，总共80元。爸妈在唉声叹气，我却暗暗高兴。今天第二个客人还没走，宝贝就来了，为了那个老色狼，宝贝吃醋了，他一生气就走了，还发短信跟我吵架。

"吃饭时想着你，看电视时想着你，下雨时想着你，一个人走路时想着你。"

这条短信我会一直留在手机里，这是宝贝中午发来的，中午又下起了雨。我看着大雨发呆，我相信他，等存够钱后，我就转行，我要做他的新娘，我要在下雨天和他结婚。

一份官方发言稿和一本卖淫日记放在一起，这是多么大的讽刺。

前者充满了马屁之词、空洞之言；后者情真意切，字里行间真情流露。

特案组四人没有参加市长召开的扫黄打非会议，他们全力以赴，紧紧抓住目前的疑点，展开深入调查。包斩三天三夜没有睡觉，他的吃苦耐劳令隍城警方钦佩不已。大家尽心竭力，放弃了一切休假，吃住都在公安局，走访排查了几百人，案情有了重大进展。包斩终于找到了让修鞋老头帮忙拍照的那个人，几个月前，那人入住隍城宾馆，在封尸房间住了一个晚上。

◎第九章　推理真凶

支队长对这人的名字很熟悉，在封尸房间住过一晚的那人正是他的朋友：雕刻家！

此人有重大作案嫌疑，拍照行为证明他知道墙内封有尸体，还特意在那房间住过一晚。那天晚上，他做了什么呢？会不会用整个晚上凝视着那面墙发呆出神，或者用手指敲敲墙壁，对着墙内的尸体自言自语？

在犯罪心理学中，关于变态杀人有个特点，杀人只是开始，而不是结束。

凶手会将作案过程在心中反复回忆，对于变态杀人狂来说，杀人是一种艺术。

野兽杀手——谢尔盖·特卡奇，作案近百起，甚至还参加过受害者的葬礼。他像出席盛大的音乐盛典一样，庄严肃穆，静静观赏着自己的作品，还流下了热泪。

画龙和支队长实施抓捕的时候，雕刻家已经带着老婆和女儿逃之夭夭，离家前他对邻居说去省城旅游，还带走了自己的获奖证书。第二天的省报上刊登了一幅雕塑作品照片，那作品正是混凝土包裹着尸体的雕像。当时在场

第一卷

恐怖旅馆

的民警对前来帮忙的雕刻家没有防备，这张照片应该是他用手机偷偷拍摄下来的。苏眉联系了报社编辑，编辑并不清楚雕像里有尸体，只知道雕刻家是省内知名艺术家，所以就刊登了这张雕塑作品照片。当时，雕刻家亲自去报社投稿，还提供了自己的获奖证明。他声称，这是他最好的作品，能够轰动世界！

当天的报纸被抢购一空，犯罪嫌疑人雕刻家声名大震，一夜间成为焦点人物，报纸上那张混凝土尸体照片成为大家茶余饭后的话题。全国各地的媒体云集隍城，案发宾馆每天都有记者在拍摄报道，那修鞋老头接受过近百次采访。隍城公安局长迫于压力，不得不召开记者招待会。

记者招待会前夕，众多媒体架起"长枪短炮"，久久等候，然而隍城警方没有一个人前来。

隍城公安局局长、支队长、胡警官和特案组的意见发生了很大分歧。

隍城公安局局长认为应该借助媒体的力量，发布B级通缉令，在全国范围内对雕刻家实行公开通缉。

胡警官的观点是取消记者招待会，凶手落网前，不适合透露过多案情。

支队长和雕刻家是朋友，熟悉雕刻家的社会关系，他表示自己愿意带领一个抓捕小组去省城，调查雕刻家的落脚点，成功抓捕或者诱捕的希望很大。

大家众说纷纭，莫衷一是。

特案组一言不发：包斩哈欠连天，他已经几天没睡觉了；苏眉和画龙都有些心不在焉；梁教授看着案卷，若有所思。

隍城警方请教特案组的意见时，梁教授果断地说道：那个雕刻家不是凶手。

这无疑是一枚重磅炸弹，警方费了九牛二虎之力，好不容易找到一个犯罪嫌疑人，竟被特案组轻易地否定了。

隍城公安局局长问道：如果他不是凶手，他怎么会知道墙内有尸体呢？

梁教授说：只有一种可能，他是一个目击者。

胡警官说：这个雕刻家是一号犯罪嫌疑人，所有的线索都指向他。外面

十宗罪
2
的记者认为他就是杀死鲁叔的凶手，他要是无辜的目击者，为什么要潜逃呢？还欺骗报社编辑，发布封有尸体的照片，这么明目张胆。我觉得，这是行凶者穷途末路的一种疯狂行为。

苏眉说：雕刻家把墙内的尸体当成是一件艺术品。

画龙抢过话说：当时支队长叫雕刻家来帮忙，这是一个偶然的因素。如果他是凶手，封尸在墙中，过了半年多，警察又找他帮忙去掉尸体外面包裹的混凝土，这也太巧合了吧？

梁教授说：为什么偷拍照片，明目张胆地发表在报纸上？答案是，他想出名。

包斩问道：还有一个关键的东西，鲁叔手上那枚戒指的来源搞清楚了吗？

支队长翻看了一下走访笔录，说道：那是鲁叔偷的儿媳妇的戒指，具体原因不知道。

梁教授也翻看了一下案卷，说道，明白了，走吧，我们去出席记者发布会。

隍城公安局局长不解地问道：你明白啥了？

梁教授说：我知道凶手是谁了。

隍城公安局局长说：那好吧，你们特案组去召开发布会，我们不参加，出了事情你们负责！

记者发布会上，特案组为大家上了一堂极其精彩的刑侦推理课。

苏眉用投影仪播放了警方发现的所有物证图片，并作了最详细的讲解，包斩强打精神，列出其中的重点：鲁叔排泄物中的金针菇、凶手遗留下来的弓弩箭杆、手上的戒指，等。

梁教授问道：死者的排泄物中为什么会有金针菇？

一个记者笑着回答：他吃过呗。

梁教授说：没错，这就是最简单的推理。

一个地质学家不需要亲眼见到塔卡考瀑布，只从一滴水上就能推测出它有可能存在；使用一枚硬币就可以测算出月亮到地球的平均距离；著名的哥德巴赫猜想和哥白尼的"日心说"就是用推理的形式提出来的。虽然推理的结论不一定可靠，但却是发现真理的一条重要途径。

在刑事侦查中，推理是必不可少的手段。

刑侦推理建立在对物证和线索的分析上，然后作出结论。爱迪生公司爆炸案是世界上最著名的推理案例之一，犯罪心理学家布鲁塞尔博士仅仅从凶手的一封匿名信上，就分析推理出这名凶手的性别、年龄、居住地以及患有何种疾病，最终帮助警方抓获凶手。

梁教授向记者展示了死者鲁叔的戒指，记者纷纷拍照。梁教授问道：谁能告诉我，他偷儿媳妇戒指的原因是什么？

一个记者回答：他可能缺钱吧？拿戒指换钱。

另一个记者说：也可能是当礼物，送给人家。

梁教授说：没错，这两种可能都存在，我们需要排除其中的一种。首先我可以确定的是，被害人的死亡时间是晚上十点左右……

支队长摇了摇头：尸体密封在混凝土中，就连法医都不好判断具体的死亡时间，梁教授是如何得知的呢？

梁教授继续说：不同种类食物的消化时间不同，金针菇的消化时间约为两小时，从金针菇的形状可以看出，死者的消化功能不好。凶手不太可能在白天将尸体封进混凝土中，毕竟工地上那么多人。只剩下一种可能，晚上遇害。夏季晚上吃饭的时间加上消化时间，就是鲁叔的死亡时间。并且，我注意到他去发廊找小姐的时间，几乎都是晚上十点左右。

记者问道：偷戒指是为了什么呢？

梁教授说：晚上十点，金店商铺都关门了，鲁叔不会选择晚上去兑换成钱。那么只有一种可能，这枚戒指是一个礼物，送给一个妓女的生日礼物。

梁教授运用的是刑侦推理中的连锁推导法，在一个证明过程中，或一个比较复杂的推理过程中，将前一个推理的结论作为后一个推理的前提，一步接

一步地推导，直到把需要的结论推理分析出来。

事后证明，梁教授的推理完全正确，那枚金戒指是鲁叔送给毛毛的生日礼物。

毛毛过十六岁生日那天，鲁叔为了讨好她，就偷了儿媳妇的戒指想送给毛毛。毛毛后来向警方供述，他们有过这样一段对话：

鲁叔：你说我多长时间没洗脸了？

毛毛：两星期？

鲁叔说：不对。

毛毛：两月？

鲁叔摇了摇头说：再猜。

毛毛不猜了，觉得很无聊。

鲁叔笑眯眯地说：我上次洗脸就是洗澡的时候，过年的时候。今天我洗脸了，还用抹布擦了擦身子。我带你出去，和你妈说好了包夜，钱都付了。今天你过生日，我还给你买了个金镏子，你看，喜欢不，妮妮，今天晚上，你是我的了。我要和你××……

鲁叔伸出手，给毛毛看戴在中指上的戒指。

毛毛撇撇嘴说：我不要，铜的，谁知道是真的假的啊。

一个女记者说道：这个鲁叔还挺浪漫的啊。

苏眉回答：鲁叔最初是一个暴露癖者，站在黑暗的小胡同对着下晚自习的女学生暴露性器官，调查时发现不少女孩都遇到过他。这里有份笔录：那天放学，我和两个女同学一起回家，一个老头过来，问几点了？我回答完，老头说想去厕所，我说学校里有。我和同学往前走，那老头说憋死了，看上去很难受，我也着急，就说那快去吧。他就那样了，他突然脱了裤子，给我们看完前面，还背对着我们撅起屁股，用手抠。当时我们三个女孩吓得说不出话，吓傻了，我们哭着跑了……

记者举起话筒，纷纷追问关于雕刻家的事情。梁教授避而不谈，示意包斩和画龙发言。

包斩说道：凶手是三个人，或者是三个人以上！

一个老记者问道：你是怎么知道凶手是三个人的？也是推理分析出来的吗？

包斩没有回答，画龙展示箭杆，记者纷纷拍照。画龙说道：凶手拥有这种弓弩箭杆。

记者都疯狂了，抢上前继续追问三名凶手的信息，然而特案组四人都守口如瓶。

记者招待会结束时，梁教授对众多记者说：我们想要借助媒体的力量，规劝凶手投案自首。这是我们一个良好的愿望，我们的耐心只有七天，七天后，如果凶手没有出现在警局，那么我们将实施抓捕。即使你跑到天涯海角，即使能躲过短暂的时间，你也将终生背负着通缉令，夜不成寐，直到我们把你抓获归案。事实上，我们已经掌握了凶手的详细信息，接下来，我们要等的是投案自首，给凶手一个争取从轻或减轻处罚的机会！

◎第十章　大雨之夜

死者鲁叔身上有三处致命伤：头上遭钝器击打，胸部锐器穿刺，后庭还插入一支箭杆。

一个凶手携带三种凶器的可能性不大，所以很容易推断出凶手为三人。

特案组通过媒体发布"凶手为三人"的结论，这是一个绝妙的办法。建立假设之后，就要验证假设。因为不管推理结果正确与否，都会使得侦破取得关键性进展。如果推理正确，那么凶手的家人和邻居有可能通过警方发布的物证把他识别出来，警方会得到有关凶手的线索；如果推测错误，目击者雕刻家也许会迫于压力向警方澄清真相。特案组声称凶手有三人，雕刻家去省城时带着老婆和女儿，他很容易以为警方把他们一家三口列为重点嫌疑

人，为了摆脱通缉，洗清自己和家人的嫌疑，这个一心想出名的家伙会主动联系警方。

梁教授这着一石二鸟，既可以通过媒体逼迫目击者雕刻家站出来，又能够让真凶认真考虑自己的处境。不管推测正确还是错误，总之，警方都会得到罪犯的有关线索。

第二天，一个体育局领导带着自己的儿子向警方投案自首。

第三天，另一名未满十八周岁的少年在家长带领下主动投案，承认罪责。

几天后，雕刻家出现在省公安厅的门口，犹豫再三，他用脚碾灭烟头，走了进去。

此案告破后，大家才体会到梁教授的良苦用心和慈悲胸怀。三名凶手都是未成年人，投案自首可以使他们获得减刑的机会，经过改造教育，重新走上社会。

我们的眼泪应该从一场大雨开始时流下。

我们的往事中总有那么一个雨天，那天下起了一生一世中最大的一场雨，永难忘怀。

每个人都曾经路过那种发廊，那种简陋的色情场所，里面亮着暧昧的小灯，一个女子站在门后，向过往行人招手。这种色情场所的小姐大多是人老珠黄的中年妇女，她们除了招手外还会向老年人掀起裙子，揽客方式五花八门，有的城市的小姐甚至在大街上强行拉客，她们比站街女更有主动性。她们的微笑并不代表喜爱，强颜欢笑只是在掩饰厌恶。

在西部地区某城市，一个中年妇女终日站在公园的围墙下，几十个老年人等待着交钱摸她。她一次又一次解开腰带，褪下裤子，就像是安静的空气，任由那些苍老的手摸来摸去。

恐怖旅馆

在三元里，一群武警包围了一个发廊，奇怪的是，武警都戴着防毒面具，全身上下穿着隔离服。他们逮捕了患有艾滋病的一个小姐，这个小姐的下身已经长出了金针菇形状的肿瘤。

毛毛就是这种简陋色情场所中的一个小姐，她的老板是她的爸爸妈妈。

她喜欢下雨，这种天气会有一种莫名其妙的忧伤。下雨天的时候，顾客也会减少，她可以安静地待一会儿。没有行人的时候，她就像房间里的一棵小树，看着窗外的雨。街道空旷，很寂寞，一如这个少女的内心，只有雨花不断地溅起，让她恍惚出神。很多问题，她都找不到答案，只是感到迷茫和忧伤，就像她在日记里写的那样：人生总是充满痛苦吗？还是只有小孩是这样的？

她本该为了作业而发愁，但却为了卖淫而苦闷。唉，这个可怜的女孩只有十六岁。

如果一个女孩过得太苦，流的眼泪太多，那么慈悲的上帝就会给她一个心上人，让她不再孤单。

那天夜里下着大雨，毛毛站在足浴店的门前发呆。一个帅气的男孩背着书包走进来，雨水将他额前的头发打湿了，他有些冷，但是脸上还带着迷人的微笑。毛毛看了他一眼，反锁上门，将他带进了里屋。

一个少女总是喜欢英俊的少年。

一个小姐也会喜欢帅气的嫖客。

男孩是个初中生，和毛毛的年龄差不多大，他坐在床上四下打量，丝毫不感到紧张。

毛毛对他充满好感，用一种略带羞涩的语气说道：敲小背五十元，大背一百元，带吹箫。

男孩疑惑地问道：什么是小背，大背？

毛毛回答：你怎么这样呢，又不是不知道，小背就是打飞机，大背就是做爱。

男孩有些意外，说道：啊，我真不懂。

毛毛不耐烦地说：那你来这里做什么，你是第一次来吧？

男孩解释说：我就是来避雨的，外面雨下得太大了。

毛毛说道：你快点，别耽误时间，我们这里不是避雨的地方，先给钱。

男孩拿出一百元，说道：我不敲什么背，我们就说说话好了。

毛毛接过钱，她还是第一次遇到一个不嫖的嫖客。两个人坐在一起，毛毛不知道应该说什么，只好保持沉默，气氛有些尴尬，外面电闪雷鸣，雨下得越来越大了。

男孩拿出手机，播放一首歌，两个人静静地听，后来，毛毛每当下雨时就会唱起这首歌。

美丽的故事总有个结局

我的就是失去了你

看着你渐渐走远的背影

就好像今生已注定

但是我好想告诉你　想告诉你

你就是我最美的遭遇

我想我不会忘记你

就算你　留我在夜里

就算雨下个不停

在大雨的夜里

多希望美丽的梦永远不会醒

……

雨停了，男孩走了，背影消失在夜色中。

这是属于一个妓女的浪漫传说。有一天，下了一场雨，一个帅气的男孩站在她的面前，不嫖，也不按摩，两个人什么都不做，没有任何身体接触，只是静静地说说话，询问和回答一些琐碎的事情。他们的视线避免相碰，两个人一起听歌，一起听大雨哗哗的声音。

恐怖旅馆

毛毛认为这个男孩与众不同，表姐告诉她，很可能是个阔气的公子哥。

毛毛多了一分期待，她站在门前的时候，除了向那些打算进来的嫖客招手，还满心欢喜地渴望再次看到那个男孩。

过了几天，男孩再次从门前走过。毛毛偷偷地看了他一眼，随即蹲下身子，将自己隐藏起来，她的心跳得厉害，脸有些发烫，连呼吸都变得急促了。男孩看了一眼足浴店，等到他走过去的时候，毛毛才敢站起来。

她兴奋地对表姐说，我看到他了，看清楚了，他长得真帅，哈哈。

她又沮丧地对表姐说：可是他没进来，我……真希望他永远不要进来。唉，我们这里，不是他该来的地方啊，可是，我还想再看到他呢，什么时候再看到他呢？唉，他真不该来。

从此，这个少女的每一次凝眸，凝眸处都栽满了只有她自己能看到、能闻到的花卉。

每个少女的心里都有一个五彩缤纷的花园！

雨，不可拆解，只能由两部分组成：水和思念。

多少人在下雨的夜里，会失眠，会看着窗外发呆，会莫名其妙地感到孤独和忧伤，这都是因为心里想着另一个人。

第二次下雨的时候，毛毛看到那男孩向着足浴店走过来。

她万分紧张，轻轻跺着脚，在心里说，不要来，不要来，不要过来。

那男孩再次走了进来，再次给了她一百元，再次和她坐在那肮脏的不知有多少嫖客躺过的床上。毛毛这次没有向他介绍色情服务的价格，她因为紧张，差点哭出来，满心希望男孩快走，又渴望男孩留下来。

男孩说起学校里的一些事情，说起自己的朋友。

毛毛低着头倾听，心里突然感到一阵难过，她从来都没有过朋友。

男孩说：真羡慕你，你不用上学。

毛毛说：啊，我很想上学去的啊。

男孩说：那我们最好分在一班，我做你同桌好了。

毛毛说：啊，可是，我……

男孩说：学校没人敢欺负你的，我的朋友很多，打架很厉害的。

毛毛说：我上不了学啊，我只能在这里待着，连个朋友都没有。

男孩说：我做你的朋友好了。

毛毛说：好，可是你知道，我是一个……

男孩说：没关系。

那次谈话，毛毛知道了男孩的名字叫做小北，她在日记里大胆地称呼他为宝贝。一个少女的私密日记，总有些让人脸红心跳的地方。两个人很快熟悉起来，男孩上学放学都会刻意路过毛毛的足浴店，两人大多数时候都是微微一笑，擦肩而过。有时，小北会走进来。毛毛总向妈妈撒谎，她对妈妈声称"没做，只敲的小背"，借此帮小北省钱。小北倒是很大方，从来不介意，他交了嫖资，只是为了和毛毛说话。

他喜欢和她在一起。

性是个小东西，爱才是个大东西！

有一次，她鼓起勇气对他说：你不知道，我有点喜欢你呢。

一个月后，小北过生日。毛毛偷钱，跑出来买了很多生日礼物，其中有：一个手机链，一个可爱的毛毛熊，几包香烟，一件雨衣，甚至还像成年人那样，买了一朵玫瑰。她不知道他喜欢什么样的礼物，所以买了很多，装在一个方便袋里，送给了小北。她感到非常不好意思，在一间KTV里，毛毛坐在角落不说话，小北和朋友们一起唱歌，喝酒。生日派对结束时，小北才发现放在塑料袋最下面的玫瑰，已经压得有些残破了。

小北把毛毛拽到身边，拿起话筒，向自己的死党大声宣布：毛毛就是我的女朋友！

毛毛感动得哭了出来，她从来没有像现在这样感到幸福，同时心里还有很强烈的自卑。

那天，她藏在他的雨衣后面，弯着腰，扶着他的肩膀，过马路时有车辆鸣笛，可她一点都不感到害怕。小北的父母出差了，他带她回家，他们第一次

恐怖旅馆

做爱。做爱前闹了点别扭，毛毛非要洗澡，但是热水器坏了，小北有些急躁，拉扯着毛毛就要上床，毛毛使劲挣脱开，跑进了卫生间。

她对他说：宝贝，我要清清白白地给你。

小北有些不理解地说：热水器坏了，还洗什么。

她固执地说：我要洗干净自己，哪怕用冷水，宝贝，我爱你……

一个小妓女和一个初中男生相爱了，这是他们的初恋。

初恋，一个多么美好的词语，我们旧日回忆中的怦然心动，无法忘怀的那种青涩的感伤。一场雨落在每个人的心事上，每一滴，都在追忆我们的似水年华和悠然过往。

一个初恋的男孩很容易因为一点小事而疯狂，台湾电影《牯岭街少年杀人事件》改编自台湾青少年的真实杀人案件，一个男孩因为吃醋在街头捅死了心爱的女孩。美国电影《大象》根据哥伦拜恩中学校园枪击案改编，两名未成年学生持枪打死一名教师和十二名同学，随后饮弹自尽，至今无法确定犯罪动机和诱因，警方认为两人很可能是失恋而大开杀戒。

毛毛生日那天，小北和两个朋友给她准备了一个生日派对。

鲁叔在那天去了足浴店，要求包夜，谈好价格后，把钱给了毛毛妈。鲁叔带着毛毛去宾馆嫖宿，在路上，小北和两个朋友截住了他。毛毛不想跟鲁叔去宾馆，但是自己又无法逃跑，一路上都想着小北，非常难过。小北要把毛毛带走，鲁叔坚决不同意，羞辱责骂了这三个少年。毛毛一直在哭，不知道该怎么办。鲁叔拉扯着毛毛，对三个少年说道：她就是一个小妓女，我给钱了，她妈妈让我带出来的。你们三个小毛孩子都给我滚蛋，别耽误我的事。

三个少年跃跃欲试，想要强行带走毛毛。小北说：揍他。

鲁叔拿出了一把老式刮胡刀，恶狠狠地说道：本来我是想给她刮毛，你们要不要试试？

小北的家正好在附近，三个少年去小北家拿了武器，原路返回。小北拿着一把弓弩，他的父亲是体育局领导，这把弓弩是射箭协会赠送的；两个朋友

分别拿着一把匕首和一根钢管。三个少年怒气冲冲地寻找鲁叔，鲁叔却不见了，只有毛毛站在一个工地旁边等待。毛毛说鲁叔拉肚子，去方便了。三个少年在工地上找到鲁叔，将其杀死，随手将尸体扔进了尚未浇灌混凝土的钢筋笼内，这一幕恰好被一个人看到。

雕刻家那天晚上去工地上取胶泥，胶泥是具有一定黏性的泥状塑性固体，只有工地施工挖到地下深处的时候，才有胶泥层。雕刻家打算做泥塑作品，在工地上偶然看到四个人发生了争执：三个少年围着一个老头，老头拿着把剃须刀破口大骂，一个少年用钢管将剃须刀打飞，然后朝他头上狠狠地打了几下……

雕刻家躲在暗处，看到了杀人抛尸的整个过程。

他没有报案，事实上，很多目击者都会选择知情不报。一名在职刑警曾经对一份法制日报的记者说："从司法现状来看，举报人不愿举报已是不争的事实。究其原因，最根本的一条就是害怕遭到打击报复，多一事不如少一事，这反映出目前人们的普遍心态。"

案发后，三名少年，两名投案自首，一名离家潜逃。

小北的父亲认出了媒体上刊登的弓弩箭杆照片，自己家里的箭杆正好少了一支。儿子小北精神几近崩溃，不敢上学，不敢看电视。父亲觉察到什么，再三逼问，儿子告诉了实情。父亲深思熟虑后，带着儿子投案自首。

父亲对戴着手铐的小北说：你还是个孩子，你现在未满十八岁，投案自首比包庇你更好，爸爸这样做是因为爱你，你可能不知道什么是爱。很多年后，你出来了，你要是还喜欢那个女孩，我尊重你的选择。

特案组将小北落网一事告诉了毛毛，毛毛担心地问道：他会被枪毙吗？

梁教授坦诚地回答：他是未成年人，又是投案自首，可以从轻或减轻处罚，不会判死刑。

毛毛说：那他要关多少年？

包斩想了一下，回答了一个大概的数字。

毛毛说：我会一直等他，无论是十年，还是二十年。

恐怖旅馆

画龙说：一个人的打算，可能会随着时间改变。

毛毛说：我不会变的，我怎么可能会变呢？

苏眉说：那时，估计你们都是中年人了啊。

毛毛说：他肯为了我杀人，我要等他，如果他还要我，我就嫁给他。

特案组离开了审讯室，外面阳光明媚，没有风，也没有下雨，独自待在审讯室里的毛毛竟然哼起一首关于下雨的歌：

> 看着你渐渐走远的背影
> 就好像今生已注定
> 但是我好想告诉你 想告诉你
> 你就是我最美的遭遇
> ……

待我成尘时，你将见我的微笑。

——鲁迅

　　一个小学生在作文中写道：如果我是城管，看见妈妈在街边卖红薯，我就慢慢赶她走。

　　另一个孩子在请假条中这样写：

　　吴老师，因为我妈妈前天被城管打伤，现在还在东南医院shū yè，早上我要去看护，特此请假半天。此致，敬礼。

◎第十一章　吞手之人

　　2008年10月24日，《城市新闻时报》刊载了一则新闻，选摘如下：

蔷薇杀手

昨日，一个73岁老翁赶着驴车进城卖红薯。他告诉本报记者，红薯是自家地里种的，儿子瘫痪在床，卖红薯只为了给儿子挣点医药费。老汉赶着毛驴车走了八小时，早晨在开发区解放路市场路口刚刚停下车子，突然来了一辆城市执法车，下来一帮凶神恶煞般的人，骂骂咧咧就开始摔红薯。

一名围观群众声称，老汉驼着背，极力护着自己的一车红薯，老伴跌在地上流泪。

一家商户对本报记者说，老汉上前扯住一名城管的衣服，一个劲地央求。那人像是个小领导，估计是副队长，他扭过身，连扇老汉的脸，扇得啪啪响。老汉跪下求饶，那人依然掌掴不停，并且怒骂道，滚，不许在这里卖，再卖还揍你。

市民赵女士也目睹了这一幕，她说，唉，看着心酸啊，那老人比她的父亲年龄都大，那人怎么就能下得去手呢！当时有不少人围着看，其中有人喊"把城管的车给砸了"，群情激愤，打人者坐上车就跑了。要不是跑得快，我一个女人也要上去把车给掀翻，太过分了。

这则新闻迅速被国内媒体转载，网络新闻排行榜中也占据头条，一时间成为时事热点。

三天后，开发区城市管理执法大队副队长被人杀害。一名早起的晨练者发现了尸体，尸体侧躺在死者平日上下班的单位门口。晨练者以为是个醉汉，翻过来后发现死者的嘴巴里塞着一只手，那正是死者自己的手。

尸体周围还有蔷薇花瓣，被风吹散，零落一地。

副队长横尸街头，手被人剁下来塞到了嘴巴里。这个爆炸性新闻立即传开，街头巷尾，城市的每一个角落都有人在谈论这事。老百姓以讹传讹，最终给杀人者起了个文绉绉的绰号：蔷薇杀手！

老百姓有着高超的文学水平，每一个谈论此事的人都参与了创作，坊间的故事版本最终定型为这样——蔷薇杀手武功高强，曾在少林寺学艺十八年，下山后除暴安良，劫富济贫，只杀贪官和污吏，每次杀人，都要留下一朵

蔷薇。

没有人知道蔷薇杀手是谁。

当地警方调动了大量警力对此案进行侦破，然而没有发现任何线索。执法大队人人自危，领导开会决定悬赏缉拿，对提供破案线索者奖励人民币十万元。

一天过去了。

政法委焦书记问道：有多少人拨打了举报热线？

电话接听员失望地说：0个。

很多大案中，只要警方向社会公布案情提供悬赏，热线电话就会被市民打爆。然而，此案中，根本没有人拨打电话提供线索，就连一个人都没有。

政法委焦书记向上级公安机关汇报，迫于无奈，请求特案组协助。

梁教授看完案卷后，说道：案发前，副队长打人，有人把他的手剁了下来，这是一种很明显的报复行凶。法医鉴定报告显示，死者断腕后存活了一段时间，致命伤在胸口，被利器刺中心脏。断腕处创口整齐，也是用了一下，看来这个杀人者力量大得惊人，一下剁掉手腕，一下刺死受害人，杀人手法干净利落。至于为什么把死者的手塞进嘴巴，原因不明。鉴于死者的城管身份，这座城市里的每一个正义人士都有可能是凶手。从现场照片上看，尸体附近没有种植蔷薇，这些蔷薇确实是凶手留下的。

苏眉说：这是一种晚期蔷薇，也叫野蔷薇，多生长在郊区野外，生命力极强，花期可开至十月底。

包斩说：蔷薇杀手，这个杀人者的名字还真有诗意。

画龙说：咱们非得接这个案子吗？就让他们当地警察忙活去呗，找去呗。说实话，这种人真是死有余辜，我以前就揍过城管。那个蔷薇杀手，说实话啊，我觉得，这人是个英雄，我想和他喝酒。

白景玉：国有国法，法治社会不需要英雄。

画龙说：老大，我想请假，自从加入特案组，我多长时间没回家了？请批准。

蔷薇杀手

白景玉：不准，立即出发！

市公安局政法委焦书记亲自开车到机场迎接特案组，本来梁教授要求低调行事，不要大张旗鼓，但是焦书记声称局里已经准备好了一个欢迎仪式，同时还要召开全市公安干警的动员大会，限定日期，誓破此案。

车辆驶进市区，特案组四人注意到街道两边没有种植蔷薇。

苏眉问道：我看资料上写的，蔷薇是这个城市的市花，市区为什么见不到？

焦书记解释说，蔷薇确实是市花，在这座城市的郊区，野外田边，铺天盖地都是野蔷薇，这种蔓延和攀缘性植物如果种在城市里，就会疯长，绿化带会被野蔷薇占领。这种蔷薇只生在野外，虽然是市花，在城市里却看不到。

车辆行驶到开发区解放路路口，梁教授让司机停车。这里就是副队长掌捆卖红薯老翁的那个路口，车辆往来，人流穿梭，小商小贩云集于此，吆喝叫卖，看上去一派繁华景象。

梁教授：你有多久没买过菜了？

焦书记：好久了吧，平时挺忙的，呵呵，哪顾得上买菜。

梁教授：那好，我们现在去买菜。小眉去通知局里的欢迎宴会取消，中午咱们自己做饭。

梁教授、画龙、包斩、焦书记四人下车，梁教授说这里才是第一案发现场，这里是案发源头。包斩推着轮椅上的梁教授，走进小贩占据的街道中间，但见瓜果新鲜，蔬菜绿意盎然。焦书记心里突然涌出一种微服暗访的感觉，买菜这种小事对于一个官员来说，非常亲切难得。

蔷薇杀手也许就是这路口的一个小贩。

司机载着苏眉来到市公安局，苏眉走进大厅，有些疑惑：大厅里人员很多，除了穿警察制服的，还有穿着城管制服的，通往会议室的走廊里甚至还有抱着孩子的少妇在走来走去，公安局里乱糟糟地喧哗一片。

苏眉旁边站着一个年轻的小警察，个子很矮，正在摆弄手机。小警察看上去刚刚工作，稚气未脱，脸上竟然还有青春痘。

苏眉：请问一下，特案组接待处在哪里，谁负责？

小警察抬头看了她一眼：特案组马上到，你也想看看特案组啊，新来的吧，以前怎么没见过你？

苏眉意识到这个小警察把她当成警局同事了，正想表明身份，那小警察压低声音说：我就是。

苏眉没有听明白，问道：你是什么？

小警察说道：特案组有四个成员，从全国警察中选拔而出。其实，我是第五个，不过现在没公开，属于保密状态。

苏眉忍俊不禁，问道：那你见过特案组的四位警员吗？

小警察继续低头摆弄手机：切，我和他们太熟了：梁老头、画龙哥、包哥、眉眉。画龙哥功夫好，我前几天还和他切磋过散打，戴拳套和护具打个平手，其实我是让着他，毕竟我刚进特案组得给人留面子，下次就要修理他，免得他目中无人。包哥皮肤很黑，跟炭似的，好像刚从烟囱里跑出来，但他好厉害，蛛丝马迹都逃不过他的眼睛。梁老头，我们都喊他老爷子。

苏眉再也忍不住，扑哧笑了：你觉得苏眉怎么样？

小警察：黑客，懂点电脑技术，但花瓶一个，没啥大用，不过……

苏眉好奇地问道：不过什么呢？

小警察耸肩说：谁叫眉眉是我的女朋友呢。

这个冒充特案组成员的小警察是焦书记的儿子，他非常喜欢吃水果布丁，以至于没人喊他的真名，朋友和同事包括他老爸都喊他布丁。布丁从小就立志做一名英勇的警察，对特案组非常崇拜，特案组四人在他眼里就像明星一样。

特案组到来后，欢迎宴会取消，梁教授在焦书记的办公室特意召见了布丁。

布丁开门进来，立正姿势敬礼，看上去很紧张，心里因为冒充特案组成员而忐忑不安。

蔷薇杀手

画龙活动了一下手腕说道：小子，你不是要修理我吗？我就是画龙。

小布丁保持立正姿势，面有惧色，挤出一个笑脸说道：画龙哥，我开玩笑，您可千万别当真。

苏眉走到他面前，笑着说：你有十八岁吗，人小鬼大，竟然还想泡我？说什么眉眉是我的女朋友。

小布丁感到非常尴尬，吞吞吐吐地说：我，我，二十一岁了。

梁教授说：脱下警服。

小布丁头上开始冒汗，急忙说道：我错了，原谅我吧，我不该冒充特案组成员。

旁边的焦书记也劝道：犬子不懂事，我替他道歉。

梁教授：脱下警服，不是要你不当警察，我们也没这权利，而是要你做一名侦查员。

小布丁有些不明白，一头雾水。

包斩说道：侦查期间，你就不能吃布丁了。

梁教授特意叮嘱一句：也不能偷吃。

特案组初步分析认为，蔷薇杀手就是一个小商贩，因为和城管发生矛盾，将其杀害。因为没有群众愿意提供线索，特案组决定派一名侦查员暗中调查。在刑事侦破中，警察需要扮演各种角色，来获得有用的侦破信息。电视剧中常看到警察扮演嫖客，假扮购买毒品的顾客，包括卧底侦查，这些都是很有效的侦破手段。

小布丁即将扮演的角色是一个小贩。

梁教授说：我们会安排人，把三轮车以及一些水果都放在解放路派出所家属院的一个储藏室。你每天天不亮就出摊，晚上八点收摊，要和那些真正的小贩融在一起，打听信息，你的工作对于侦破此案来说非常重要。

小布丁点点头说：我明白了，保证完成任务。

包斩说：时刻记住这一点，你不是警察，不是焦书记的儿子，你是一个

卖水果的小贩。

梁教授说：特案组只有四人，现在，我们决定增加一个。

小布丁喜出望外，张大嘴巴说：啊。

梁教授说：现在正式任命你为特案组临时警员。

苏眉说：小弟，侦破此案后，你不用再吹牛，可以对任何人讲，你是特案组的第五位警员。

◎第十二章　大战城管

特案组到来前，当地警方就已经进行了初步调查。案发前，城管大队副队长与同事喝酒至晚上十点。饭店老板证实，副队长喝得醉醺醺的，离开前在店门口打了三个电话。他说话时舌头有点大，一句话重复几次，时不时地提高嗓门，所以老板对这三个电话的内容记得很清楚。

1. 喂，小敏吗？是我……对，出来吧，哥带你唱歌去，怎么样？什么，时间太晚了……咱俩的关系能再进一步不？哥吃不了你，怕什么？喂，喂，干你妹……挂我电话。

2. 芳芳，你在哪儿呢？嗯……别做生意了，我就是你的大主顾，我这就去宾馆开个房间，你打车过来吧，放心……价钱少不了你的，咱都是老客户了……好好伺候我一夜。

3. 老婆，我得连夜出差，去外地开会，晚上不回家了。

这三个电话不难看出，副队长的生活作风很糜烂，他打个饱嗝，一个人跟跟跄跄地离开饭店，不远处，街心绿地的冬青丛里发现了他的手机和一泡尿液。特案组分析认为，副队长就在此地失踪，去向不明。凶手应为男性，一刀断手，一刀毙命，足见此人身强力壮。凶手应该有车辆作为运输工具，否则副

队长那巨蛆式的身躯如何搬运？

第一凶杀现场应该在距离不远的郊区，一个有着很多蔷薇花的地方。

特案组要求当地警方重点排查卖红薯老翁的村子，看看村里是否有杀猪宰羊的屠夫和老汉是亲戚关系；如果有机动三轮车或者拖拉机等运输工具，应该纳入警方的重点摸排视线。

苏眉调取了案发当晚市区各路口的监控录像，网络监控系统已经在中国的绝大多数城市普及，治安重点区域、交通繁忙的路口、居民小区、商业中心、车站广场都安装有监控探头，这为警方打击犯罪构建平安城市提供了极大便利。苏眉列出了近百部可疑车辆，接下来的工作就是配合交警部门逐一排查，希望从中找到抛尸车辆。

几天过去了，特案组四人决定去解放路市场路口看看小布丁的暗中调查进展情况。

布丁刚进警局，就被特案组重用，他感到很兴奋，但是兴奋劲儿过后，他发现刑侦工作比自己想象的要辛苦。这个从小娇生惯养的公子哥，什么时候吃过这种苦？每天早晨，他推着三轮车到解放路路口摆摊卖水果，最初，他找不到可以摆摊的地方，因为占了一个卖甘蔗小贩的摊位，差点发生争执，最终，卖甘蔗小贩空出一点位置让他摆摊。布丁注意到地上有很多东西：一条旧麻袋、一块石头、一只破碗、一截甘蔗、一段绳头……

这些我们从来都不去注意的东西都代表人，代表小贩占下的摊位！

布丁以前有过一个疑问，为什么小贩要抢占道路，而不去市场里面摆摊设点呢？等他自己从政法委书记的儿子转变为一个小贩的时候才明白，市场里面要缴纳管理费、卫生费，还要交税，小贩们每天只赚几十元，交完那些费用后，所剩无几，所以他们宁可在市场外面占道经营。

小商小贩们以相同的贫苦彼此为邻，就像一株草挨着另一株草。布丁很快就和卖甘蔗小贩混熟了，卖甘蔗小贩一天只赚三十元，但是要养活一个家，整整四口人。

布丁坐在马扎上，看着车水马龙，他开始了人生中第一次对苦难的思考。

他的水果摊左边是一个卖糖炒栗子的，摊主是个抱孩子的下岗女工；右边是一辆三轮摩托车，卖甘蔗小贩正用砍刀削甘蔗皮；道路两旁还有很多小商贩，有卖糖葫芦的，有卖肉夹馍的，有卖衣服的，有卖两元一件的小百货的……这些都是地摊，摊位前人流涌动，熙熙攘攘，热闹非凡。

布丁突然听到了喝彩声，站起来抬头看，街边空地上围着很多人，一群武校学员在教练的带领下，正在为地震灾区义演筹集善款。

武校学员表演了少林功夫、硬气功、南拳和太极，赢得了阵阵喝彩。

一个小女孩的气球飘到了路灯上，小女孩泪花闪闪地仰着头看。武校学员在没有使用任何工具的情况下，在路灯下瞬间搭起一个金字塔人墙。教练穿着一身红色运动服，他身手敏捷地攀上人墙，摘下气球从上方跳下，就地打了个滚，把气球还给小女孩，博得了路人的阵阵掌声，捐款者十分踊跃。

卖甘蔗小贩说：那个武校教练老厉害了，一个人能打十几个，得了好多奖。

布丁说：不知道他和我画龙大哥打起来，谁更厉害，呵呵。

卖甘蔗小贩说：你整天吹啥牛，认识这个认识那个的，一天到晚净听你吹牛了。

布丁拿出一部手机，摆弄着说道：我可没吹牛。

卖甘蔗小贩：哎呀，你这山寨机哪买的，起码得八百元吧？

布丁：切，这可不是水货，八百元？八百元就让你摸一下。

卖甘蔗小贩：给我放一首《求佛》，《香水有毒》也行，洗干净一切陪你睡……

卖甘蔗小贩袖着手扯着喉咙唱起来，小布丁笑得弯下腰。

小布丁问道：前几天，杀城管那人，功夫肯定也很棒，这事你听说了没？

卖甘蔗小贩说：我知道是谁干的，我先去撒泡尿，回来和你说，你帮我看会摊子，兄弟。

蔷薇杀手

布丁说：去吧。

卖甘蔗小贩说：城管来了的话，记得赶紧喊我一声。

布丁说：城管有啥可怕的，公安局局长都得听我爸的，切。

卖甘蔗小贩在他头上狠狠扇了一巴掌，说道：嘿，你这小子真他妈会吹牛。

布丁揉揉脑袋说：不信算了，对了，那事到底是谁干的？

卖甘蔗小贩说：那天，副队长揍那卖地瓜老头时，我亲眼见了，回来再说，憋不住了。

特案组四人找到布丁的水果摊，装做买水果的样子。布丁看到他们很高兴，一边称秤一边压低声音告诉特案组，蔷薇杀手的身份很快就会打听出来。苏眉拿起一个红苹果嗅了一下，梁教授点点头，问道：小伙子，生意怎么样啊？

布丁嬉皮笑脸地说：马马虎虎还凑合，要不，您多买点；这个美女姐姐，买两斤苹果吧。

苏眉瞪他一眼，将苹果放下。

这时，路口突然一阵骚动，几辆车开了过来，刺耳的刹车声和大喇叭的声音混合在一起。有人大喊一声，城管来啦，快跑。城管执法车的喇叭里传来一个威严的不耐烦的声音：说了多少遍了，不许在这里摆摊，把他们的摊子都给我掀了，把秤没收。

几十个城管气势汹汹而来，看来这是一次大规模的联合执法行动。

小贩们闻风丧胆，纷纷逃窜，路口乱作一团。有的骑着三轮摩托风驰电掣般跑向小胡同，有的推着独轮车向居民小区中躲避，跑得慢了就被城管抓住了，摊子掀翻，秤被城管折为两段，各种商品散落一地，呼天抢地的声音不时传来。过往群众纷纷停下脚步，有的老年人看到这种暴力执法的场面，心里会不会唤起并不遥远的回忆？

一个穿着制服的大胖子，叼着牙签，领着两个便服人员牛哄哄地走到布丁的水果摊前。大胖子一声怒吼：谁让你摆的？特案组四人躲避到安全地带，小布丁问道：你们有证件吗？显然，这句话激怒了那个大胖子。他将布丁的一车水果掀翻在地，恶狠狠地踩烂了一个苹果，吐出牙签，猥琐地叫嚣道：这就是证件。

旁边卖糖炒栗子的妇女神色慌张，急忙将自己的栗子装进纸箱里。两个便装人员抢过纸箱，把几箱栗子都扔到车上。妇女抱住大胖子城管的腿苦苦哀求，她的孩子站在一边吓得哇哇大哭。妇女哀求说，自己下岗了，这些栗子还是借钱买的，请城管大爷放她一马。

大胖子城管的回答是：把锅给她砸了！

一个便装人员恶狠狠地举起一个秤砣，将炒栗子的锅砸了一个窟窿。

这时，卖糖炒栗子的妇女像疯了似的，她做出一个极端的举动——这位母亲把自己的孩子举过头顶，哭着用嘶哑的声音说道：不还我栗子，我就把孩子摔死在你们面前！

孩子大概只有四岁，不明白妈妈为什么这样做，只是吓得大哭，不停地喊着妈妈，妈妈……

眼前的情景让画龙血气翻涌，他脱下警服，里面只穿了一件白衬衣，然后挽起袖子，松开几个纽扣，露出石雕般结实的胸膛。

画龙握紧拳头，胳膊上青筋暴起；包斩紧紧地拽住他，劝他冷静，防止他冲上去。

那位母亲举着自己的孩子，泪水流下来，眼中充满绝望的乞求。大胖子城管真是铁石心肠，冷笑着骂了一句，去你妈的。说完一脚踹在母亲的肚子上，那母亲和孩子一起摔在地上。

梁教授冷冷地说：小龙，还等什么呢。

画龙怒发冲冠，心中的悲愤再也无法按捺。他大喝一声，一记凌空垫步侧踹，力量威猛至极，正中那大胖子城管的头部，扑通一声，胖子城管应声倒地。画龙拎起旁边一个身材瘦小的便装城管，扔起来后，一记侧踢将其踢飞。城管喊一声，打架啦，快来。几十名城管怒气冲冲地围过来，群众也向后闪出一块空地，过往车辆都停了下来。

画龙站在中间，几十名凶神恶煞般的城管将他包围。

围观群众都为画龙捏了一把汗。这些城管大多数都是痞子，长期和小贩殴斗练就了街头斗殴的过硬本领，有的城管手里还拿着铁棒、钢管等武器。

周围变得很安静，有风吹过，一片枯黄的树叶飘了下来。

画龙正想出手的时候，一个穿红色运动服的男人打倒几名城管，冲了进来。他的手里拿着两根白蜡棍，递给画龙一根，以江湖习武的规矩抱拳说道：少林武校教官，郑雪剑，愿和你并肩作战。

画龙接过白蜡棍，抱拳还礼说道：幸会，武警教官，画龙。

几十名城管嗷嗷叫着冲了过来。画龙和郑雪剑挥舞木棍，只听得噼里啪啦一阵响，数名城管被木棍打倒在地。郑雪剑使用少林棍法，画龙幼时曾拜名师习得著名的六合棍法，两个人指东打西，白蜡棍虎虎生风，一捣一劈，全身着力，将各种棍法招数使得娴熟威武。

两个人就像比武一般，互为对方喝彩，自己也不甘示弱。

一名城管冲过来，画龙一招"大梁枪"，扎住那人脚面，然后棍尖上挑，打中那人下巴，侧身一棒将其打倒，这三连招简直如闪电般快。

另一名城管向郑雪剑逼过去，郑雪剑抢步上前，使用少林棍法中的"番飞八打"，迅疾快速，令人眼花缭乱，只听得一连串的响声，那名城管腿、膝、胸、腹等八处受击，最后一棍击中脖子，他倒地惨叫。

很快，棍棒挥舞过后，地上倒下一大片城管，还剩下几名。画龙和郑雪剑扔下白蜡棒，想借机显示下自己的拳脚功夫，然而那几名城管面露惧色，完全没有了嚣张气焰，犹豫上前几步，转身而逃。倒在地上的城管纷纷相互扶携，狼狈逃窜。

现场围观群众大声喝彩，纷纷鼓掌。

一会儿，电视台的记者扛着摄像机赶到，电视台打算做一期城管执法创

建良好市容的节目。现场仍旧围着一些群众，对刚才的大战城管事件津津乐道。

采访前，电视台记者特意找了老中青三代人，让他们站在摄像机前按照背好的台词念一遍。一个老头记性不好，磕磕巴巴地念了几遍"感谢……良好的市容环境，没有了小商小贩，出门散步我都觉得神清气爽"。

手拿话筒的记者站到摄像机前，微笑着朗声说道：近日，我市城市管理执法部门重拳出击，严厉打击市区内无证经营、强占道路的不法商贩，刚才采访了三位市民，他们对这种整顿举措热烈欢迎。我们看到，市区未受很大影响，各方群众情绪稳定，市民生活井然有序……

一个围观群众扯着嗓子喊道：稳定有序你奶奶个腿啊！

围观人群哄笑起来，记者的脸红了，赶紧报道完毕，离开现场。

110也来了，看来，当时大战城管的时候，有人报警，巡警询问了一个看热闹的老伯。

老伯背着手，眯着眼，似乎有点耳背，巡警一连问了几句，老伯才听清楚。

老伯说：这里什么都没发生，没有人打城管。

巡警问：地上的那几摊血，是怎么回事，您知道吗？

老伯伸出四根手指说道：我发誓，那是碾死了一只狗。

◎第十三章　呼兰大侠

如果仔细倾听被遗忘的角落，会听到，每一株小草都有微小而洪亮的声音；如果向着尘埃俯下身去，会看到，每一只蚂蚁都有着卑微而坚强的微笑。

几天后，小商小贩重新占据了街道。城管联合执法行动就像一阵风，小

蔷薇杀手

贩的脸上看不到那场风暴的痕迹。城管始终没有查明究竟是谁揍了他们一顿，城管大队长要求公安机关介入调查，但在政法委书记的干涉下，最终不了了之。

政法委书记阴沉着脸，他对城管大队长这样回复：我不知道是谁打的你们，我只知道我儿子被你们打了！

小布丁受到了惊吓，城管掀翻车子时蹭破了他的膝盖，虽然受了轻伤，但他并没有停止侦查工作，很快就从卖甘蔗小贩那里打听到了一个重大消息：

蔷薇杀手名叫呼兰！

卖甘蔗小贩称呼他为呼兰大侠，提到这个名字的时候，卖甘蔗小贩做了一个抱拳礼的姿势，表示心中的敬仰。

两个人坐在车水马龙的街头，秋高气爽，阳光明媚。布丁给卖甘蔗小贩点燃一支烟，卖甘蔗小贩娓娓道来。

呼兰大侠，也许真实名字并不叫做呼兰，他犯下的很多案子至今未破，所以无人知道他的真实姓名，唯一可以证实的是此人是关东人。有人称他为中国佐罗，有人说他其实是个恐怖分子。这人武功高强，来无影去无踪，最初是个小偷，只盗富商豪门，每次盗窃来的钱都分出一半给穷人。有个捡垃圾的老头，住在河边的破房子里，过年的时候磕头许愿，希望出门捡个大钱包。大年初一早上，有人敲门，老头开门却见不到人，地上放着一袋钱，送钱的人已经走了。比送钱更奇怪的是，当时雪地上连一个脚印都没有，这钱就好像是从天上掉下来的。后来，呼兰大侠犯下了命案，开始在全国流窜，每到一座城市，就杀几个贪官。和其他杀人凶手不同的是，他从不掩饰自己的身份，在墙上、死者身上写下"呼兰大侠"这个名字。有人说他杀了十几人，有人说他杀了几十人，具体数目不得而知。有的被害者甚至不敢报案，一个贪官因为心长歪了，侥幸逃过一死，但他没敢报案。有个警察朋友去医院探望他，偶然得知此事，警察勘察现场时在他家里发现了一个保险箱，保险箱是声控密码锁，怎么都打不开。最终，没有办法，只好请那大难不死的贪官亲自前来。贪官说道："清正廉洁，执政为民！"柜门应声而开，满柜金银珠宝惊呆众人。这个

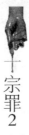

贪官是唯一见过呼兰大侠真面目的人。令警方感到震惊的是，此人在医院竟然被杀了，一刀毙命。警方对呼兰大侠经过几年的调查、取证、研究、分析、排查、走访，专案组没有得到任何有价值的线索，案情毫无进展。专案组领导曾扬言："别说抓到凶手，谁能提供凶器的线索，我个人悬赏十万元！"同年9月26日，这位领导惨死在家中。凶手用自制的匕首在墙上留下一行字，然后将匕首扎进墙里，由此可见此人的力气多么惊人。那把刀据说是用炮弹皮磨制而成，一辈子都用不坏。墙上写着一行字："这就是我的刀，留给你们作纪念吧！"从此，呼兰大侠，销声匿迹，弃刀归隐。

布丁听得目瞪口呆，用一种难以置信的语气问道：真的假的？

卖甘蔗小贩袖着手，盯着一个地方发呆半晌，徐徐说道：呼兰大侠重出江湖了！

布丁笑着说：你看武侠小说看得太多了吧。

卖甘蔗小贩正色道：这街上走过的人，说不准哪一个就是呼兰大侠。呼兰大侠可能是你，也可能是我。

布丁收摊回去后，把此事汇报给了特案组，并且询问是否确有呼兰大侠其人，警方绝密档案中有没有记载这些事情。梁教授想了一会儿，点点头又摇摇头；苏眉欲言又止，看到梁教授没有发话，自己也索性闭上了嘴。

当天晚上，命案再次发生。城管队长被人刺死在执法大队的院子里，死状骇人，半截小腿被剁下，脚塞进了嘴巴里。

特案组立即赶赴现场，出警时带上了小布丁。梁教授担心城管认出画龙，为了避免节外生枝，让画龙选择了回避。这是布丁当警察以来第一次勘察凶杀现场，心里感到紧张而兴奋。

城管队长就是掀翻布丁水果摊的那个大胖子，他还曾经脚踹卖栗子的妇女。此时，他静静地躺在执法大队院内的车棚里，致命伤在胸口，一刀毙命，刺中心脏。腿部创口整齐，也是一下剁了下来。车棚的水泥地上可以看到一道清晰的斧痕，用力威猛。城管队长遇害时，执法大队里还有几名同事，据他们称，当晚他值班结束后，去车棚推电动车准备回家，凶手将其杀害。警方感到

蔷薇杀手

蹊跷的是——这个凶杀现场也散落着一些蔷薇花瓣。

两起命案，城管大队长和副队长遇害，现场都有蔷薇，看来两起凶杀案都是蔷薇杀手所为！

梁教授打起现场勘验灯，苏眉拍照；布丁问包斩：我应该做点什么？教教我，包哥。

包斩：戴上手套，看看车棚灯泡上有没有留下指纹，凶手作案前可能拧灭了灯泡。

布丁按照包斩说的去做，灯泡上没有发现指纹，车棚水泥地上也没有发现凶手脚印。

包斩：布丁，来，咱俩一起找找，在这附近进行现场攀爬痕迹的勘验。

执法大队院内有一棵杨树，就在车棚附近，凶手很可能一直藏身在树上，暗中等待城管队长出现后，伺机杀害，然后重新爬上树，沿着车棚的棚顶，逃到围墙外面。布丁在棚顶发现了几个脚印，初步判定，凶手穿着一种胶鞋。

但是，凶手是怎么进到院子里来的呢？执法大队的铁门紧闭，只开有一扇小门，门口传达室还有人看守，凶手不太可能冒险从大门进入。

包斩打着手电筒对墙外的电线杆进行了勘验，没有什么发现。电线杆距离围墙较远，凶手即使身手不凡，也难以从电线杆上跳到围墙上。

苏眉也推着梁教授来到院子外面，等到现场勘验灯亮起来的时候，大家惊讶地发现——

墙上赫然有五个脚印！

凶手竟然在墙面上跑了五步！

包斩测量了墙的高度，苏眉从各种角度将墙上的脚印拍摄下来，带回了局里。梁教授立刻叫来画龙，还让焦书记叫来几个武警，大家找了一面墙作了一个小测试。凶杀现场外的围墙高四米多，凶手助跑后徒手攀爬上去，除了画龙外，在场武警都没人能做到。

画龙第一次也失败了，助跑速度太快，差点撞到墙上。

第二次，画龙调整速度，向着四米多高的垂直墙面急速跑去，蹬住墙的第一脚很重要，脚掌必须充分与墙面接触，爆发出最大的动力，然后几下蹬墙，给自己一个向上的力，蹬墙的位置，过高和过低都不行，当身体呈现下降趋势时，要在瞬间单手抓住墙沿，然后攀上去。

急速上墙是一个对速度、脚掌力、腰力、臂力、协调性和技巧性要求都很高的极限技术！

画龙只能在墙面上留下四个脚印，包斩和布丁只能留下两个脚印。

画龙摇着头说：听说武当的陈道长能上五米的墙，国外的跑酷高手也能上五米，但我不太相信。不过，我要是多训练一段时间，说不定也能做到。

梁教授让包斩鉴定一下最顶端的那个鞋印，同时让法医连夜进行尸检。天亮后，尸检报告结果出来了，梁教授召开了案情发布会，为蔷薇杀手作出了简单画像和描述。

蔷薇杀手为男性，身高175厘米左右，体重约68公斤，鞋码43，年龄20~25岁。此人身手不凡，应该练过功夫或者为极限运动跑酷高手，性格疾恶如仇，好打抱不平。副队长掌掴卖红薯老汉和队长脚踹卖糖炒栗子的妇女两起暴力执法事件发生时，凶手就在现场。

布丁打断梁教授的话，说道：当时，我们也在啊，这么说，蔷薇杀手那时就在我们身边？

梁教授：没错，凶手目睹了城管暴力执法的场面。他暗中跟踪目标，做过一些准备工作，使用斧子类凶器砍下两名被害人的手和脚，这是一种惩罚的表现。那只打了人的手，那只踹过人的脚，被塞到被害人的嘴巴里，这样做是告诉他们：自食恶果。

包斩说：有一个人很符合这些特点。

画龙问：谁？

包斩：那位和你并肩作战的武校教练。

蔷薇杀手

　　焦书记制定了几套抓捕方案，但是梁教授认为没有证据表明武校教练郑雪剑就是凶手。画龙决定只身一人前去武校传唤郑雪剑，梁教授担心他的安全，特意叮嘱他带上枪。

　　画龙开车赶到武校，郑雪剑正在对一群学生训话：

　　学武是为了什么，别和我说为了强身健体，那是懦夫所为。什么是武德？上报国家，下扶黎民，路见不平，拔刀相助，这才是武德。当你看到坏人欺负好人的时候，你会怎么做？社会最大的悲剧不是坏人的嚣张，而是好人的沉默。你不仅不能沉默，还要出手相助。你是要当一辈子懦夫，还是要当英雄，哪怕只有几分钟，你需要的不仅仅是勇气……

　　画龙在旁边鼓掌喝彩，郑雪剑微微一笑，解散学员后，他走过去和画龙打了个招呼。

　　画龙先是说明来意，然后表示自己没有带枪，只带来一瓶酒。

　　郑雪剑爽朗地笑着说：那我跟你回去交差，边喝边聊，你有什么问题，我会如实回答。

　　两间预审室挨在一起，郑雪剑接受了画龙的询问，笔录刚刚进行没多久，另一间预审室传来一阵骚动，焦书记居然带人抓捕了那个卖甘蔗的小贩。画龙不明就里，让郑雪剑稍等一下，走出预审室。焦书记告诉画龙，警方清点了死者城管副队长的财物，发现丢失了两张银行卡，警方调查时，银行的监控录像显示，那个卖甘蔗的小贩用死者的一张银行卡取过钱。

　　画龙走进另一间预审室，布丁身穿警服，梁教授正在和他一起对卖甘蔗小贩进行讯问。

　　布丁：现在知道我的身份了吧，我可没吹牛，公安局局长都得听我爹的。

　　卖甘蔗小贩还没有从惊慌中醒过神来，只是不停地点头。

　　布丁：我是警察，不是卖水果的，我的手机也不是水货。

　　卖甘蔗小贩脱口而出：兄弟，我……为什么抓我？

　　布丁：你旁边那位就是我画龙哥。

卖甘蔗小贩抬起脸，看了一眼画龙，认出他就是那天在街上大战城管的那位好汉。卖甘蔗小贩手忙脚乱地掏出烟来，想给画龙递上一支。

小布丁拍案怒道：老实点，说，你是怎么杀害城管副队长和大队长的？

卖甘蔗小贩吓得脸都白了，手一哆嗦，香烟掉在了地上，想捡起来又不敢，正襟危坐结结巴巴地说道：我……没，没，没有。

梁教授对布丁附耳悄声说道：审讯时别瞎扯，直接问重点。

布丁咳了两下，问道：你昨天是不是去取钱了？银行卡哪来的？没看出来，你还深藏不露，你会功夫吗？难道，你就是那个隐姓埋名的呼兰大侠？

◎第十四章　浪漫英雄

卖甘蔗小贩交代，他收摊回家后，在车厢的甘蔗堆里发现了一张银行卡，卡的背面还写着六个数字，看上去像是密码。小贩也不太确定，干脆就找了一台自动取款机试了一下，他的心怦怦直跳。第一次，因为紧张输入错了一个数字；第二次，输入正确，账户余额显示上面居然有三万多元。小贩吓得不知如何是好，取出几百元后，因为做贼心虚，手忙脚乱地退出卡离开了银行。

梁教授问道：银行卡诈骗罪，起刑点是多少？

包斩回答：五千元。

梁教授问卖甘蔗小贩：你取出了多少钱？

卖甘蔗小贩惊慌地说：五百元，我想给媳妇买件羽绒服。

梁教授说道：幸好你还不是很贪心，即使是用捡来的银行卡取钱，如果超过五千元，你就触犯了刑法。

死者副队长丢失了两张银行卡，卖甘蔗小贩捡到了一张，另一张卡很快

也有了下落。那个卖糖炒栗子的妇女使用另一张卡去银行取钱时，银行保卫处当场将其抓获。审讯得知，她持有死者的这张卡也是捡到的，就在自己盛放栗子的纸箱里。

画龙对武校教练郑雪剑的讯问也有了结果，两起命案发生时，都有人可以证实他不在现场。画龙亲自将他送回武校。

梁教授要求释放两名小贩，但是焦书记认为应该把这两名小贩拘留半个月，加强审讯，然后去小贩的家里搜查一下，或许可以找到什么证据。梁教授表示，他们手里有死者的银行卡，并不能证明他们就是凶手，没有证据就无法定罪，案件即使不破，也不能把无辜者乱抓乱关。

布丁也向自己的老爸求情，几天来，他化装成小贩暗中侦查，对小商小贩的艰辛深有体会。那个卖甘蔗的小贩，有一家人在等他养活；卖糖炒栗子的妇女，孩子无人看管，肯定在家日夜啼哭。

焦书记最终被说服了，同意释放两名小贩，但他安排警力对这两名小贩秘密监控。

梁教授认为这样做是多此一举，他直言不讳地指出：凶手另有其人！

随着案情线索的深入，包斩和痕迹专家一起作出了最新的鉴定结果：第二个死者城管队长的衣服上发现了粗麻布纤维，血衣上有麻袋压痕。凶手在杀人时用麻袋套住死者上身，持凶器刺向死者胸口，血液立即喷溅出来，在衣服上留下了麻袋痕迹。

特案组重新将两起凶杀案进行了并案分析：

凶手为一人，死者为两人，两人都是被同一人杀害。

凶手有车，不管是机动三轮车还是摩托车或者小轿车，凶手有车辆作为运输和抛尸工具。第一名死者的凶杀现场在郊区，一个有着蔷薇花的地方，经过笔迹鉴定可以推测，凶手逼迫受害人写下银行卡密码，抛尸后，隔了几天，他并没有将钱据为己有，而是把两张银行卡悄悄地扔给了街上的两名小贩。第二名死者在城管执法大队的院子里遇害，这次作案更加大胆，凶手穿胶鞋，用

麻袋盛放斧子和匕首等作案工具，先是将麻袋扔到执法大队院内的平房上，然后凶手急速奔跑，蹬墙而上，墙有四米多高，墙上留有五个脚印，这种功夫画龙也很难做到，国内能做到这一点的人也不多。如果凶手是一个小贩，那么也是一个身怀绝技、隐姓埋名的小贩。

包斩说：凶杀现场出现的蔷薇，或许是麻袋里掉落的。

苏眉说：如果是小贩的话，他为什么要弄一麻袋蔷薇呢？这个蔷薇杀手也太浪漫了吧。

按照特案组的分析，蔷薇杀手在夜间背着一只麻袋，麻袋里装着蔷薇花瓣，还有武器。他疾恶如仇，杀人不为钱，只是替陌生人报仇，为弱者讨回一个公道。他的眼中看得见社会的不公和黑暗，他的心中有无法熄灭的怒火，他像武林高手一样蹬墙而上，潜伏在树枝间等待目标，然后一跃而下……用一种极端的方式，告诉作恶多端的人，种下了恶的种子，迟早有一天会自食恶果。

他是一个凶手，也是一个浪漫的英雄！

城管队长和副队长被杀害，凶手逍遥法外，死者家属开始聚合在一起到公安局施加压力。他们认为城管和警察本是一家，都是执法部门。确实如此，城管权力的性质是城市公物警察权，但我国并没有设置主管城管的部门，也没有一部全国性的城市管理法规。从各省市来看，城管的职能、权属部门也是五花八门。比方说，居民区常见的烧烤档，烟熏火燎扰民生活，环保局、卫生局、公安局、工商局都有权管，但权责不明，互相推诿。为了解决多头执法、重复执法、效率低下等问题，我国在1997年提出"综合执法"的新思路，当年开始试点。到目前为止，城管仍在试点，至今还没有个"名分"。

死者家属拒绝火化，离开公安局后，抬着尸体去了建设局，随后又去了市政管理处。市委领导迫于压力，要求公安机关加大侦破力度，限期破案，死者家属又抬着尸体回到了公安局。

焦书记亲自出面安抚死者家属，随后召开紧急会议，会议决定了限期破

第二卷

蔷薇杀手

案的日期，同时将悬赏金额增加至二十万元人民币，通过电视台、报纸、街头张贴等方式发布悬赏通告，寄希望于社会各界人士积极提供线索。只要提供侦破线索者，或者协助警方抓获凶手者，奖金以绝对保密的方式立即支付。

梁教授不赞同悬赏缉拿这种破案方式，他认为凶手在寻求自我价值，提高悬赏金额后有可能再次发生命案。然而焦书记一意孤行，他这么做，主要原因是想给死者家属一个安慰。

几天后，又一起凶杀案发生了。这次竟然发生在闹市，光天化日之下，蔷薇杀手现身了。

城管队长和副队长遇害后，新任队长在街头执法时文明了很多，有时，他甚至会向小贩敬个礼。案发当天，新任队长带着一群城管在街头执法。有个僧人在街头卖艺，很多人围着看，城管上前要将其赶走，但是僧人不为所动，继续卖艺讨钱。新任队长想没收他的东西，僧人拿起一块砖，怒斥道：想打架，我不怕你们。说完，大喝一声，用手直接就把砖头敲碎了。新任队长大惊，连忙说道：我们文明执法，你可千万别动手，出家人不要打打杀杀的。在城管的劝说下，僧人骂骂咧咧地收拾东西，拂袖而去。

围观群众哄笑起来。

城管继续沿街执法，他们在没收一个卖花小店门外的灯箱时发生了纠纷。店主是一个女孩，她护着灯箱不让搬，女孩的男朋友上前和城管争执了几句。城管刚才被那僧人羞辱，本就有些恼羞成怒，现在终于点燃了嚣张气焰，新任队长一脚将灯箱踢碎了！

女孩说：你们就不怕蔷薇杀手吗？

新任队长恶狠狠地对围观人群说道：狗屁，谁是蔷薇杀手？有种给我站出来，老子不怕！

队长一手叉腰，一手指指点点，对着围观群众破口大骂。

突然，城管执法车厢上出现了一个头戴黑色面罩的人，拿着一把消防

斧，威风凛凛地站着。围观群众大为惊骇，谁也没看清楚这个人是怎么上车的，只见他从车上高高跃起，双手握着消防斧的手柄，在空中划了一道弧线，斧刃猛地劈在新任城管的脑袋上……

凶杀现场留下了一把消防斧，车厢轮胎附近有一只麻袋，里面装有蔷薇花瓣和一把匕首。

蔷薇杀手离去的时候，城管都吓呆了，竟然没人敢上前阻拦，喧闹的人群闪开了一条道路。蔷薇杀手转过一条小巷，身影不见了。

警方接到报警后，焦书记出动大量警力迅速对案发现场周围进行布控。特案组对现场近百名围观群众进行了走访询问，群众的回答五花八门：

他戴着面罩，还戴着黑手套，穿着一身休闲运动服，我没有看到他的脸。

吓死我了，脑浆子差点迸到我身上啊，那人就像港台片里的飞虎队。

当时，大家都在看城管骂街，我没注意这个人什么时候上车的。

大白天，这么多人，竟敢杀人，胆子也太大了吧，你们警察是干什么吃的？

……

闹市杀人，凶手逃匿，案件震惊了整个城市。焦书记和特案组做了大量工作，梁教授让画龙去郑雪剑所在的武校展开调查，重点排查武校里具有前科和报复社会倾向的学员，苏眉调看案发现场附近所有的监控录像，包斩对遗留在现场的凶器等物证进行勘察。消防斧刃上发现了三个人的血型，麻袋和匕首也被证实和前两起案件有关，这些东西虽然证明了三起命案都是蔷薇杀手所为，但是并没有为破案提供什么有价值的线索。

凶手留下了杀人工具，但是没有提取到指纹以及其他和身份有关的东西。

焦书记彻夜未眠，急得像热锅上的蚂蚁一样团团转，他在办公室走来走去。第二天，他将悬赏金额提升至三十万元，要求电视台午间新闻头条播出，并且不断滚动播放悬赏通告。任何一起刑侦案件，如果没有群众配合，警方很

难破案。悬赏升至二十万元后，开始有人提供线索；提高到三十万元后，拨打110和打警方举报热线的群众越来越多了。

案发第三天晚上，一个女孩拨通了110报警电话。

女孩正是案发现场的那个鲜花店店主。当天晚上，她和男朋友放下卷帘门，准备打烊时，一个喷着酒气的男人闪身闯了进来。男人年轻而帅气，喝酒喝得脸很红，眼睛有点发直。

他先是说要买一束玫瑰花，后来又说忘了带钱。

女孩说：那就明天再来买。

那个男人变得焦躁不安，询问女孩有没有捡到什么东西，女孩问是什么，男人说是一支录音笔，前几天好像掉在这个店门口了。女孩摇头说没有。那个男人突然变得面目狰狞，掐住女孩的脖子，恶狠狠地说道：快把录音笔还给我，否则我杀了你。

女孩的男朋友犹豫了一下，他举起一只花瓶，把这个行凶的男人打晕在地。

女孩和男友随后报警。

110巡警将其带回警局后，进行了简单的询问。警方常常会接到一些酒后寻衅滋事的治安案件，谁也没把这个喝醉的年轻人当回事，然而，笔录的第一句话就让民警大吃一惊。

民警问他：姓名？

他抬起头说：蔷薇杀手！

◎第十五章　蔷薇往事

蔷薇杀手落网，消息迅速在警方内部传开。大家都感到非常奇怪，蔷薇杀手作案手法高超，杀人干净利索，三起凶杀案都可以看出他是个心思

缜密的人。这个在闹市杀人连指纹都没有留下的凶手，这个可以在墙上蹬踏出五个脚印的功夫高人，竟然酒后去一家花店寻衅滋事，被卖花女孩送进了公安局。

当时，那个做笔录的民警这样对领导汇报：

我不认为抓住这个家伙是偶然，这是一种必然的结果嘛，多行不义必自毙，法网恢恢，疏而不漏。在强大的政策攻心下，迫于法律的震慑和我锲而不舍的审讯攻坚，他的心理防线终于被攻破，全部交代了杀人行凶的犯罪事实，对三起凶杀案件供认不讳。

特案组也对蔷薇杀手进行了审讯，焦书记和小布丁参与了旁听。

他们面前坐着的是一个英俊的年轻人，穿着一身休闲运动服，脸上有着被殴打过的痕迹，戴着手铐和脚镣，这也是重刑犯的待遇。他看上去很平静，眼神中没有一丝惊慌，脸上棱角分明，虽然身陷囹圄，但器宇轩昂。

梁教授：姓名？

蔷薇杀手：陈广。

梁教授：年龄？

陈广：二十二岁。

梁教授：职业？

陈广：记者……

我们的童年总是走在野花烂漫的小路上。

我们的少年总是走在灯光昏黄的小巷里。

陈广的家在郊外，四间红砖平房位于百花深处。院子篱笆前长着蔷薇，草垛旁长着蔷薇，池塘边长着蔷薇，水电站房顶上也长着蔷薇。这种野蔷薇长势凶猛，村民们每年都要用柴刀修剪枝条，否则，蔷薇就会蔓延过院子，一直长到堂屋和厢房里去。

他的父亲是一家冷轧丝厂的工人，长期在铁屑弥漫的车间里工作，后来得肺病死去了。

他的母亲卖菜合，一种油炸的街头小吃，风里来，雨里去，一卖就是二十年。

小时候，陈广是多么恨自己的母亲啊，他恨母亲没有一份光彩的工作。每到周末不上学的时候，早晨天不亮就要拉着架子车去城里出摊卖早点。母亲在中间，他和姐姐在两边，三个人拉着车子走上乡间的旧柏油路，路旁蔷薇花开，天边晨曦微启，池塘水面披上了一层淡霭轻烟，这一切和诗情画意无关。他们的架子车上装的是：面、油、韭菜、粉条、马扎、小桌、炉子和锅、竹竿和塑料布。

两个孩子在旧城墙根下摆好小桌和马扎，支好竹竿，搭上塑料布。

母亲和面，包上韭菜粉条，擀成饼，放进油锅，炸好后捞出放在铁架子上。从天微亮到中午，虽然食客不少，但是小本生意，收入甚微。

跟着母亲卖菜合，这是陈广感到最煎熬的时刻：他担心遇到自己的同学。

每一个生长在贫苦家庭里的孩子都能体会到他的那一点点虚荣，他养成了自卑和内向的性格，沉默寡言，很少有开心的时刻。这个在街头坐立不安的孩子永远记得母亲说的一句话：小广啊，以后你考上大学，就不用跟着卖菜合子啦。这成为他发愤图强的原始动力，他想要摆脱这种生活的窘境，后来，他考上了一所传媒大学。

姐姐远嫁他乡，一个很远很远的边境小城，姐姐和姐夫在那座城市的另一个街头卖菜合。

穷二代延续贫穷，富二代延续财富，官二代延续权力。

陈广看见炒鸡蛋，有时会想起姐姐。小时候，那寒酸而贫穷的童年，连鸡蛋都吃不起。他家院里的榆树上有个蜂窝，榆树下有个鸡窝。他和姐姐每天都去看鸡下没下蛋，姐姐懂事，炒了一盘鸡蛋要给母亲留出半盘，剩下的都是给弟弟吃，陈广狼吞虎咽几口就吃光了。

姐姐馋得咽口水，拿起馒头狠狠地咬一口，再吃一口大葱，呛得眼泪流了出来。

姐弟情深，但有时也会打架，互相揪住对方的头发。

姐姐说：松开手。

弟弟说：就不松。

姐姐说：你别找骂。

弟弟恶狠狠地骂道：我×你妈。

姐姐瞪着眼睛说道：随便。

母亲笑着上前把两个孩子拉开。那时，父亲还没死，父亲爱喝酒，日久天长，酒瓶子积攒了很多。姐弟俩每过一段时间就用编织袋抬着酒瓶子去废品站卖掉，姐姐的钱舍不得花，攒到一个罐头瓶子里，陈广的钱都用在了买书上。

后来，父亲死了，母亲含辛茹苦地拉扯两个孩子长大。

有一天，母亲对姐姐说：妮子啊，你也不小了，该嫁人了，别考大学了啊。

姐姐说：妈，我还小，我想上大学。

母亲愁眉苦脸地说：两个孩子，我供不起啊，你定亲的彩礼钱，正好交小广的学费。

姐姐说：我……我的命咋这么苦呢。

弟弟考上大学那天，姐弟俩一起去城里把这个好消息告诉卖菜合的妈妈。他们一路跑着，兴奋地跑出村子，村边的蔷薇花都已经伸展到了池塘里，铺在水面上。他们跑过乡间的柏油路，路两边的蔷薇也蔓延到了路中间，被过往车辆碾得稀烂，他们一直跑到城墙根下。其实，城墙根已经不在了，只是他们依然这么称呼。这些年来，城市逐渐扩大，倒塌的墙加固另一些房子的墙，一些新的秩序也建立了起来。

母亲的摊子被城管掀翻，油锅被城管用砖头砸了个大窟窿，滚烫的油正好溅到嘴里和脸上。母亲的舌头烫起一个鸡蛋大的水泡，半边脸被烫得皮开肉绽。

　　地上一片狼藉，母亲在那一片狼藉中痛得满地打滚，姐姐号啕大哭。

　　城管扬长而去，他们没有看到一个沉默的少年眼神中流露出的仇恨和怒火。

　　母亲被送进医院，饮食难进，卧在病床上半年才恢复健康。在村委会的调解下，城管赔偿了一些钱。出院后，母亲整个人都消瘦了下来，因为面部毁容索性连家门都不出，整天郁郁寡欢，一年后脑中风与世长辞。姐姐说，母亲是气死的，她不明白，好端端地在城墙根下卖菜合卖了二十年，为什么就不让卖了？

　　市容整洁难道比老百姓的谋生权利更重要吗？

　　大学毕业后，陈广进入一家报社实习。同事王文涛是一个很有经验的记者，平时酷爱跆拳道。王文涛鼓励他一起练习，陈广很有学武天赋，弹跳能力惊人，大学里曾获得跳高比赛冠军，几个月下来，陈广就能做出一些高难度的跆拳道动作，例如踩空翻和天刀蝴蝶腿。

　　王文涛：我学跆拳道的目的是防身，我可不懂得什么路见不平拔刀相助。

　　陈广：做记者很危险吗？

　　王文涛：做记者并不危险，但是做一个有良心的记者很危险，有时会挨打，还会被抓。

　　陈广：良知，不是一个记者应起码具备的道德吗？

　　王文涛：什么道德，你得先保住自己的工作吧？有些事情不能写，不能报道。

　　陈广：都有哪些呢？我刚入这行，需要学的地方很多，你教教我吧。

　　王文涛：国外，一件灾难新闻可以在十分钟内传播全球，而我们，有些事情，可以在十分钟内让所有新闻媒体一律闭嘴。

　　陈广：能不能具体点。

王文涛神神秘秘地说了一个数字，还有一个人名以及一份四个字的文件名。

陈广若有所悟地点点头。

陈广做了三个月的编辑工作，报社领导决定让他做新闻采访。王文涛开着一辆旧吉普车带他外出采编新闻，他的第一篇报道就是城管掌掴卖红薯老翁事件。这个报道迅速引起了轰动，互联网以及国内外新闻媒体都加以转载，一时间成为时事焦点。有关部门担心造成负面影响，下令各媒体禁止扩大此事，然而陈广迎风而上，当他把《卖炭翁》改写成《卖薯翁》准备刊发在报纸上的时候，报社领导果断地对他作出了停职的处理。

陈广的母亲含辛茹苦地抚养他长大成人，省吃俭用送他走进大学校门。母亲教育他做一个说真话的人，然而他因为说真话被报社领导停职，他怎么会相信这个世界还存在正义和真理？

他开着王文涛平时做采编的一辆破吉普车回到家，家中房门紧闭，父母离世，姐姐远嫁他乡，推门而入，旧日回忆涌上心头，一种凄凉的感觉弥漫心间。

当心中的理想大厦轰然倒塌时，他在尘埃中站起来。

他从来没有像现在这样感到报纸、电视上的内容是这样的矫揉造作，那些歌功颂德的报道是多么的恶心，他要写一辈子的违心话吗？

他想揭下别人的面具，最终自己揭下了面具。

第二天，他扶着岸边的一棵树，心情平静得如同树边的池塘。

那一刻，他想到了杀人。

他在一家出售消防器材的商店买了一把消防斧和一把救生刀，在一家CS模型商店购买了头套、鞋子、手套等作案工具。

记者都有着跟踪和侦查能力，他将车停在暗处，看见城管副队长醉醺醺地走出饭店。他开车跟上，副队长在路边撒尿时，他停下车，和副队长寒暄了

蔷薇杀手

几句，声称要送他一程。副队长认出这个记者采访过他，所以打着饱嗝上了车。喝醉的副队长在车上竟然睡着了，醒来时发现自己身在一间黑暗的房子里，脖子上还戴着一条结实的狗链。

副队长的酒醒了一半，大喊大叫，使劲挣脱，狗链牢牢地套着脖子，上面还挂着把铜锁，另一端锁在一台旧车床上。

黑暗中，一个人手拿消防斧向他走过来。

副队长大惊，喊道：这是在哪儿，你是干啥的？

陈广冷冷地问道：畜生的特点是什么？

副队长看了一眼他手里的斧子，惊恐地说：我不知道。

陈广：没有人性，畜生的特点就是没有人性。

陈广拉亮灯，他要让副队长看清楚自己。

陈广问道：你知道我是谁吗？

副队长摇头说道：你肯定是认错人了，我没见过你，咱俩无冤无仇。

陈广说：我是一个被你打过的母亲的孩子，现在我长大了，我永远都记得你的脸。

副队长意识到自己的危险处境，他突然跪地求饶，拿出钱包并且在银行卡上写下密码，只求陈广饶他一命。

陈广说道：你觉得小商小贩没有尊严，可以将他们践踏在泥浆里，事实上，他们一直把头低下去，再低下去，一直低到卑微的地上，就这样生活，就这样生存。他们卑躬屈膝，可怜兮兮地笑，在寒风的街头冻得发抖，在太阳底下汗如雨下，只为给一家人挣口饭吃，只是为了活下去。你听到外面刮的风了吗？你听过穿梭在树林间的风吗？那些怒吼的风，那些带来暴雨的风，那些在大地上像狮子一样激怒的风，闭上眼睛，仔细听吧，你这个聋子！那些平时在你们眼里微不足道的小草，那些屁民，我要替他们，我要替那个卖红薯的老人，我要替我去世的母亲，杀了你，你这个畜生！

警方事后勘察了陈广的家，地面的血迹虽然被清洗过，但通过技术手段可以确定这里是第一凶杀现场。

篱笆前放着几只麻袋，里面装着蔷薇花瓣。每到晚秋时节，漫山遍野的

野蔷薇花儿凋谢了，地面殷红如血，村民们踩着厚厚的深陷到脚脖子的蔷薇花瓣，浓郁的花香有时会使人弯下腰呕吐。美丽的蔷薇花成了垃圾，乡下人把村前屋后的花瓣堆起来，装进麻袋，像垃圾一样扔掉。

陈广的抛尸过程以及后面两起凶杀案和特案组分析的差不多，此案尘埃落定。

蔷薇杀手落网，虽然案件告破，但还有一个谜团未解。

陈广丢失的那支录音笔始终没有找到，他在审讯中称录音笔里有一些工作上的采访资料，但是特案组无人相信，他们认为那录音笔里应该隐藏着什么重要秘密。

焦书记履行承诺，向举报有功的那个花店女孩颁发了赏金三十万元。此外，建设局领导和市政管理处也给予了卖花女孩两万元奖励。

特案组离开的时候，布丁和焦书记开车送他们去机场。在车上，他们谈论起这个案子。

布丁：蔷薇杀手也没三头六臂啊，咱们特案组也没派上用场，他就落网了。

焦书记：小布丁，你好好干，以后梁教授肯定会重用你。

布丁说：我什么时候成为正式的特案组警员？

梁教授转移话题：这个凶手落网是一种意外。

画龙：陈广什么时候宣判？

苏眉：已经移交给法院审理了，宣判后就是执行死刑。

包斩：其实，我觉得，他更像是主动投案自首。

梁教授咳嗽了一下，说道：小包，人已经被抓住了，还说这些干吗？

包斩闭上了嘴，车上几个人百无聊赖。

布丁打开了收音机，播放的是一个点歌祝福的节目：

人事局王局长您好，在您六十岁生日之际，您的大女儿市财务局主任王晓英、大女婿市交通局副局长李阁奎、二女儿计生局处长王晓霞、二女婿市中

蔷薇杀手

心医院副院长郭亮、小儿子工商局质检科科长王晓飞、儿媳妇市妇联主任张宁，还有您唯一的小孙子市实验小学副班长王小帅为您点播一首歌，祝您生日快乐。下面请听点播歌曲：《好大一棵树》……

大家静静地聆听着这首歌，不远处的路口，卖甘蔗小贩正袖着手扯着嗓子向路人吆喝叫卖。

三个月后，布丁给特案组打电话说，那支录音笔找到了。

陈广被执行死刑的前一夜，他又主动交代了一件事。因为执行命令已下，所以交代什么都不可能争取宽大处理。他在临死前，告诉了警方一个地址。布丁带着一队警察去后发现那是一片野地，地上散落着很多干枯的蔷薇花瓣，花瓣下面埋着一个密封的铁盒，里面放着一支录音笔。

梁教授问道：录音笔里的音频内容是什么？

布丁：录音中提到了一个女孩，我不知道应不应该把这些话放给她听。

音频内容如下：

你可能忘了，几年前，我母亲烫伤了，倒在街头。你骑着一辆满载鲜花的三轮车正好路过，你把所有的花儿都扔在地上，用三轮车把我母亲送到医院，当时我和姐姐只忙着照顾母亲，甚至没有来得及和你说声谢谢。

大学四年，我没有谈恋爱，我觉得，所有女孩都没有你漂亮。

我常常路过你的花店门口，只是为了看你一眼。

我看见你穿着白裙子低下头嗅一朵红色的花，看见你哼着歌曲在店里打扫卫生，看见你对顾客微笑，看见你给玫瑰花扎上缎带，看见你逗弄一只流浪猫，看见你在花店的玻璃门上写下EVOL，你无意中写下的那几个字母，或许你已经忘记了吧，那是好久以前的事情了。

但是，我一直记得。

那是一个蔷薇盛开的季节，我走过你的花店门口，你在玻璃门上写下EVOL，我们的目光相碰，同时看到了对方，但是没有同时忘记。也许，我只

是你门前的一个过客。而你，已经如同蔷薇一样深深地扎根在我心里。

我甚至不知道你的名字，你也不会知道我的名字。

我始终无法鼓起勇气推开门，走进你的店里。

我很内向，自卑得厉害，每次路过你的门前，我的心都怦怦直跳，看见你的身影，我就会呼吸急促，我觉得走近你，就像走近一座花园。很多次，我想推开你的门，就像其他顾客一样买一束花儿。

有时我会大胆地这样想，我走进你的店里，买一束玫瑰花。

你把花儿包装好，微笑着问我：是送给女朋友吧？

我把玫瑰花儿递给你，说：这是送给你的。

对我来说，你的鲜花店就像那天堂之门，我越接近，脚步就越慢，犹豫几次，我就会失去勇气，自己也不明白这是怎么回事。即使下次鼓足勇气，到了门前我也感到自己再也无法前进了。那种内心的激烈斗争，不亚于一场世界大战，你能理解吗？

也许，蔷薇更适合我。

我可以给你一百朵关于蔷薇的回忆，但是没有勇气献给你一束玫瑰。

有一天，我看到你有了男朋友……我听到你们在抱怨没钱买房的事。

祝福你们，我只能这样。

你不知道，我哭了。

你不知道，我为你做了什么。

无论时光怎么流逝，岁月如何变迁，无论蔷薇开了又谢、谢了又开，无论城市繁华流转，沧海巨变，无论我死了还是活着，你永远不会知道，在街道的拐角，在路灯下，在雨中，有一个孤单的男人这样爱过你……

烟花炸弹

我的那朵花就在其中的一颗星星上。

——圣埃克苏佩里

　　一个彪悍的胖老师，一脸横肉，虽然天气已冷，但她依然穿着皮裙，身上散发出一种劣质香水味。她用肥大的屁股挤开人群，挤上公交车，几站路后，车上已经人满为患。一会儿，空气中弥漫出一股毛发烧焦的气味，胖老师突然觉得下身不舒服，她脸上的横肉跳了几下，惨叫一声推开周围的人，众目睽睽下就脱了底裤。车上围观的人群惊讶地看到，她手里掏出来一片燃烧着火的卫生巾。

◎第十六章　燃烧护垫

　　大学里发生过很多骇人听闻的凶杀案：教师赵力猛哼着歌曲

割下了男生寝室两名学生的脑袋；讲师谭玄因师生恋纠纷杀死一个女生，并且在女生的脸上按满图钉；华中地区一所大学的几十名学生将一个小偷活活打死随后焚尸；珠三角一所高校两名学生因为网络游戏发生纠纷；一名学生骗另一名学生舔了一口硫酸……

2008年11月20日早晨八点，北方一所理工大学发生了一起离奇恐怖的爆炸杀人案：一名胖老师在厕所被炸死，她是学校的辅导员。死亡现场惨不忍睹：女辅导员下身被炸飞，皮裙褴褛成条状，血液迸到墙壁上，人体组织碎块到处都是，死者的脚趾距离鼻子起码有四米远。

当时有一名女生去吃早饭，她端着饭盒路过厕所窗外，一小片人体组织正好落在饭盒里。

从那卷曲的毛发和皱褶上可以判断出这块肉来自人体的哪个部位，这名女生恶心得一天没吃下饭。她这样对同学说：惨，真惨啊，砰的一声巨响，炸得阴毛乱飞。

校方和警方在第一时间封锁了消息，禁止全校师生谈论此事。各种小道消息在学生间流传，最广的一个版本是：一个女教师被奸杀，肠子被凶手掏了出来，凶手还在死者下身塞进去一枚手榴弹，随后引爆。

爆炸凶杀案发生后，恐惧弥漫校园。一时间，学校附近的出租房屋价格大涨，很多学生由于恐慌不愿意待在学校，纷纷选择到校外居住。

警方勘察现场后，防爆专家认为：凶手具有极高的智商，炸弹制造技术极其专业。

凶手使用的竟然是一种卫生巾炸弹！

炸弹巧妙地隐藏在死者的卫生巾里，警方一边调查凶手使用何种方式引爆炸弹，一边向最高公安机关汇报案情，请求派出特案组协助侦查这起爆炸案。

包斩看了一下刑侦卷宗，挺不好意思地向苏眉索要一片卫生巾。苏眉瞪着眼睛嘀咕一声变态，随后拿出一片护垫扔到桌上。包斩研究了半天，也搞不

烟花炸弹

清楚怎么能把炸弹隐藏进去。苏眉又拿出一片加厚的防侧漏的卫生巾让他们研究。画龙笑着说：咱们大老爷们对女人的这种东西还真搞不懂，不过，我倒是知道一种炸药：塑胶炸药。

塑胶炸药，简称C4，其主要成分是聚异丁烯，用火药混合塑料制成，威力极大。这是一种高效的易爆炸药，由三硝基甲苯、semtex（塞姆汀塑胶炸药）和白磷等高性能爆炸物质混合而成，可以碾成粉末状，能随意装在橡皮材料中，然后挤压成任何形状。它可以安置在非常隐蔽的部位，像口香糖那样牢牢地黏附在上面。

白景玉介绍说：C4塑胶炸药能轻易躲过X光安全检查，这一点也是恐怖分子喜欢使用它的原因。一些国际特工的工具箱里都备有口香糖炸弹，世界上最小的定时炸弹可以像黄豆那么小，但是能炸碎一个人的脑袋。

梁教授补充说：要知道，特工使用的那种伪装成口香糖的炸弹，看上去就和真正的口香糖一样，很小很薄的一片，可以炸开一扇门或者一面墙，隐藏在卫生巾里，足以将一个人炸得支离破碎。

白景玉：你们有权选择接还是不接这个案子，特案组是我一手组建的，我可不想损兵折将。

梁教授：谢谢，我明白你的意思。

任何特大凶杀案件的侦破过程都充满危险，包斩、画龙、苏眉三人都不理解白景玉为什么对爆炸案这么担心。白景玉咳嗽了一下，说起一件关于梁教授的往事。梁教授以前抓获过很多臭名昭著的罪犯，其中一名罪犯越狱，杀死了梁教授的一名警局同事。梁教授赶赴现场，翻动同事的尸体时，那名歹徒用手机引爆了尸体内隐藏的炸弹，梁教授大难不死，但是下半生都要在轮椅上度过……

梁教授打断了白景玉的话，淡淡地说：出发！

警方负责人和副校长接待了特案组，校园里到处可见牵着警犬的警察，几名手拿探测仪器的警察在足球场的草地上寻找着什么。

副校长是一名女性，五十多岁。她介绍道，这所理工大学历史悠久，共有师生几万名，发展国防科技是学校的使命，多年来英才辈出，校友中不仅有政界领导人，还有核弹设计者以及尖端科技领域的科学家、院士等。学校每年承担的科研项目超过千项，国家级实验室就有十几个。

梁教授说：这所大学里大概有多少人懂得制造炸弹？

副校长说：非常多，很多专业的学生都能制造炸弹，例如，弹药工程与爆炸技术、武器系统与发射工程、宇航科学技术、飞行器设计与工程、材料物理与化学、特种能源工程与烟火技术。这些专业的师生，制造一枚炸弹并不是难事。

包斩：爆炸案和纵火案都有个特点，凶手喜欢连环作案。

副校长惊恐地问道：你是说，还会发生爆炸？

包斩说：很有可能。

梁教授：我们必须赶在下一枚炸弹爆炸前，把凶手找到。

包斩：下一次爆炸，死者有可能是几个人，还有可能……一栋教学楼或者宿舍楼被炸毁。

副校长说：天哪，您不是开玩笑吧？我代表校方恳求你们特案组，快把这个凶手抓住吧！我们愿提供一切便利，我的车给你们用，还可以在学校附近的五星级酒店包下一个总统套房供你们办公。

梁教授：我已经选好了办公地点。

警方负责人问道：在哪里？

梁教授指了指他们所在的这个足球场，球场面积很大，草色已经枯黄。从校园的教学楼以及宿舍楼上都可以看到这里，站在高处一览无余。梁教授让警方负责人在这个球场上搭建几个帐篷，作为特案组临时办公室。警方负责人担心地说，死者社会关系简单，初步排查没有发现嫌疑人，深入调查正在进行。凶手如果不是单纯的报仇行凶，那么就有可能是报复学校或社会，凶手很可能会将目标转移到警察身上，制造更大的恐怖事件。

烟花炸弹

画龙说：在恐怖分子眼中，警察是个合适的受害角色。

包斩说：抓住这个凶手并不容易，我们在寻找他，他也会在暗中监视着我们。

梁教授：没错，我们要让这个凶手从暗处慢慢地走到明处，走进我们的视线。

帐篷很快就在足球场上搭建好了，梁教授让警方负责人准备了防爆毯和排爆服，还有龙行者拆弹机器人，帐篷周围没有扯上警戒线，但是安装了电子监控设备，二十四小时监视一切试图靠近的可疑人员。

梁教授告诉画龙、苏眉和包斩三人，校园里充满了危险，任何一个角落都可能放置炸弹。特案组不要逞英雄，不要走出帐篷单独行动，不要乱碰学校里的任何东西，特案组首先得保证自己的生命安全，才能进行破案。

梁教授这种消极的侦破手段让大家感到了压力。

包斩想，足智多谋心思缜密的梁教授，以前竟然差点被炸死，由此可见爆炸案多么棘手。

梁教授要大家放松，不要这么紧张，他找了个轻松的话题，谈论起大学生活。

画龙看着眼前的这个校园说：我的大学生活是一坨屎，不堪回首。

苏眉说：啊，我那伤感的大学时代，我也留过齐刘海儿，穿过白裙子，抱着书本走过校园的林荫道。现在想起来，为什么这么伤感。

梁教授：你呢，小包?

包斩看着一栋宿舍楼发呆，突然转过视线，压低声音说道：那里，有个人在用望远镜看着我们。

大家装做若无其事的样子，用眼角的余光悄悄观察，对面的宿舍楼上果然有个人用望远镜看着这边。梁教授摇动轮椅，走到一个望远镜看不到的位

置，打电话通知拆弹小组立即准备，一会儿，一个拆弹专家气喘吁吁地跑进帐篷。

梁教授：拆弹小组来了吗？

拆弹专家：我就是。

梁教授：就你一个人？

拆弹专家：其他人都请假了，凶手使这所学校陷入了恐慌，包括我的同事。其实，我是防爆专家，也谈不上专家，我是防爆组组长。

画龙：这有什么区别吗？

拆弹专家：区别大了，我连一枚炸弹也没拆过。

包斩：爆炸杀人案并不多见，这次，你可以派上用场了。

警方对这名偷窥男生实施了秘密抓捕，拆弹专家随后小心翼翼地检查了该男生的宿舍，没有发现爆炸物，但是在垃圾篓里发现了快要烧成灰的卫生巾，换下来的内裤上还粘贴着一个卫生巾，他的抽屉里也放着一些未使用的卫生巾。

很显然，这是一个有着怪癖的男生，一个常常带着卫生巾的男生。

◎第十七章　男用护垫

不断有各级领导通过电话关注案情，警方负责人忙于汇报，一次又一次地解释，这是一起卫生巾爆炸的案子，目前已经抓到一个嫌疑人，正在审讯中。

教育部门的一个女领导，用一种难以置信的惊骇语气问道：卫生巾怎么会爆炸？

警方负责人：正在调查，案情不便泄露。

女领导：那你告诉我，卫生巾是什么牌子的？

烟花炸弹

警方负责人：请相信我们，案情现在还不能公布，也请您保密。

女领导：快说，我以后再也不用这个牌子的卫生巾了。

警方对那个偷窥的男生进行了调查，以便掌握更多的证据。这个男生是这所学校里的红人，他的真实名字没几个人知道，但是提起他的外号——老鹅，知名度非常高，很多人都能说出老鹅的奇闻趣事。

同学甲：有一次打篮球，我亲眼看见，老鹅的裤子里掉出来一片带血的卫生巾。

同学乙：那个变态，我知道，他最喜欢用望远镜偷看女生寝室，我还向他竖过中指呢。

同学丙：老鹅狂追校花，已经上升到了行为艺术的境界，用血写情书贴在校园里，还在雨中裸奔过，一喝酒就闹笑话，撒尿时忘记拉开拉链，打针时将裤子一脱到底。

同学丁：老鹅不会和学校里的那起凶杀案有关吧？我和他一个班的，很了解他，死的那个老师是我们的辅导员，如果投票选择凶手是谁的话，我想说，老鹅在这所学校里的得票肯定蛮高的。他生下来就是个杀人犯，进入大学是一种错误，我毫不怀疑，老鹅哪怕是为了出名也会去杀人。

苏眉查看了老鹅在校内网上的日志，老鹅的鹅字，念作né。刚开学时，他用一口浓重的方言称自己家里养过né，同学不知道né是什么动物，老鹅当众吟诗一首：nénéné，曲项向天歌，白毛浮绿水，红掌拨清波。从此，他就有了"老鹅"这个外号。

老鹅在日志里公开声称自己带卫生巾是种很先锋前卫的行为艺术，用他的话来说，这是在为人类社会的男性成员赎罪，体验伟大母性流血一星期而不死亡的神奇力量。老鹅收获了很多冷嘲热讽的评论，他对此嗤之以鼻，依然我行我素，不断地上传自己带卫生巾的体验和感悟。摘录几段：

哥决定要做的是一件前无古人后无来者的事情。

第一次，哥把卫生巾垫反了，粘贴在了蛋蛋上，诸位同人，尤其是MM们，可以想象一下哥摘下它的时候有多痛苦。第二次，哥感受到了卫生巾带来的那种凉凉的滑腻感觉，很美妙，很舒服，内心里又有一些性幻想的满足感。哥渐渐迷上了使用卫生巾，上超市买烟时都会情不自禁地买上几包卫生巾，寝室也存放着卫生巾，不同的材质，不同的品牌，不同的感受。渐渐地，哥成了卫生巾的内行，几乎每天都用，在这点上，哥已经变得比女人还女人了……话说，校花还向哥借用过卫生巾呢。

包斩和画龙对校花进行了询问，校花说老鹅是个变态。

有一次，校花突然来例假了，她用书包挡着裙子，焦急地站在厕所门前，想找个女同学借片卫生巾。老鹅正好路过，校花说：这位同学，你可以帮我去门口的超市买包卫生巾吗？

老鹅从兜里掏出一包卫生巾，说道：拿去用吧。

第二天，老鹅向所有认识他的人宣布了校花暗恋他的消息。在宿舍里，老鹅一脸凝重地问宿舍老大：怎么办，校花暗恋我，我要不要稍微矜持一下？

宿舍老大拍着他的大腿，语重心长地说：鹅哥，顺水推舟，半推半就吧。

老鹅的脑海中隐隐闪现出了抗日前辈的身影，他用一种大义凛然的语气说：那怎么行，我老鹅是那么容易被泡上的吗？

宿舍老大说：老鹅，人家校花有暗恋你的权利，知道吗？无论是从宪法还是刑法以及丛林法则的角度。

老鹅看着窗外说：就我这小暴脾气，她要是再纠缠我，就抽丫挺的。

从此以后，老鹅就像苍蝇似的跟着校花，故意制造了很多偶然的相逢。在教室的拐角，老鹅像绅士似的对校花点头致意，说一句"这么巧"，然后两人就擦肩而过了。在学校餐厅，校花东张西望找座位，老鹅会突然冒出来向校

烟花炸弹

花打招呼，"嗨"，老鹅微笑，牙齿上还挂着一小片热带丛林——他刚吃完韭菜包子。

辅导员纠察校风问题，怀疑校花做过流产，再三逼问，校花忍无可忍，和辅导员大吵了起来。老鹅仿佛从天而降，他向辅导员证实，校花还是处女。辅导员让老鹅滚一边去，老鹅怒火万丈，推搡了辅导员一下。因为此事，老鹅记大过，差点被学校开除，也是从那时起，老鹅考试总得五十九分，挂了几科，辅导员动不动就扣他的分。老鹅忍辱负重，就此消沉下去。

过了一段时间，辅导员搭乘公交车时，胯下的卫生巾突然着火。辅导员以为是别人用打火机点燃的，当场和身边的一位乘客扭打起来。

几天后，辅导员在学校厕所被炸死。

特案组在校园中进行了走访，这名辅导员口碑不佳，不少学生都对她颇有微词，她辅导的学生不止一位说她很变态。辅导员业余时间做一种疑似传销的产品，强行向男生推销保健品，向女生推销护肤品，还向学生做过浓缩洗洁精的实验，以此来证明她销售的产品多么优秀。这些经常做爆炸实验的学生对这种小把戏嗤之以鼻，有胆大的学生会当场提出疑问：

老师，我们就是洗洗衣服、刷刷饭盒，用那么贵的东西干吗？洗洁精就要三十八元。

老师，还有您推销的那个做饭的锅，卖六千多元，这天价锅我帮您计算了下成本，只需要几百元。用了您这锅，我死去的爷爷能活过来吗，或者，您这锅，能接收卫星节目？

辅导员很气愤，滔滔不绝地向质疑的学生进行了反驳。后来，一名质疑的学生因旷课被请家长，另一名学生因裸睡被辅导员扣分。

老鹅学的是弹药工程与爆炸技术，死者女教师是这个专业学生的辅导员。警方勘验证实，爆炸物隐藏在死者的卫生巾中，老鹅又有带卫生巾的怪癖，曾与死者发生过矛盾纠纷，种种疑点使得老鹅被列为第一嫌疑人。

老鹅在审讯中辩称自己有苦难言，使用卫生巾其实是因为自己患有痔

疮，常常流血。老鹅认为，痔疮是件丢人的事，带卫生巾这件事被同学偶然发现，他索性公开，宣称这是一种行为艺术。

梁教授：为什么烧掉卫生巾？

老鹅：上面有血，我怕同学笑话我，悄悄烧掉。

包斩：为什么用望远镜偷看我们，我们还调查到你偷看过女生洗澡换衣服。

老鹅：好奇，想看你们怎么办案，我可没偷看过女生寝室。

苏眉：你和校花是什么关系？

老鹅：她是我女朋友啊，学校里都知道。

苏眉：校花说你曾经多次表示，愿意为了她而杀人，你还在她宿舍楼下表演过武术。

老鹅呆呆地想了一会儿，突然倒地全身抽搐起来，翻着白眼，手指呈鸡爪状，浑身哆嗦。苏眉吓了一跳，梁教授笑而不语。包斩走上前，他并没有做一些急救措施，而是用两手抓挠老鹅的腋窝和肋部，老鹅痒得受不了，求饶道：我不装了，别胳肢我了。

画龙鼓掌说道：演得太好了，你怎么不去学表演专业呢？

梁教授笑着问：为什么装疯卖傻？

老鹅可怜巴巴地哀求道：警察叔叔，我什么都没干，求你们了，给学校说几句好听的话吧，要不，他们会开除我的，我的前途全完了。我上有六十岁老母，下有个90后的妹妹，你们抓错人了，又没啥证据，放我回去吧，求你们了，千万别拘留我，我害怕……

特案组没收了老鹅的望远镜，审讯结束后当场释放。老鹅虽然和死者有过矛盾，具备报复行凶的杀人动机，但目前的证据并不能证实他就是凶手。特案组决定欲擒故纵，暗中监视，故意放了老鹅，让他放松戒备，露出更多的马脚。

烟花炸弹

几天后的一个早晨，教务处窗台上发现了一个疑似爆炸物的可疑纸箱。

报案的是校花，她对警方声称自己去教务处交一份校外实习登记表，教务处还没开门。她看到窗台上放着一个纸箱子，就像是别人随意放在那里的，箱子中露出一块太阳能电池板，引起了校花的警觉，她立即通知了警方。

为了避免引发学校恐慌，特案组隐瞒了消息，由校方宣称进行消防演习，对这栋大楼里的人员进行了紧急疏散。

无关人员撤离现场后，特案组四人看着那个纸箱子，侧耳倾听，里面没有传来闹钟的声音。但是根据太阳能电池和一些隐约可见的电路板，可以初步判断，这是一个爆炸物。

这个炸弹制作得很简陋，看上去就像是一个人漫不经心地制作出来的一个半成品，随手放了窗台上。纸箱没有密封，敞开了一半，露出一块太阳能电池板。拆弹专家先是启动电子干扰装置屏蔽周围信号，以防有人遥控引爆炸弹，随后进行了X光透视间隔摄影。他看着透视图像惊呼道：大师的作品，这可是大师级的定时炸弹！

拆弹专家说：这种炸弹叫做月光炸弹，也叫阳光炸弹。

拆弹专家解释说：闹钟、炸药、雷管制作的定时炸弹是菜鸟所为，电话遥控的炸弹也是业余水平，这种月光炸弹是高手制造，用一个简单的温度计作为引爆装置。炸药层和水银层在太阳能电池板下面，炸弹是由极为敏感的水银作为抗动引线，外力触碰到这个纸箱子就会引爆炸弹。里面除了水银式抗动装置外，还有定时电路和光敏电阻。晚上，在月光下放置好这枚炸弹，等到太阳出来，阳光照射到太阳能电池板上，温度升高，就会自动起爆炸弹。

梁教授：达到什么温度，炸弹就会爆炸？

拆弹专家：这点，只有制造炸弹的人知道。

太阳已经出来了，阳光即将照射到炸弹的太阳能电池板上，这枚炸弹随时都可能会爆炸。特案组四人和拆弹专家站在原地，连大气也不敢喘一口。

包斩说：能拆除炸弹吗？

拆弹专家：我没有经验，我只知道这种炸弹在国外有过几次失败的拆除案例。

苏眉说：我们应该赶快撤离，避免人员伤亡。

拆弹专家：定时装置，我无法解除，可以先拆除水银抗动引线，用机械手臂把爆炸物移到排爆桶，再用水炮冲激引爆，我试试吧。

拆弹专家拿出一个鳄鱼夹，准备破坏炸弹的抗动电路。他的动作极为缓慢和谨慎，虽然只是一个将鳄鱼夹伸进纸箱里的小动作，但他已经大汗淋漓，衣服都湿透了。

梁教授、包斩、画龙、苏眉四人屏住呼吸，特案组成立以来，历经无数凶险，但从来没有经历过这种生死一线的危险处境。

梁教授在胸前画了个十字，画龙用眼神示意包斩和苏眉往后站，包斩抱着胳膊无动于衷，苏眉紧张地闭上了眼睛。

炸弹爆炸的话，后果不堪设想，特案组四人可能会有所伤亡，甚至全部被炸死……

拆弹专家小心翼翼地将手从纸箱里缩回来，他惊喜地说道：成啦。

话音未落，炸弹突然爆炸了！

◎第十八章　月光炸弹

炸弹爆炸的一瞬间，特案组四人和拆弹专家都不约而同地想到：糟糕，这下小命没了。

火光一闪，浓烟四起，炸弹虽然爆炸了，但是威力甚小，就像大炮仗一样砰地响了一下。除了拆弹专家的手被炸伤外，没有造成人员死亡。饶是如此，特案组四人还是惊出了一身冷汗。外围的警察闻声冲进来，手忙脚乱地把

烟花炸弹

受伤惨叫的拆弹专家抬上担架。

虚惊一场，空中纸屑飞扬，弥漫着一股硫黄的气味。

画龙说：怎么回事，这算什么？

梁教授：这应该是凶手给我们的一个警告！

警方负责人：应该全面检查一下弹药工程专业的学生宿舍以及实验室。

包斩：能制造炸弹的人，智商不会低到让我们去发现他藏在床底下的炸药。

苏眉：吓死我了，咱们接下来做什么？

梁教授：捡垃圾。

特案组在爆炸现场立即行动起来，他们要找到炸弹的所有碎片，然后将这些碎片拼凑起来，从中寻找凶手遗留下来的线索。爆炸案，如果没有目击者或者监控录像，侦破难度很大。因为爆炸后，证据会随着爆炸灰飞烟灭，消防队和医护人员的救助措施也会破坏现场。

现场勘验工作进行完毕后，苏眉用电脑动画还原了整个爆炸过程，弹药工程学的一名讲师详细讲述了这种月光炸弹的制造技术。月光炸弹必须在晚上制造，使用的工具也很简单，用一个普通的温度计作为引爆装置，炸弹安放好后，水银随着周围环境的温度上升，太阳出来后渐渐达到起爆点。凶手放置的炸药并不多，这也是炸弹威力不大的原因。梁教授分析认为，这是凶手故意所为，目的不是杀人而是吓阻警方。

这枚炸弹是一种警告，凶手通过这种方式告诉特案组，自己完全可以炸死他们，希望警方知难而退。

苏眉说：下一次爆炸，估计就会升级了。

画龙说：很显然，咱们硬着头皮也要上，不会退缩，谁叫咱们是特案组呢。

爆炸物放置在一个纸箱里，那是一个卫生巾包装箱。包斩用镊子夹起一块纸箱碎片，鼻子凑近闻了一下，他抬起脸，闭着眼睛说道：除了硝烟和硫黄味，还有香味。

梁教授说：小包，不是我不相信你的鼻子，但是这个纸箱对我们至关重要，立刻作分离检验和硝烟反应实验。

硝烟反应是警方在侦破中作的关于爆炸或射击残留物的一种鉴定。

香港"4·22"抢劫运钞车案中，警方通过硝烟反应，确认一件衣服的袖子上有射击残留物，从而找到了衣服的主人，也就是抢劫案的真凶。美国肯尼迪总统遇刺一案中，一颗军火序列号为C2788的子弹成为物证。除指纹外，火药残留物也是锁定凶犯的关键证据。

包斩首先往滤纸上喷了一些有机溶剂，如乙醇、丙酮、四氯化碳等，再把滤纸覆盖在纸箱碎片上进行提取，然后分离出火药颗粒、金属粉末、燃烧产物，剩下的就是手上残留物，凶手只要碰了纸箱，警方就能通过科学技术手段找出蛛丝马迹。

包斩采用的是物理检验法，这种检验的好处是不破坏物证。

然而，包斩接连尝试了原子吸收光谱检验法和荧光分析检验法，都没有找到纸箱碎片上的手上残留物，但是他确信自己闻到了香味，那应该就是凶手留下的。

包斩又用电子显微镜观察，没有发现化妆品遗留痕迹，这个结果让他大失所望，迷惑不解，香味从何而来呢？

包斩最后一次尝试，他使用中分子活化分析法，最终确认香味源自一种香水。

苏眉说：难道制造和放置炸弹的是一个女人？

梁教授：总之，这个放置炸弹的人，手上有香水，不管是男是女，凶手放下纸箱的时候，手上的香水残留到了纸箱上。在这个世界上，只要犯罪，就会留下痕迹。整个世界，物质的位置总是在不断改变，几亿年前的星体爆炸都

烟花炸弹

有迹可循，更何况我们亲眼目睹的这枚炸弹。

苏眉说：这个纸箱也有点变态，谁会买一箱子卫生巾呢？

画龙说：还有炸药来源，这些都是我们下一步侦破的重点。

虽然只有这么一点证据，但是案情有了一线曙光，大家隐隐约约觉得凶手可能为女性。

梁教授安排工作，大家马不停蹄地行动起来。警方负责人进行了大量摸排工作，希望找到目击者，警方对各寝室的宿舍长进行了走访，调查在月光炸弹案发当晚，有谁见过这个纸箱，以及抱着纸箱的人。梁教授特意要求警方负责人注意寻找香水来源，校花的寝室和老鹅的寝室作为重点排查对象，在这两个宿舍里都发现了香水。宿舍老大也纳入警方的怀疑视线，他在案发当晚，离开过宿舍，他向警方声称自己在校外网吧玩了一夜魔兽。

梁教授要求苏眉对宿舍老大的话进行查证，同时让包斩将两个宿舍的香水与炸弹纸箱上的香水进行分析比对。鉴定结果需要时间，在一定条件下，高级香水的香味应该保持不少于七十小时，花香型的不少于六十小时，学生使用的大多是劣质香水，也能保持二十四小时，所以，留给包斩的时间并不多。用不了多久，警方获得的这条线索，就会消失在空气中。

秘密监视老鹅的侦查员反映，爆炸案发当晚，老鹅一直在宿舍睡觉，次日上午，这个一向懒散不修边幅的家伙做了很多事，他理发，弄了个新发型，还喷了宿舍老大的香水，换上新衣服，破天荒洗了一次澡。同学反映老鹅没有洗澡的习惯，老鹅的理由是要保持原汁原味和男人本色。

除了这些生活细节，有件事很奇怪，侦查员说老鹅买了很多蜡烛，足有几十支，不知道做什么用。

特案组要求侦查员提高警惕，继续监视，蜡烛很有可能是用来制造炸弹的。

到了晚上，这些蜡烛派上了用场。

老鹅用几十支蜡烛在校花的宿舍楼下摆了一颗心的图案，不少同学纷纷驻足围观，女生宿舍楼的很多窗户都打开了，一些好奇的女生探出头来看热闹。侦查员向特案组汇报，特案组四人立即赶来，梁教授要求画龙准备好网枪，一旦老鹅有极端行为，就立即逮捕。

老鹅一副豁出去的样子，他指着特案组四人说道：看，条子都来了，为我加油鼓劲呢。

围观的同学哄笑起来，特案组四人面无表情，看老鹅接下来会做什么。

老鹅用打火机点燃了蜡烛，夜色中，一颗心在燃烧。

这种浪漫的求爱方式在校园里并不罕见，为了表达爱情，大学生们非常富有创意。

老鹅用手拢着嘴巴，大喊校花的名字，校花寝室的窗户始终没有打开。他喊累了，蹲在地上，开始一声接一声地大喊"我爱你"，喊的时候，身体还要挺起来，看上去很滑稽。

众人开始起哄，有的女生拿出手机对着老鹅拍照。

老鹅扯着嗓子大声喊：我爱你。

校花不胜其烦，推开窗户说：烦死了。

老鹅说：你下来吧，求你了，你看，这么多人都在等你呢。

校花说：有本事，你脱光，裸奔一圈，我就下去。

围观同学大笑起来，开始起哄鼓掌。老鹅猛地站起来，脱掉外套，用力扔在地上。他咬牙说道：脱就脱，裸奔就裸奔，为了爱，我拼啦。

周围的掌声更加热烈，在场同学一起鼓励老鹅裸奔。

苏眉对画龙和包斩说：真他妈怀念我的大学时代，那会儿怎么没人为我裸奔呢。

画龙说：是啊，要不你早就嫁人了。

包斩说：老鹅很有勇气，这种事情，打死我也做不出来。

烟花炸弹

老鹅一件一件地脱衣服，最后只剩下一条内裤，内裤里鼓鼓囊囊的，看来这个变态的家伙今天又垫了一片卫生巾。天气很冷，老鹅冻得抱着胳膊直哆嗦。他自言自语，跑跑吧，跑一圈就不冷了。老鹅开始裸奔起来，众人鼓掌为他加油，他在校园里跑了一圈，气喘吁吁地停下时，鞋掉了，一个白色的东西从鞋里甩了出来。

老鹅穿上鞋，一个同学低头看了一下，坏笑着说道：老鹅，你的卫生巾掉啦。

画龙说：我×，老鹅这孙子竟然用卫生巾当鞋垫。

老鹅拢着嘴巴，开始声嘶力竭地喊着校花的名字：我爱你，我裸奔了，我不冷，很热。

在女生的起哄尖叫声中，校花飘然出现。她下楼走到老鹅身边，老鹅感动得快要哭了，他张开双臂，等待校花扑到他怀里。老鹅脑海里出现韩剧或爱情剧中的浪漫场景，恋人拥抱在一起，一颗蜡烛做成的心在燃烧。

校花没有和老鹅拥抱，她皱眉笑着伸出手，老鹅愣了一下，随即握住了校花的手。

老鹅激动地说：我爱你，为了你，我什么都愿意去做，嫁给我吧。

校花板着脸说道：爱，值多少钱？

老鹅说：无价。

校花嗤之以鼻，抽出手说道：狗屁，看清楚这个现实的世界吧，没有钱，寸步难行。大学里的爱情，只是一场游戏一场梦，一毕业就分手，醒醒吧。与其坐在你的自行车后座上笑，我不如坐在宝马车里哭。什么时候，等你登上胡润富豪榜，我才有可能爱上你，我只爱有钱人。这些蜡烛，廉价的小玩意儿就想打动我，可笑，连钻戒都没有，就敢向我求婚，你真是侮辱我，你什么时候用宝马车摆一颗心的图案呢？

校花踢倒几支蜡烛，冷若冰霜地离去，留下老鹅呆呆地看着她的背影。

老鹅回到宿舍蒙头大睡。侦查员汇报说，老鹅几天来都很消沉颓废，看

来，校花的那番话对他的打击挺大，但是这个家伙很快又振作起来，努力争取奖学金。

他唉声叹气地对宿舍老大说：也怪我，不怪人家拒绝，我连个戒指都没有。

宿舍老大说：兄弟，钻戒你买不起，不如买瓶催情药水，请她吃饭的时候放进去。你晚上请我吃麻辣鱼吧，我可以邀请校花一起赴宴。

老鹅：麻辣鱼，我自己就会做，我们在宿舍做吧，这道菜的关键是油要热。

宿舍老大：明白，爆葱丝，姜片，炸一下辣酱。

老鹅：翻炒的时候，动作要快，刷刷刷，迅雷不及掩耳。

宿舍老大：要不要放点醋，味道史好。

老鹅：不用，啥味道啊，最后不还是味精味。

宿舍老大：你拉完了吗？我没带纸。

老鹅：My God！我也没带纸，不过，我这里有两片卫生巾。

特案组了解到，不少学生都在争取奖学金。女校长介绍说，奖学金用来激励学生全面发展，营造积极向上的学术氛围，对品学兼优的学生进行奖励和资助。目前，弹药工程与爆炸技术专业学生的奖学金正在进行评审。

特案组决定利用奖学金作一次变相的悬赏，将凶手钓出水面。

讲师说：很多学生都限于理论，包括我这个讲师，都缺乏实践。我认为，能制造月光炸弹或者卫生巾炸弹的学生不少，但是把这两种炸弹都制造出来的人，应该为数不多。用奖学金作为诱饵，能做出月光炸弹和卫生巾炸弹的学生，极有可能就是凶手。

画龙：我觉得，这个卫生巾案子，关键点不在卫生巾……

苏眉：能不能不要说得这么猥琐，这是一起爆炸案。

包斩说：炸药来源很关键。

烟花炸弹

女校长和讲师告诉特案组，学校里只有少量炸药，供科研实验使用，存放在地下二层的实验室。特案组查看了一下这个实验室，地下建筑形式为直通式，由引道、主室、副室以及排风口组成，每一个地下实验室都设两个出入口，门都是向外开启。

学校里和爆破相关的实验室有两个，一个是爆炸科学与技术实验室，一个是机电工程与控制实验室。除此之外，学校外面还有一个硒山试验区，一般与爆炸相关的实验都在那边作。硒山试验区有两个氢气炮，一个水下爆炸试验室和各种爆炸测试设备。

案情发布会上，特案组分析认为，凶手应是弹药工程与爆炸技术专业的学生，可能是在作实验时盗取了部分炸药，炸弹也许就在实验室制作而成。这名凶手有喷洒香水的习惯，再加上那个卫生巾纸箱，凶手可能为女性，能够出入实验室以及死者辅导员的宿舍。

包斩注意到女校长也喷有香水，暗中调查得知，女校长和死者辅导员因校风管理尺度等问题发生过矛盾，辅导员私下曾说校长涉嫌受贿，但是包斩没有查找到任何受贿的证据。

女校长德高望重，清廉无私，在学校里有口皆碑。她因为照顾患有失忆症的表姐，终生未婚。

校方向弹药工程与爆炸技术专业的学生作出承诺，只要有人能做出卫生巾炸弹和月光炸弹，哪怕只限于可行的理论，校方就会颁发奖学金。

警方在侦破中有时会诱惑凶手。例如惠州灭门惨案中，警方悬赏缉拿，一名举报者称，死者是被电线勒死的。这个作案细节只有警方和凶手知道，从而锁定这名举报者就是犯罪凶手。

几天后，警方根据学生递交的理论报告筛选出四名犯罪嫌疑人：老鹅、校花、宿舍老大，还有一个残疾女孩。

这四个学生的理论报告都具有可行性，按照他们的专业理论，都能够制造出卫生巾炸弹和月光炸弹。

校花在论文中写道：卫生巾自燃其实很简单，遇水燃烧的物质有很多，例如钾、钙、铷、铯，将铝碘粉末放置在卫生巾中，再配以助燃剂，血液含水，当一个人来月经的时候，卫生巾就会燃烧。如果进一步升级制造，通过燃烧就可以引爆隐藏在卫生巾中的炸弹。

老鹅和宿舍老大的报告一模一样，警方怀疑他们为了争取奖学金互相抄袭。按照他们报告中的理论知识，完全可以做出一个月光炸弹。

那名残疾女孩名叫许念，她是唯一递交了两种炸弹制造技术的学生。

许念幼时因车祸失去双腿，靠轮椅代步。大学里的残疾学生并不少，但是坐轮椅的并不多见。很多学生都认识许念，大家对她的印象是：单纯，天真，多才多艺，善于绘画和音乐。

许念的宿舍长向警方反映，有一次，老师带着学校画社的学生去写生，在一个山坡画马。那个季节正是马的发情期，马的胯下勃起了一根又长又粗的东西，所有画画的女孩都越过了马的那根棍子，故意不画，只有许念完整地画下了整匹马，那根东西也画得惟妙惟肖。老师检查的时候，其他学生纷纷指责许念说：你这个小女孩好色情啊。

特案组分析认为：许念有很大嫌疑！

女校长否认了这个观点，她对特案组说：如果要排查这所学校里，谁没有作案嫌疑，那么肯定是许念。这个天真无邪的女孩，怎么可能去杀人呢？再说，辅导员住的地方在三楼，许念坐着轮椅不可能到辅导员的宿舍，更别说对辅导员放在床头柜里的卫生巾做什么手脚。

包斩问道：你怎么知道辅导员把卫生巾放在床头柜里呢？

◎第十九章　人肉炸弹

女校长讲起一件事，为自己作了澄清。

大学校园里有不少同性恋，辅导员认为同性恋违反校规校纪，有伤风化。有一次，辅导员看到一对同性恋人公然在校园绿地上接吻，她向女校长反映说：哎呀，真恶心，我都看到口水啦，真恶心。

很多大学里都存在苛刻的校规。

网络上曾经出现过一个"大学雷人校规大集合"的热帖，帖子里收集汇总的"雷人"校规多达二十条，让网友们大开眼界。

有的高校规定学生不准看湖南卫视，建议看央视。

有的大学甚至不允许男女学生拉手。

一些大学的校规非常搞笑，例如刘海儿长过眉毛不准上课，冲凉时必须穿上内裤，熄灯后不准上厕所，学生长胖一斤罚款五十元，这些生活细节都有明文规定以及处罚标准。

女校长笑着反驳了辅导员的观点，她告诉辅导员，大学生已经是成年人了，自有法律约束，没必要苛刻对待，不合时宜的校规需要进一步修订完善。

辅导员依旧我行我素，违反校规的学生，只要被她抓到，就算是倒了霉。一经发现，违规学生将取消个人的评奖、评优、助学金、助学贷款、入党资格等。不少学生选择了妥协，他们通过购买辅导员推销的高价商品来讨好她，求她手下留情。

辅导员暗中调查，制定了一份同性恋者的名单，打算予以公开，通报批评。女校长听说此事后，立即制止，她和辅导员在宿舍里吵了起来。女校长也

是那时偶然看到辅导员的卫生巾放在床头柜里。

　　辅导员：我怀疑校花堕过一次胎，我有证据；还有那个老鹅，在宿舍里玩牌赌博，被我当场抓到；那些搞同性恋的，我就是要公开他们，以儆效尤，正正学校里的风气。

　　女校长：他们并没有犯罪，你这样做是变相的游街示众，侵犯人权。

　　辅导员：我过几天就公开这份名单，有的学生还背地里骂我，我就是要整他们。

　　女校长：我坚决不允许你这么做，是不是那些学生没买你的东西，你借机报复？你作的那个产品销售模式与传销无异，产品的超高价和销售人员金字塔形的结构，任何一个数学系的学生都知道怎么回事。

　　辅导员：你少诬蔑我的事业，别以为我不知道你的事情。

　　女校长向特案组表示自己财产清白，无论是支出还是收入都愿意配合警方查证。女校长离开后，特案组作了一个简单的案情分析。

　　目前的五个嫌疑人：女校长、老鹅、校花、宿舍老大，还有那个残疾女孩许念。

　　女校长虽然和死者发生过矛盾纠纷，但作案行凶的可能性不大。

　　老鹅与宿舍老大虽有种种生活劣迹，但是两人个性张扬，乐观开朗，不符合行凶者极端仇恨的性格。当然，也不排除两人互相串供做出伪证欺骗警方的可能。

　　校花面临毕业，辅导员掌握其堕胎的证据，并且多次要挟。这个拜金女目前还在留校察看期间，再次违反校规，可能会被勒令退学，出于这种担心，再加上辅导员的威胁，校花情绪崩溃，很有可能报复杀人。

　　许念，这个品学兼优的女生，如果是同性恋，那么她的嫌疑将上升为最大。辅导员打算公布学校里的同性恋名单，许念担心名誉有损，影响毕业，从而杀人灭口。放置炸弹，应该获得了别人的帮助。

烟花炸弹

大学里的命案有个特点，杀人常常是因为冲动，由于琐事纠纷就走向极端。例如马加爵锤杀四人，美国弗吉尼亚理工大学的一名学生枪杀三十二人。

这个炸弹案袭击的目标非常明显，基本上可以排除报复社会的杀人动机，凶手仅仅是要杀死辅导员一个人。案发后，凶手又制造炸弹，打算吓阻警方的调查，这种天真的想法也符合学生的身份。

随着调查的深入，特案组掌握了更多的线索，然而案情疑窦丛生，迷雾重重。

特案组整理出三个疑点：

一、那个拆弹专家也是这所大学毕业的，他的手被炸伤，但伤势无碍。他刻意隐瞒了这点，引起了特案组的怀疑。调查结果显示，拆弹专家与死者素不相识，他近期正在争取升职，给一些领导私下里送过礼，但是竞争对手很有优势，拆弹专家升职的希望不大。

二、据校领导反映，女校长的表姐患有失忆症，平时深居简出，女校长不忍心将其送进精神病院，自己悉心照料了很多年。苏眉暗中调查了女校长的户籍，发现了一件奇怪的事，女校长根本就没有表姐。特案组疑惑的是，女校长为什么要照顾一个没有血缘关系的人，而且照顾了一辈子，自己终生未婚？

三、许念是一个天真无邪的女孩，心智极其简单。她长得并不漂亮，但眼睛很大，皮肤很白，还有一头飘逸的秀发，她从来不为之骄傲，也没有刻意地养护，即便如此，她的长发依然乌黑亮丽，柔顺似水。她的背影很美，不知看呆了多少男生，她摇动轮椅的身影楚楚可怜。有人告诉她，取款机里藏着一个人，每次取款，就会有人把钱点好递出来。这本是一个玩笑，然而许念却相信了，这个天真无邪的小女孩，每次取款都要对着取款机说一声：谢谢。

许念很有爱心，平时喜欢喂流浪猫，还在宿舍里养过一只受伤的鸽子，放飞鸽子的那天，许念哭着说：飞吧，小鸽子，往森林里飞，那里没有人再打你。

特案组很难相信这个纯真的小女孩会杀人。

　　许念和宿舍长关系亲密，宿舍长名叫兰心蕙，喜欢穿中性服装，看上去酷似男孩。兰心蕙性格外向，是宿舍里的大姐大，平时对许念非常照顾，特案组没有发现她们有同性恋的迹象。

　　梁教授动员全体警力继续深入调查，此案真相呼之欲出。

　　几天后的一个傍晚，特案组正在和女校长谈话，要求女校长说清楚那个表姐是谁，两人是什么关系。苏眉突然看着监控说道：有个人向我们这边走过来了。

　　那人的姿势很怪异，身体僵硬，一点一点向前走，前方正是特案组在校园里搭建的帐篷。出于安全的考虑，这个临时办公地点周围都安装了电子监控设备。

　　走得近了，众人看清，这个姿势怪异的人竟然是兰心蕙。

　　包斩说：她来干吗？
　　画龙指着监控画面大声说：大家快离开这里，她身上可能有炸弹！

　　众人惊慌失措，都出了帐篷，纷纷寻找掩体，躲在一辆车后面。
　　兰心蕙穿着一件鼓鼓囊囊的羽绒服，正一点点地向这边走来。
　　女校长大声说道：兰心蕙，你干什么，停下！
　　警方负责人也喊道：不许再往前走了。

　　兰心蕙停下脚步，用一种嘶哑的嗓音大哭着说：我身上被人放了个炸弹，你们救救我吧，快来人啊！
　　包斩喊道：谁给你放的炸弹？
　　兰心蕙大声说：是老鹅，还有他们宿舍老大。我拿报告，去实验室，刚推门进去，就被他们俩架住了胳膊，给我穿上一件马甲。他们说，这是一个指南针炸弹，一转身就会爆炸。

　　梁教授要求兰心蕙站在原地别动，警方负责人对附近的学生进行了紧急

烟花炸弹

疏散。学校礼堂正在排练元旦晚会，里面的学生听说校园里有炸弹，蜂拥而出，现场一片混乱。警方负责人用大喇叭喊道：都不要慌张，远离操场。画龙带着一队全副武装的警察立即搜捕老鹅和宿舍老大，防爆警察穿上排爆服，小心翼翼地向兰心蕙走过去。

兰心蕙站在原地吓得一动不动，她的羽绒服没有拉上拉链，里面露出一件带有电线的红色马甲，炸药和雷管应该就放置在马甲里。她的胸前有一个正方体形状的盒子，这个就是指南针，连接有导线。

这种指南针炸弹的神奇之处在于——只要改变方向，就会引发爆炸。

一个人的身上如果携带有这种炸弹，那么就只能往前走，不能转身，不能回头。

连接指南针的有两根导线，一根红色导线和一根蓝色导线，只需剪断正确的一根就可以拆除炸弹。如果剪错，引发电路回流，立时就会爆炸。

兰心蕙也是炸弹爆破专业的学生，对这种炸弹有所了解。她闭上眼睛，提示防爆警察说：剪断红色的，听我的没错。

防爆警察满头大汗，右手颤抖着拿起鳄鱼钳，心里犹豫着要不要听从兰心蕙的建议。很显然，防爆警察对于拆除这种人肉炸弹并不专业，一旦爆炸，身上的防爆服也不能确保生命安全。国外有不少拆弹警察虽穿着防爆服却被炸死的案例。

兰心蕙焦急地说：剪红色的，我快要站不住了。

包斩突然喊道：别听她的，剪断蓝色线！

◎第二十章　百合之吻

特案组曾经勘察过实验室，包斩记得，实验室的所有门都向外开，兰心

蕙却声称自己"推门进去",很明显是在撒谎。更何况,包斩闻到了一丝香水味,这种味道和放置月光炸弹纸箱上的味道一样。包斩立刻判断出,兰心蕙很有可能就是凶手,炸弹是她自己绑到身上的。

随着警方调查的深入,一切即将真相大白,凶手有可能以畏罪自杀的方式作为结束。

兰心蕙情绪崩溃,她双手攥着拳头,歇斯底里地喊道:都去死吧,你们!

防爆警察以为兰心蕙要引爆炸弹,他立即卧倒,匍匐前进,躲避到一棵树后面。

警方负责人用喇叭大喊,试图让情绪极度失控的兰心蕙冷静下来,同时命令大家迅速向后撤退;梁教授要求狙击手悄悄埋伏就位。现场乱作一团,围观的学生意识到危险,纷纷溃散逃离,只有一个女孩摇动轮椅走向孤零零站在场地中间的兰心蕙。

兰心蕙热泪盈眶,摇头说:不要过来,我身上有炸弹。

那个女孩就是许念,她丝毫没有要停下来的意思。在众人的目光中,她一点点接近兰心蕙,她的身影看上去是那么孤单无助。

苏眉说:兰心蕙和许念可能是拉拉,或者是,百合。

包斩问:什么是拉拉和百合?

拉拉,简称LES,拉拉和百合都是女同性恋者的别称。拉拉一般包含有性欲。百合不同于拉拉,百合是少女间没有性的爱恋。百合是完全建立在精神上的、不带任何性欲的、极为纯洁的一种感情,也可以视为拉拉的懵懂初级阶段,最终可能会发展成拉拉,但大多数都无疾而终。拉拉的一生,约等同于我们的一日,从日出到日落,很快就结束了。女同性恋者不被主流社会承认和理解,她们的骨头并不是很硬,尽管从心里能飞出小鸟,展望美好的未来,随即她们又杀死那些小鸟,然后告诉自己——没有未来。即使有的能在一起双宿双飞,但是面对世俗的社会,说的也全是顺服和屈从的话。

我们看到——

烟花炸弹

两年后吞药自杀的女孩，此刻正站在候车室的门口，等着另一个离家出走的女伴。三年后走进民政局登记的新娘，此刻正荡着秋千，对另一个女孩说：我不会和男人结婚。

兰心蕙和许念曾经坐在宿舍走廊的屋檐下，外面天空阴霾，校园里的同学打着伞走过，雨水顺着屋檐流过一串雨铃铛，大雨的冲刷使雨铃铛发出悦耳略带忧伤的声响，水花溅到两个女孩裙子下的脚踝上，闪着光。

兰心蕙：昨晚，我听到你在梦里哭。

许念：不是在梦里，我没有睡着，我一直在哭。

兰心蕙：毕业了，咱们就要分开了吧？

许念：我不要，不要分开，我会一直哭，一直哭，我还要打自己。

兰心蕙：你真傻，傻到让我心疼，我们怎么能够在一起呢？我们都是女孩。

许念的泪水涌出来，不知道自己是不是说错了话，她举起手，想要打自己耳光，兰心蕙猛地抓住了她的手腕。每次犯错，这个倔犟的小女孩就打自己耳光，一边打一边哭。她不会察言观色，不会谨言慎行，不会左右逢源，从小到大经历了很多令她难过伤心的事情。她很少向人哭诉，也从来没有朋友，她有时会问自己，为什么我那么傻，为什么真心换不来真心，为什么交不到真正的朋友。许念觉得自己一直傻着，所以难过着，直到有一天，她遇到了兰心蕙。大一那年的冬天，她摇着轮椅，艰难地行进在冰天雪地中。老鹅突然出现，笑嘻嘻地在后面帮忙推她。许念回头一笑说：谢谢你。到了下坡处，老鹅猛地把轮椅往前一推，大声说道：我送你一程吧，这样比较快。许念尖叫着滚下去，轮椅碾到一块冰，许念摔了下来。老鹅一看大事不妙，转身跑了。可怜的小女孩，一个人在地上挣扎着，轮椅倒在几米外，她艰难无比地想要爬过去，一个正好路过的女孩弯下腰把她抱了起来。

这是她们的第一次拥抱！

许念对这场恶作剧毫不在意，她早就养成了坚强能忍耐的性格。后来，老鹅想起这件事，特意向许念说了一句：对不起。许念早已忘记了老鹅，但记

住了兰心蕙。这个天真无邪对着取款机说"谢谢"的小女孩，这个救助受伤鸽子的小女孩，因为一个拥抱，就倾注了所有的爱。

许念能书善画，多才多艺。她想起玫瑰却画下百合。她想在黄昏弹吉他却在月夜里吹起了口琴。她的忧伤和隐喻，风雨飘摇，只有一个人知晓。研究一场爱情的发生简直和探究宇宙的起源同样困难，她们是如何相爱的呢？

旭日东升的清晨，两只可爱的小黄鸟是如何从碧草间飞向彩云间的呢？

阳光明媚的午后，一个盛放咖啡的杯子是如何向另一个同样的杯子慢慢靠拢的呢？

细雨霏霏的黄昏，一把伞下的两个女孩，手是如何相握，两滴雨珠是怎样融为一滴的呢？

冬雪纷飞的夜里，没有电暖器和空调的小屋，冷冷的小屋，她们是如何取暖的呢？……我们知道，爱情花朵总是静悄悄地盛开。没有爱情，这世间的花朵也就不再美丽。一株百合就是一个小小的天堂，一株百合就是长长的一生。兰心蕙说：我们是刺猬，不能长久地拥抱，否则就会伤害自己和对方。许念说：我不管，我就要和你在一起，我们互相喜欢，为什么不可以，为什么在乎别人怎么说，从小到大，那么多人嘲笑我、欺负我，我都不在乎。两个女孩沉默着，兰心蕙拿出一个MP3，两个女孩塞上耳机一人一边，兰心蕙开始轻轻地唱歌，许念也跟着唱，据说这是一首拉拉歌曲：

> 终于作了这个决定……
>
> 别人怎么说我不理
>
> 只要你也一样的肯定
>
> 我愿意天涯海角都随你去
>
> 我知道一切不容易
>
> 我的心一直温习说服自己
>
> 最怕你忽然说要放弃
>
> 爱真的需要勇气

烟花炸弹

来面对流言飞语
只要你一个眼神肯定
我的爱就有意义

那天晚上，新闻里说半夜一点会有流星雨，许念专门跑出来等着，天很冷，她把自己都冻感冒了。这个小女孩咬着嘴唇，仰望着夜空，等到两点也没有看到一颗流星，但是她并不打算放弃。女校长正好路过，她们有过一段对话：

女校长：这位同学，你怎么还不去睡觉？

许念：校长好，我要许愿，等流星出现的时候。

女校长：都两点了，快去睡觉吧，你真傻，许什么愿望呢？

许念：我想和我爱的人在一起，永远在一起，永不分开。

女校长：毕业并不是大学恋人的末日，只要你们真心相爱，你们可以结婚啊。

许念：可是，我们永远也结不了婚，她也是一个女孩。

女校长：哦……是这样，我懂了。

许念：我要等一夜，总会看到流星的，流星能帮我实现愿望。

女校长：你真是个天真的小女孩。

许念：我已经长大了。

女校长：那你知道什么是爱吗？

许念：不知道。

女校长：爱，不是一天、一个月、一年，而是一生、一世、一辈子，从相爱的那一天，直到死亡，只有死亡才能让两个人分开，少一天少一分钟，都不是爱。只有白头偕老的爱情、至死不渝的爱情、一辈子的爱情，才是真正的爱情。

特案组事后调查分析，许念制造的炸弹，兰心蕙放置的炸弹，两个女孩苦守着不被世人理解的爱情，迫于无奈炸死了辅导员。案情非常简单，辅导员暗中调查学校里的同性恋者，想要公开名单。在一次调查中，冲动的兰心蕙打

了辅导员，这起矛盾纠纷成为导火线。辅导员威胁，不仅要公开她们的同性恋身份，还要开除兰心蕙，两个女孩杀人灭口。特案组以奖学金为诱饵，单纯的许念随之上钩，进入警方视线，兰心蕙想用自己的死嫁祸给曾经欺负过许念的老鹅，以此来保护许念！

那个月光炸弹说明，她们并不想伤害更多的人。

兰心蕙要用自己的死亡洗清许念的嫌疑，她要用死亡来证明一种爱！

然而，许念没有选择退缩，众目睽睽之下，她毅然地走向兰心蕙，走向心爱的人。

最后的时刻，许念摇动轮椅在兰心蕙面前停下，所有的人都呆若木鸡。时间仿佛停止了，周围很安静，一轮皎洁的明月挂在夜空，大家都注视着场地中间的两个女孩。许念很累，喘着气，似乎走了很远很远的路，她们互相看着对方，没有说话。许念哭了，她伸出双手。兰心蕙俯下身，轻轻地拥抱住了她，轻轻地吻住了她的唇。指南针炸弹随之引爆，两个女孩当场炸死，虽然惨不忍睹，支离破碎，但再也无人可以将她们分开，他们合在了一起。不用说出爱，只需要这天地间的最后一吻，众目睽睽之下就表明了心迹，用这最后的一个吻作为惊世骇俗的最后一幕，随即香消玉殒，灰飞烟灭，从此就埋在了泥土和青草中，从此就是永远的地老天荒！

与其说这是一场惊心动魄的爆炸，不如说这是一个绚丽多彩的烟花盛开。

几天后，女校长的家里洋溢着欢乐的气氛，桌子上放着一个大蛋糕，烛光摇曳，旁边还准备了红酒和礼物。特案组四人站在窗外，犹豫着要不要进去和女校长告别。

一个女人说：你是谁？为什么对我这么好？

女校长笑笑说：今天是你的生日。

那女人疑惑地说：真抱歉，我还是不记得你。

女校长说：每年的今天，我都要为你过生日的。

烟花炸弹

那女人有些感动，但是又指着蜡烛问道：为什么要插这么多蜡烛，我又不是五六十岁。

女校长说：你永远都是十八岁。

那女人说：是啊，我还是少女。

少女双手合十，闭上眼睛开始许愿，女校长笑着拍手唱起生日祝福歌。蜡烛熄灭，冒着青烟，月光从窗外照进来，许愿的那个女人是一个白发苍苍的老妪！

鬼胎娃娃

　　婚姻就是长期的卖淫。

——张爱玲

　　两个抱着孩子的女人，在一家婴儿诊所的露天院子里攀谈，她们并不认识，一个妈妈遇到另一个妈妈总能找到共同的话题。最近气温骤然下降，婴儿诊所患者云集，感冒拉稀的小宝宝很多。

　　她们谈起自己的小宝宝，一个妇人问另一个少妇：这小家伙也生病了？

　　少妇拍着自己的宝宝，轻轻摇晃几下，说道：是啊，孩子吐奶，老是吐。

　　妇人抱着怀里的孩子，细心地掖好小棉被，叹了口气说道：我家这个小囡囡也是，很难缠，整夜哭。

　　少妇无意间瞥了一眼，看到那妇人怀里的孩子，棉被缝隙中露出了一个婴儿惨白的脸。少妇吓得毛发直竖，她分明看到这种白色不是人体所具有的那种白。少妇心里咯噔一下，产生了一个

想法，这个想法让她自己都感到头皮发麻，脊梁发冷——难道旁边这个妇人抱着的是一个死婴？

过了一会儿，那妇人怀里的孩子叫了一声：爸爸，妈妈。很稚嫩清脆的童音，打消了少妇的疑虑，紧接着，她又一想，不对啊，宝宝这么小，不可能会说话。

少妇的好奇心战胜了恐惧，她轻轻地掀起那妇人怀里的棉被一角……

光天化日之下，惊悚的一幕出现了。

那妇人怀里抱着的是一个假娃娃，棉被包裹的是一个玩具娃娃！

◎第二十一章　惊悚婴孩

2008年12月16日，白冈市中区发生一起特大恶性杀人事件，一个维修路灯的工人发现了下水井里的一具女尸。死者是一名妇人，体态高大丰满，穿白色羽绒服、白色休闲裤、白色高跟靴子、白色胸罩和内裤，发梢漂染成了酒红色，面部被烧毁，难以辨认。

当地冬季大旱，下水井没有水，死者仰面侧卧在枯井里，手指呈鸡爪状，面部焦黑，脸上的皮肤和肌肉组织已经烧焦，眼窝深陷，露着白森森的眼眶骨。

法医勘验显示，这妇人已死亡二十四小时，食道灼伤，形成溃疡，胃也有穿孔现象，在胃里提取到了浓盐酸，还发现了尚未消化的米非司酮片——一种紧急避孕药。

死者曾喝下浓盐酸，这种溶液具有很强的腐蚀性，导致猝死。

凶手的作案手段令人发指，死者面部不仅被烧毁，还被开膛破肚，奇怪的是裤子和衣服却完好无损。令法医感到震惊的是，在验尸时，死尸肚里竟然突然传来小孩子的声音。一名女法医心惊胆战地从死尸肚子里掏出一个血淋淋

的玩具娃娃。

这名死者的肚子里塞着一个假娃娃，轻轻一碰，就会喊"爸爸妈妈"，惟妙惟肖的童音听上去就像真正的小孩子。

勘察现场的刑警分析，凶手逼迫死者喝下浓盐酸，烧毁面容，将其开膛破肚，塞进去一个玩具娃娃，然后抛尸井里。

这起凶杀案件性质极其恶劣，发现尸体的下水井附近有一所幼儿园，幼儿园出于安全考虑选择了放假，案发路段也被临时戒严，车辆被迫绕行。市公安干警积极行动起来，投入紧张的走访摸排工作中，大街小巷都贴满了寻尸启事。

当地警方在第一时间上报公安部，请求派出特案组协助，并向周边县市的公安机关发出协查通报。

特案组四人立即奔赴白冈市，市委和公安局领导非常重视，亲自陪同特案组赶往抛尸地点，女法医在路上详细汇报了验尸结果。

死者胃里的浓盐酸是一种洁厕剂，腐蚀性很强，一般用来清理马桶的顽固污垢。这名妇人有过生育史，但是体内没有发现节育环。裤子上的血迹分布说明，凶手褪下死者的裤子，开膛破肚塞进去一个玩具娃娃后，又给死者穿上了裤子。凶手使用的是一种锯齿类凶器，确切地说是一把电锯，从妇人阴道处向上剖开，阴道里没有发现精液，但是提取到了洁厕剂。

梁教授说：凶手剖开死者下身，用洁厕剂清洗阴道，可能是在毁灭某种证据。

女法医说：精子在体外的存活时间很短，洁厕剂或者消毒液都可以杀死精子。

苏眉看着尸体照片说：这么一个穿白色衣服的女人，还留着红头发，看着真够吓人。

包斩说：凶手和死者应该相识，烧毁面部是为了防止别人认出死者身份。

女法医说：没错，大多数杀人焚尸案都是熟人所为，老公杀妻子，男友

鬼胎娃娃

杀恋人，儿子杀父亲，杀父弑妻，再毁尸灭迹。

画龙说：杀人焚尸，开膛破肚，真狠啊，一个人怎么能对亲人这样残忍，真是畜生。我抓到这个凶手，一定要狠狠揍他一顿。

梁教授说：没那么简单，女尸肚子里的玩具娃娃是什么意思呢？这个案子的棘手程度肯定超出我们的想象。

案发路段已被封锁，女法医掀起黄色的警戒线，特案组四人来到抛尸的井口处。

四人看着这口下水井，沉默不语。

有个警察曾经整理过几千起凶杀案的抛尸地点，在凶杀案中，井与河是抛尸最多的地方。凶手杀人后处理尸体的方法，尽管千奇百怪，但抛尸地点有着共同之处。

深市四岁男童因吃饭太慢，被亲生父母虐打致死，抛尸在门前路边的下水井。

春城一男子没钱葬母，将母亲遗体和石头装入麻袋，沉尸在村后的饮用井。

京城一名美女歌手被情人杀害肢解，弃尸于多个居民小区的排水井。

一个小伙子谎称杀死女友，在网上发帖寻求抛尸方法，除少数几位规劝其自首外，大多数网友都参与了"分尸讨论"，所出主意五花八门，对于抛尸地点的建议，井与河是出现很高的词语。从这点可以看出，只需向井内窥视，就会发现更多尚未被发现的尸体。

包斩和画龙在井边作了抛尸模拟，他们用一个人体模型替代真正的尸体，包斩先是做了摔尸入井的动作，然后拖尸入井，把人体模型在井底的姿势和死尸姿势进行比对分析，以此来确认抛尸人数。

经过反复模拟，两人抬尸入井的可能性最大，也最接近真实的现场。大

家倾向于认为，凶手应为两人或两人以上。

随后，特案组通过技术手段推断出抛尸时间，大约为夜里一点。

案情发布会就在抛尸现场召开，大家围拢到一起。梁教授说：这个地方很偏僻，附近的几个路灯也坏了，夜里一点时分，过往车辆不多，凶手选择在这里抛尸，说明凶手对抛尸现场比较熟悉，也有可能在这附近居住。下一步的侦破方向，主要排查这附近的居民，要做到户不漏人、人不漏户，重点排查家中有电锯的人家，还要寻找目击者和知情者。此案侦破的突破点在于尽快确认死者的身份，如果不能确认死者身份，案件将无从侦破。

梁教授要求当地警方扩大范围，立即展开走访摸排，同时对特案组成员分配了任务。

苏眉负责核对近期失踪的女性，列出名单，寻找死者。

画龙带领一组警员，负责对全市内的药店进行走访，询问是否有人见过一个穿白色羽绒服留红头发的妇人买过避孕药。还要检查市内的玩具商店和超市，寻找在死者体内发现的那种假娃娃。

包斩和女法医再次尸检，确定死尸体内洁厕剂的牌子，以及电锯的尺寸规格，力图发现更多能够证明死者身份的证据以及凶手遗留下来的蛛丝马迹。

公安局法医病理实验室在地下二层，解剖室和化验室中间就是停尸房，里面有很多冷冻抽屉，随便拉开一个抽屉就能看到一具尸体。有的抽屉里存放的是一些人头，有的冷冻屉里放着很多互不相属的胳膊和腿。这些人头和残肢被编号保存，隶属于多年来无法侦破积压的碎尸案。

包斩掀开一个大冰柜，里面躺着一个体重超常的大胖子，很显然，这具无名尸体塞不进冷冻屉，只好暂时存放在冰柜里。

包斩盖上冰柜说：你们市的破案率不是很高啊。

女法医笑道：是啊，要不会请你们特案组来帮忙啊，这个停尸房快满了。

女法医将尸体推进解剖室，拿出一个录音设备，一边录音一边对尸表进

鬼胎娃娃

行常规检验，包斩在旁边担任助手。女法医对着录音设备说道：死者为女性，40岁左右，身高1.70米，体重70公斤，发育良好，营养佳……

常规检验后是解剖检验，整个场面非常血腥。

女法医告诉包斩，自己第一次尸检时吓晕了，实习期间就遇到一起需要开棺验尸的案子，师傅还不让她戴口罩，说是为了保证法医的嗅觉不受影响，准确判断死者是否喝过农药。

女法医说：因为我这工作，我现在还没对象，朋友都不喜欢和我一起出去吃饭。

包斩说：死者大概喝下去多少洁厕剂，这个也很关键。

女法医说：结果很快就会出来的，对了，你有对象了吗？

包斩愣了一下，答非所问地说：找找看，里面有没有放置节育环的痕迹。

女法医放下解剖刀，甩了甩头发说道：你看我怎么样？咱俩处一段时间吧。

包斩的脸有些红，他还是第一次遇到这种直接的表白，不知如何回答。他看到那个血淋淋的玩具娃娃，转移话题问道：你解剖过玩具娃娃吗？

女法医将玩具娃娃作了解剖和检验，还录下那个玩具娃娃的声音。

特案组连夜分析，反复播放，录下孩子的笑声以及喊爸爸妈妈的童音，在半夜时放，听上去有一种毛骨悚然的感觉。

画龙说：我女儿也有过这种类似的玩具。

苏眉说：这是出于什么样的犯罪心理，玩具娃娃代表着什么？

包斩说道：分娩。

梁教授说：死者想要一个孩子，凶手就给了她一个孩子。

一个片警进来报告说，经过调查走访，警方找到了一个目击者。

特案组四人喜形于色，按捺不住心中的激动，让片警快点汇报。

片警却失望地说：目击者是一个盲女。

抛尸现场街道路边有一家幼儿园，幼儿园的西边是一片果林，东边是一栋老旧的二层小楼。楼下有油漆店、劳保用品店，还有一家盲人按摩诊所。诊所有三名盲人按摩师：一个盲女，一个瞎眼老头，一个胖乎乎的中年盲人。三个盲人都住在楼上，油漆店和劳保用品店的商户也住在楼上，共用一个走廊和楼梯。

那天夜里一点钟左右，盲女有点头疼，就起床站在走廊上透透气。她看不到，但是听觉很敏锐。片警多次询问，她在那天夜里听到了什么，盲女回答，楼下的街上有两个人，脚步声很重，还有扔东西的声音，车开走的声音。

片警问道：什么车，你能听出来吗？

盲女摇摇头。

片警问道：那两人说话了吗？

盲女点点头：就说了一句，我听得很清楚。

片警问：什么话？

盲女回答：那边有人！

这个线索引起了特案组的高度重视，梁教授要求片警明天一早就把那盲女带到局里，作一个汽车声音的检测，试试能不能分辨出凶手驾驶的是什么车。当天晚上，包斩一夜未眠，他隐隐约约觉得哪里不对劲，天刚亮，他就叫醒画龙，急切地说道，凶手说的那句话——那边有人，这个人很显然就是指的盲女。

盲人老头也一夜未睡，片警离开后，他一直听收音机听到十一点。去楼道走廊上收衣服的时候，他发现有个人也在走廊里，楼道的地面传来轻微的声响，老头以为是邻居，就随口问了一句：还没睡啊，干吗呢？

那个人对老头说了两个字，很快就离开了。

盲人老头回屋，躺在床上，心里琢磨着那两个字，越想越害怕，怎么都睡不着了。

◎第二十二章 人体拖把

那个人说的是：拖地！

盲人老头感到很诧异，这个人不是邻居，以前没有听过他的声音。

一个陌生人晚上到一个陌生的走廊里拖地，这是一件多么怪异的事。

老头心里隐隐约约地为隔壁住着的盲女感到担心，整个晚上都提心吊胆，他多么希望盲女第二天能够安然无恙地出现。

第二天清晨，包斩和画龙率领一队警察赶到，楼梯拐角处发现了一具女尸——盲女被杀了。

警察当即封锁和保护现场，女法医很快驱车前来。她的左手拎着一袋热气腾腾的小笼包，右手提着一个塑料兜，兜里装着几盒牛奶，这些早点都是从楼下路边买来的。

女法医说：都吃点东西吧，吃完好干活，你们特案组不会看见尸体吃不下东西吧？

画龙捏起一个小笼包，塞到嘴巴里问道：勘验需要很久吗？

包斩表示自己不饿，他指着走廊里的血迹说道：一上午，估计完不成勘察工作，这个凶手清理过凶杀现场。

凶杀现场，是指犯罪分子实施杀人、碎尸、隐藏、掩埋、抛撒尸体和尸块的地点和场所。由于犯罪分子的心态、经历、动机、目的、手段和作案环境条件的不同，杀人案件现场相当复杂，每一起凶杀案件现场都有自己的特点。

有的凶手沉着冷静，杀人后不是尽快逃离现场，而是清理凶杀现场，抹掉自己的痕迹。

这起凶杀案件的特点就是——血迹特别多。

室内外都有血迹，分布很广。血迹既是杀人案件现场的痕迹，又是物证，具有非常重要的犯罪证据价值和鉴定作用。

包斩对每一滴血液都要拍照取证，工作量很大。

女法医测量了室内外温度和尸体肛温，盲女穿着秋衣秋裤，第一现场在她住的房子里，结合床上枕头的血迹可以判断出，她在睡梦中被割喉杀害。女法医测量了锐器的单刃刀创伤长度，她对画龙说：这个凶手简直和你一样强壮有力，从右到左，就挥了一刀，这女的脖子就差点断了。

画龙走到跟前问道：屋顶和地面上的血迹是怎么回事？

女法医抬着头说：喷溅形成，一个人如果被砍头，血液可以喷到二层楼那么高。

凶杀现场勘验中，血液喷溅分析法可从现场血迹形态推测出血液喷溅瞬间受害者的状态。如果血液呈圆滴状，表明受害者当时处于静止状态；血液有"尾巴"的话，表明受害者处于移动状态。

包斩作了犯罪模拟，画龙走访了隔壁邻居，现场勘验结束后，包斩和画龙向梁教授作了详细汇报。

凶手为一人，男性，死者房间的窗户没有安装护栏，凶手用玻璃刀划开玻璃，从窗口进入死者房间。凶手右手持刀，将睡梦中的盲女割喉杀害。盲女的血液喷溅到房顶，屋子里下了一阵血雨，凶手清理了自己的血脚印，其方法令人震惊。

梁教授问道：怎么清理的？

画龙说：人体拖把！

包斩说：一种巧妙又大胆的清理方法。

凶手抱住女尸的双腿，将女尸倒立起来，慢慢后退，就像拖地一样，用死者的头发拖掉了地上的血脚印。从房间里一直拖到走廊，在楼道走廊里，凶手偶遇盲人老头，声称自己在"拖地"，蒙骗过去。在楼梯拐角放下女尸，逃离现场。

鬼胎娃娃

梁教授：凶手有备而来，胆大心细，为什么没有杀掉盲人老头呢？

画龙：凶手可能看出来那老头是个瞎子，另外，在楼道里行凶的危险性比较大。

梁教授：盲女是目击者，凶手杀人灭口，可能不知道她也是瞎子。

包斩：根据走访情况来看，盲女在这家按摩诊所刚上班没几天。

梁教授：凶手说的那两个字——拖地，是普通话还是当地方言？

画龙说：普通话。

梁教授：立刻调查一下曾经去过那家诊所的患者，重点调查说普通话的人。凶手以前应该去那诊所接受过按摩，他拖着尸体，在走廊里和老头擦肩而过，没有杀害他的原因，是因为他知道这老头是个瞎子。

当地居民说普通话的不多，排查范围大大缩小，很快就列出了一个名单。近期去过盲人诊所说普通话的患者只有五位：一个常去刮痧拔罐的货车司机，一个患有腰椎间盘突出的律师，一个扭伤了脚去做正骨推拿的民工，一个做过颈肩按摩的女会计，一个到盲人诊所花假钱被识破的退休老干部。

盲人的听觉特别敏锐，记忆力也非常好。据那老头回忆，他对凶手的声音很陌生，以前似乎没有接触过此人。

包斩和画龙按照门诊病历上的地址挨个儿上门排查，有的地址很模糊，排查走访的难度很大，需要耗费时间才能找到他们。梁教授要求排查时也要掌握患者家属的资料，因为患者一般是被家属送到诊所，凶手有可能就是其中的一位。

梁教授要求苏眉去幼儿园、小学、婴幼儿诊所以及儿童乐园门前广为张贴寻尸启事，寻找知情者。法医鉴定证明死者妇人有过生育史，死者有孩子，肯定就会出入上述场所，只要有人认识或者见过死者，就能破解无名女尸的真实身份。

几天后，一场大雪降临到这座城市。特案组不辞辛苦，整日奔波，案情终于有了重大突破。

　　一个少妇曾经见过死者，她向警方讲起一件奇怪的事：少妇的宝宝常常呕吐，少妇带着宝宝去一家婴儿诊所就医。在诊所的院子里，她和一个穿白色羽绒服留红头发的妇人随意闲聊了几句，偶然一瞥，吓得毛发直竖，少妇看到那个抱着孩子交流育儿经验的妇人——怀里襁褓中包着一个玩具娃娃！

　　当时天已快黑了，少妇吓得立刻离开，回到家还和老公讲起这件诡异的事。隔了几天，她在诊所门前看到了寻尸启事，随即报警。

　　包斩：天黑后，死者又去了哪里呢？

　　苏眉：夜里，穿一身白色衣服在街上晃就够吓人的了，再弄上红头发，怀里还抱着个假娃娃。天哪，想想就恐怖。

　　梁教授：死者有过孩子，很可能因为孩子夭折了，精神受了刺激。

　　画龙：如果是这样，这个死者一直不相信自己的孩子死了，生活在幻想中。

　　梁教授要求少妇配合画像专家描绘制作出死者脸部的画像。包斩和画龙对那家婴儿诊所立即进行走访调查。意想不到的是，诊所老板看到警察，神色慌张，他谎称自己不是医生，也是患者，借口出门打个电话，竟然悄悄想溜。画龙一个擒拿将其制伏，带回市局讯问。

　　画龙：看见警察，跑什么？

　　诊所老板：害怕，以前被打过。

　　包斩：你的诊所开了几年了？

　　诊所老板：五六年了。

　　画龙：有没有《医疗机构执业许可证》？

　　诊所老板辩称：我的医师资格证今年就下来了。

　　包斩：你诊所门前贴的寻尸启事，看到了吗？认识上面那个女人吗？

鬼胎娃娃

梁教授一言不发，突然拿出几张照片，放到诊所老板面前。老板看到照片上的女尸，惊骇得差点从椅子上跌落。审讯时应突出重点，攻其不备，使嫌疑人的心理防线彻底摧毁，让其老实交代问题。

这家黑诊所是老板夫妇二人开设，没有行医资格，但因价格便宜，患者云集，平时来看病的人还不少。因医患纠纷曾被取缔过一次，后来又悄悄营业。几年前，一个姓云的女士带着孩子来这家诊所就诊，打针服药后，回到家里，孩子不明死亡。云女士纠集亲戚朋友近百人来诊所兴师问罪，又哭又闹，疯了似的将诊所砸了。后来，在派出所调解下，诊所老板赔偿了一大笔钱，云女士才善罢甘休。没想到，过了几年，云女士精神受了刺激，又来到了这家诊所。

诊所老板说：唉，当时吓死我了，她怀里抱着个假孩子，要我们给她孩子打针。

包斩：她抱着假娃娃去过几次？

诊所老板：我记得三次吧，有一次被她丈夫拽走了，还有一次，没进门，就在院里晃悠。

苏眉：你有孩子吗，你也给自己的孩子看病吗？

诊所老板：有，男孩，十岁了。这事都几年了，我也赔钱了，你说她还来干吗，她的孩子死在家里，哪是我们的责任？现在，这个女人又死了，可跟我们一点关系都没有。

无名尸体的身份得到了确认，根据诊所老板提供的地址，特案组找到了云女士的家。

云女士开着一家房屋中介所，丈夫是林业局测量员。爱子夭折后，夫妇感情破裂，邻居证实，他们经常吵架，多次闹过离婚。

云女士的家是一个靠街的小院子，一间小屋墙上写着房屋租赁信息，院门紧闭，门前的水泥地上有一双童鞋。包斩拍照取证后，画龙打算翻墙而入把门打开，墙头上落了雪，画龙站在上面，却始终没有跳下去。

包斩在下面问道：怎么了？

画龙说：拿相机来。

雪已经停了，院里的雪地上有一行清晰的小鞋印，警方在屋里发现了云女士丈夫的尸体。法医验尸鉴定结果显示，这个男人服毒而亡，在卫生间里有洗过的血衣，还有一把电锯。勘验结果证实，云女士就是在这里被害，现场没有打斗痕迹，男人很像是畏罪自杀。

云女士的卧室里，有着保存完好的童车，还有小孩的衣服和鞋子，看来这个女人始终不能接受丧子的事实。衣服和鞋子很新，应该是新买的，从未穿过。

画龙指着一个空的鞋盒子说：门口的那双鞋应该就是放在这个盒子里的。

包斩环视房子，看着窗外雪地上的脚印说道：这是谋杀，凶手伪装过现场。

画龙说：如果不是自杀，难道凶手是一个小孩，院里雪地上的那行小脚印是谁留下的？

苏眉突然说：云女士的孩子，如果没死，现在有六岁了吧？

◎第二十三章　雪地足迹

落雪的小院，低矮的院墙，墙角放着一口缸，缸里栽种的夹竹桃被大雪压弯到地面。院门口扎上了警戒线，很多邻居和路人围在门口。一个警察高声喊道：谁去通知这户人家的亲戚，有认识的吗？

特案组看着院里雪地上的那行足迹，他们在等待市局足迹鉴定专家的到来。

包斩说：凶手不是鸟，不会飞，只要留下足迹，就跑不了了。

画龙说：我不相信这行鞋印是一个孩子留下的。

苏眉说：可是，这分明就是一双童鞋踩出来的脚印，大脚穿小鞋也不可能，那鞋子我都穿不进去。

一个鞋印包含着一个人的所有信息。

性别、身高、体重、年龄、走路特点、有无残疾、鞋的质地、产地、新旧程度、到过哪些地方……在刑事侦查中，都可以根据鞋印来作出科学的判断。

市局领导和梁教授驱车前来，足迹鉴定专家还带了一批实习警员来现场观摩学习。小院里热闹起来，大家沿着墙边小心翼翼地走，不去破坏院里的鞋印，在走廊上站成一排，饶有兴趣地看足迹鉴定专家怎样提取雪中的鞋印。

以前，警方刑侦设备简陋：泥地上的鞋印多用石膏提取，雪地足迹只能拍照取证，然后眼睁睁地看着犯罪嫌疑人留下的足迹慢慢消失。

足迹鉴定专家先是看了看那双鞋，然后，他抓起一把雪，握成一团，揉碎了扔掉，接着又弯下腰用肉眼观察一枚鞋印，最后，他拿出一个放大镜，走到院子中间一个清晰的鞋印前，跪了下来。

实习警员们小声窃笑，过了一会儿，足迹鉴定专家说了一句话，现场安静下来，鸦雀无声。

足迹鉴定专家用一种难以置信的语气说：这不可能，我从没见过这样奇怪的鞋印。

梁教授问道：怎么奇怪了？

足迹鉴定专家说：这不是人的鞋印……

大家面面相觑，一个实习警员惊呼道：难道是个小鬼？

他的脑子里闪现出一个恐怖的画面：午夜时分，院里空无一人，雪地上赫然出现一个脚印，有什么东西踩在了上面，清晰的足迹蜿蜒向前……一个面色

惨白的男孩走进墙中，猛地转过身，露出一张毫无血色的脸，慢慢地消失了。

包斩问道：这行脚印，是不是以后退的方式向前走？

足迹鉴定专家摇头否认。

画龙说：难道是倒穿鞋，左脚穿右脚的鞋？

足迹鉴定专家说：也不是，我需要仪器鉴定一下。

足迹鉴定专家拿出一个立体足迹激光扫描采集分析仪，这种仪器能够快速、准确、无损地提取现场立体足迹。利用现代激光扫描三维测量和计算机技术，实现了对现场立体足迹原始形态的数字化采集、存储和传输，直接记录并显示足迹各部位的三维数据。

苏眉用电脑动画将采集到的数据进行现场还原，动画中可以看到一排鞋印是如何踩在雪地上的，只是鞋印上面并没有人。

一个实习警员问道：这个人应该是什么样的？

足迹鉴定专家说：根据步长数据来看，鞋印不符合成年人的落足特征、支撑特征、起足特征，踩出这双鞋印的应该是个孩子。

苏眉说：他们的孩子已经死了，这户人家没有孩子。

足迹鉴定专家说：我感到难以理解的是——这个孩子很奇怪，鞋印长－放余量－内外差+痕迹差×系数=身高，孩子的身高1.60米，体重足足有80斤。

画龙说：确实难以置信，一个六岁的儿童，身高1.60米，体重80斤，这孩子也太恐怖了。

梁教授说：也许不是孩子，而是一个女人，一个裹脚的老太太，三寸金莲完全可以穿进这双童鞋。还有一种可能，在场诸位谁能回答，假设你是凶手，你会如何离开这个院子。

凶手杀人后，离开现场，必然要在院子雪地上留下足迹。

应该怎样伪装呢？

唯一的答案就是：凶手留下别人的足迹，来迷惑警方。

鬼胎娃娃

在场的实习警员都想不出来，包斩说：凶手留下了孩子的足迹，体重和身高说明凶手可能是一个女人，她倒立着，用手穿鞋，离开这个院子。

梁教授说：没错，美国推理小说家卡尔写过一篇经典的侦破推理小说——《天空中的足迹》，一个异想天开的诡计，一场手脚倒置的不可能犯罪，也为卡尔获得了"密室之王"的美誉。

包斩不好意思地说：这篇我倒是拜读过，应该感谢卡尔给我的启发。

梁教授对实习警员说：刑侦推理，就是一种逻辑想象力。这小院之外才是最大的犯罪现场。再给你们出两个关于脚印的小谜语，看看谁能解答，包斩就不用回答了。一个孤寡老人死在院里，老人被锐器从口部刺入，周围没有凶器，只有老人自己的脚印，谁是凶手？

足迹鉴定专家指了指屋檐下的冰锥。

梁教授点了点头说：再出一个有难度的，这是一个真实的案例。

一个伐木女工裸体死在雪地上，她的左胳膊被砍了下来，血迹在一棵倒下的枯树上，斧子扔在附近，失去的胳膊不翼而飞，雪地中有很多树，上面有缆车线，地上只有伐木女工自己的脚印。脚印延伸了几百米，可以判断出，女工的胳膊被砍下后，她曾在雪地中行走，脱掉的衣物散落在这几百米的雪地上。尸检发现，裸身女尸体内有丈夫的精液……半年后，案发现场附近一个野味餐馆的学徒因涉嫌强奸老板娘被逮捕，警方发现学徒手上戴着的正是伐木女工丢失的金戒指。

请问，谁是凶手？凶手是怎样做到的？

实习警员议论纷纷，没有一个人能回答上来。包斩思索半天，也想不出答案。梁教授允许大家慢慢想，接下来，实习警员协助特案组深入勘验现场，这个房间里的每一个角落、每一件物品，都要仔细勘察，找到凶手遗留下的痕迹。

云女士丈夫服毒前喝过水，水杯上只有他自己的指纹。

垃圾篓里发现了空的洁厕剂瓶子，电脑桌上放着一个zippo打火机，这种打火机需要专用的油，一个实习警员在床下找到了一个空的zippo燃油铁罐。云女士的脸部被烧毁，应该就是使用的这种燃油。床铺平整，显然被整理过，包斩用镊子把一个刷子上的毛发提取出来。

只需用放大镜就可以分辨出，刷子上面有四种头发。

这说明，有四个人曾经睡在一张床上。

除了死者夫妇二人外，另外两个人是谁？

画龙看着卧室里的大床说：太淫乱了吧，四个人睡在一起。

梁教授说：小眉，检查一下他们的电脑。

苏眉活动了一下手腕说：在你们眼中，这是一台电脑；在我看来，这是一块海绵。我要把这海绵里的水全部挤出来，一滴不剩。

死者夫妇的电脑中发现了很多令人瞠目结舌的信息，他们加入了一个夫妻交换俱乐部。这个俱乐部有自己的论坛和QQ群，按地域划分为多个板块。死者夫妇所在的这座城市，VIP成员有十几人。

苏眉潜入了死者夫妇所在的QQ群，群主正在商议周末聚会的事情。苏眉没有说话也没有提供照片，很快就被踢了出来。梁教授让苏眉不要轻举妄动，凶手可能就隐藏在这个QQ群里。

包斩说：不如趁他们聚会的时候，一网打尽。

苏眉赞同包斩的主意，她提议说：我们可以冒充夫妻，混入这个俱乐部，参加聚会。

梁教授说：凶手刚杀了人，不一定参加这个聚会，但可以排除其他嫌疑人，缩小范围。

这个换妻交友俱乐部的VIP会员验证非常严格，新加入者必须出示夫妻合影照片和结婚证复印件。警方研究决定，画龙和苏眉、包斩和女法医，假扮成

鬼胎娃娃

两对夫妻，混入这个换妻交友俱乐部，卧底侦查。他们出示了伪造的照片和结婚证扫描件，加入了这个夫妻交换QQ群。

距离周末聚会还有几天，群内成员对这场换妻聚会都很期待。群主说报名的已有五对夫妻，再加上新来的两对，一共十四人，淫乱大混战，机会难得，鼓励其余夫妻共同加入。

群主网名叫做心灵之约，群主的老婆也是群管理员，叫做红袖夫人。

画龙在群里叫战龙武士，苏眉叫媚佳人，包斩的网名叫做包子。

女法医在群里非常兴奋活跃，她给自己取了个妖艳娇嫩的名字：小软妹。

屏蔽掉QQ号码，截取一段聊天记录：

小软妹 9：21：54

求包养，会暖床。

低调_男子 9：21：59

你多大，以前交换过吗？

小软妹 9：22：03

求舔脸，求蹭胸，求合体，求踩蹿。

火凤凰 9：22：14

呵呵，小妹妹好直接哦。

心灵之约 9：22：17

你老公呢？看看你们，视频。

小软妹 9：22：22

拜托，我在公司，老公也上班呢，不是验证过了吗？讨厌讨厌讨厌。

红袖夫人 9：22：50

好色老公，周末再看嘛。小软妹脱光了更好看，嘻嘻，还要看我能给你戴几顶绿帽子。

低调_男子 9：22：58

媚佳人，在吗？

媚佳人 9：23：02

哦。

低调_男子 9：23：58

视频，看看你，要不你多发几张黑丝性感照片。媚佳人，你太漂亮啦，口水，呵呵，都不敢相信你这样的美女会参加我们的聚会。到时候，我要……我可不会怜香惜玉哈。

心灵之约 9：24：11

哈哈，媚佳人是我的，小软妹和火凤凰也是我的，我要左搂右抱，低调，你去玩我老婆好了。我老婆很浪，不信的话，你去问问群里的男人。

媚佳人 9：24：56

哼，不怕我的小靴子吗？踢人很疼的。

战龙武士 9：25：01

咱们聚会的规则是啥？

小软妹 9：25：06

我以前倒是玩过一次，不过，没有这么多人。

红袖夫人 9：25：11

武士是媚佳人的爱人吧？多人一起的话，哪有什么规则啊，想和谁玩，拽过来就玩。前提是要戴上小雨衣，玩得尽兴就好，多刺激啊。我看你照片，挺帅的。

火凤凰 9：25：16

还有偶，偶也要帅哥。我也只玩过四个人的交换。

包子 9：25：18

大家好，小软妹是我妻子，她平时不这样的，我是被硬拽来的。

心灵之约 9：25：24

抢什么，我是群主，我先挑选，你们先看我表演就行喽。

媚佳人 9：25：26

哼，我要挑选你们。我选男人，看不上眼的就用小靴子踢一边去，看上眼的就钩钩手指。

低调_男子 9：25：36

媚佳人真有女王范儿，冷冰冰的，我和老婆愿意做你的夫妻奴，跪在你的黑色丝袜和高跟靴子下。你叉着腰，拿着鞭子，高傲冷艳，不可一世，就是我心中的女王，老婆呢，过来拜见我们的媚佳人女王吧。

柔情梦换 9：25：43

媚佳人，女王，您好，我们夫妻愿意伺候您。

红袖夫人 9：25：48

呵呵，你还真是不低调，柔情，你又背叛我了？

小软妹 9：26：08

收奴，我也收奴。

心灵之约 9：26：12

我，我还没当过奴，哈哈。

媚佳人 9：26：19

累了，我先下了。

小软妹 9：26：20

我很期待周末的换妻聚会啊，很期待，现在想想，就激动。

◎第二十四章　群魔乱舞

1980年，年轻人穿牛仔裤需要勇气。

1990年，中小学生的课桌上大都有一条三八线，男女生之间不可逾越，否则被视为流氓。

2000年，情人节期间的鲜花店生意兴隆，玫瑰的消费群体是夫妻是恋人还是婚外恋者？

我们对性的认识大多来自脏话和黄色笑话，从什么时候开始，传统美德

渐渐受到了挑战，一个又一个新的词语令我们目不暇接，二奶和小三已经司空见惯，同志和拉拉也不再神秘朦胧。年下攻、CD受、大叔控、腹黑虐……这些词语，也许有的人不懂，但是已经悄然出现，每一种都带有无法视而不见的新时代色彩。

　　特案组召开案情发布会时，大家对换妻现象展开了热烈的讨论。很多民警孤陋寡闻，认为这种事情匪夷所思。苏眉百度搜索"夫妻家庭交友"，搜索结果有六百多万，其中不乏大型夫妻交友网站，排列首位的是一个叫"幸福嘉园"的网站，人气极旺，会员众多，这些都能间接说明夫妻交友群体的庞大。

　　梁教授说：在日本，换妻交友俱乐部很多；韩国，将换偶称为"蝴蝶俱乐部"；欧美国家就更多了，有很多合法的换妻中介服务公司。

　　一个老警察说：老外怎么玩和咱们无关。在咱们国家，这就是一种变态，抓住后就按照聚众淫乱罪判刑。

　　女法医说：我觉得，这是道德层面上的问题。

　　老警察反驳道：一夫一妻制就不要了吗，婚姻还有什么意义？

　　女法医说：换妻不等于犯重婚罪。有些法律条文明显不合时宜，唱歌的那个歌星叫什么来着，看黄色录像就被判刑四年，上哪儿说理去？那是80年代的事，情有可原；前段时间呢，夫妻俩看毛片，也被抓了；还有艳照门事件，警方声称"下载传播四百张淫秽图片就是违法，构成犯罪"，我觉得……

　　市局领导说：先别讨论这个，咱们现在决定打入换妻聚会组织内部，抓住真凶，这个是当务之急。

　　女法医说：等我把话说完。我觉得，只要双方自愿，不以牟利为目的，不涉及金钱交易，不影响和伤害他人，别人可以进行道德指责，但不能进行法律审判。我的身体我做主。

　　老警察被抢白得面红耳赤，他问道：夫妻感情呢？还有你们年轻人常说的爱情，相爱的人不会把对方交换出去。

鬼胎娃娃

女法医说：夫妻间有感情，没爱情，即使有爱情也会转化为亲情。婚姻是平平淡淡似水流年。我是离过婚的人，我知道，婚姻的维持靠的是子女、财产、责任和得过且过的生活态度。半年做一次爱，八百年接一次吻，无性婚姻的夫妻太多了。我宁可换妻，不，换夫，我也不要这样的无性婚姻。

市局领导劝道：好了好了，别吵了，谈谈案情吧。

包斩说：凶手是两个人，应该就是这些成员中的一对夫妻，他们和死者夫妇进行过换妻游戏。

苏眉说：我查询过群聊天记录，他们那个群，进进出出的夫妻很多，死者夫妇的聊天记录中没有发现异常情况，想必是那对凶手夫妻将死者夫妻从好友名单中删除了。

画龙说：抓住他们，一审问，这案子也就结了。今天周末，我们应该去参加换妻了，走吧，准备一下，老婆。

苏眉瞪了画龙一眼，说道：你休想占我便宜，记住了，是我换你，拿你和别人交换。早知道，就让小包扮我老公了，小包多老实啊。

特案组脱下了警服，开始乔装打扮。警方为他们每人配备了针孔摄像机，车上也安装有定位系统。包斩、画龙、苏眉、女法医四人秘密拍摄下换妻聚会取得证据后，用手机通知外围警察，里应外合，实施抓捕，将其一网打尽。

画龙穿一身黑色休闲西装，敞着胸膛，没有任何时尚元素，但白色衬衣下尽显结实的肌肉轮廓，脸上的沧桑就是成熟男人独特的魅力，一身铮铮铁骨和永不低头的野性精神，只需漫不经心的一瞥就能迷倒少女。

包斩换上了一身冬季交警制服，他冒充的是一个公务员，找不到合适的衣服，也许，警服最适合他。他有些腼腆，内向，其貌不扬，吃苦耐劳的经历使他养成了坚强忍耐的性格。

画龙和包斩等了很久，苏眉和女法医还是没有化妆完毕。看来，这两个女人打算盛装出席换妻派对。

正等得不耐烦的时候，一个贵妇人出现了。女法医将自己装扮成了优雅、恬静、举止端庄的贵妇形象：一件皮草大衣，看上去像是暴发户，但一条白色驼绒披肩突出了亮丽的质感，衬托出雍容华贵的气质，宛如冬日里的一抹温情，风情万种地走来。她手指上戴着一枚硕大的戒指，仅此一枚，别无其他首饰，点缀成高贵璀璨的色彩。手上拎着的是搭Hermes的铂金包，古典的酒红色，激活男人的双重视觉亮点。

贵妇人转了一个圈，问道：怎么样。

画龙跷起大拇指，包斩笑呵呵地说：谁也看不出你是一个法医。

贵妇人对包斩说：你这身打扮，不太配我，你就和他们说，你刚下班，知道不？

苏眉出现了，大家眼前一亮，好一个绝色佳人！

苏眉穿一件黑色皮质风衣，长发飞扬，流畅而华丽的线条，使身体的美无言地展示。神秘的黑色适合性感含蓄的女性，过膝的高跟长靴塑造出高挑的身材，蝴蝶结装饰腰带，把小蛮腰完美地展现了出来，即使后背，也风情无限。黑色丝袜，性感撩人，每走一步都释放万种柔情，丝袜让腿显得纤细完美，还可以令男人引发深度呼吸，衣摆处，纤细的美腿曲线使人遐想迷醉。苏眉没戴首饰，只涂了淡淡的唇彩，一个女人最美的珠宝就是她的微笑。

画龙说：你不冷啊，大冬天还穿丝袜。

苏眉说：老土，你和我真不太相配，不过，现在换人也来不及了，走。

苏眉挽着女法医的胳膊笑着走向市局门前，站在车旁等待画龙和包斩来替她们开车门。五辆警车坐满了荷枪实弹的警察，也停在门前准备一起出发。画龙打开车门，对包斩抱怨道：说不定以后的社会，还真的流行换夫。

画龙开车，后面的警车保持距离，一路跟随。

换妻聚会是在郊外湖边的一栋观景别墅，地点也是组织者临时通知。外围警察在周边附近进行了秘密布控，参加聚会的特案组成员拍摄下换妻录像后，就会通知外围警察实施抓捕。

换妻聚会已经开始。

这几天，包斩、画龙、苏眉、女法医四人在群里已经和他们混熟了。群主隔着铁门确认了一下四人的身份，就让他们进去了，随即挂上了一把大锁。

群主警惕地问道：你们四个开一辆车来的？

女法医回答：其实，我们以前交换过几次了，都是熟人，这次就一起来了。

群主意味深长地说：哦……大家玩得尽兴一些，他们已经开始了。

四人心情都有些紧张和激动，他们马上要目睹的该是一个多么淫乱的春宫场面。

推门进入客厅，真皮沙发上，一个年轻力壮的小伙子正抱着一个中年美妇。女法医走过他们身边时，用手在小伙子屁股上拍了一下，说道：坏家伙。

小伙子转过头，莞尔一笑，伸出剪刀手说：耶，她已经三次了，换你，怎么样？

女法医笑着说：我可不习惯沙发，我去卧室看看。

苏眉上楼，包斩去浴室，画龙去书房，他们的任务是用隐藏的针孔摄像机拍下这些淫乱的场面，然后通知外围的警察一起实施抓捕。

苏眉轻垫脚步，走上台阶，客厅里赤裸裸的真实做爱场面让她脸红心跳，接下来，她知道自己还会看到更多的淫乱画面。

苏眉听到楼上传来大声的毫无顾忌的呻吟声，脚步声也随之传来。苏眉躲避到走廊尽头的粉红色窗帘下面，打算悄悄观察一下。一个赤身裸体的男人淫笑着跑过走廊，吓得她心怦怦直跳，紧张中还带着一丝羞涩。那男人正要下楼，转身发现了苏眉，他笑着说：捉迷藏呢。他跑过去，隔着窗帘就抱住了苏眉，右手用力地在苏眉胸部捏了一把，苏眉尖叫起来，用膝盖顶在男人裆部，男人痛得弯下腰，却没有放开苏眉，右手顺着苏眉的高跟长靴滑向大腿，一把

撕烂了苏眉的丝袜。

苏眉杏眼圆睁，骂了一声浑蛋，用力推开男人。男人又想上前，看到苏眉冷若冰霜的样子，又有些犹豫不敢。

男人惊喜地说道：美女，你就是媚佳人吧。我是低调男子，在群里喊你女王来着，我老婆柔情梦换在房间里，叫得嗓子都快哑了，你听到了没？

苏眉冷冷地说：是你啊，记得你喜欢被虐，是吗？

低调男子说：我把老婆叫来，我们夫妻二人，都愿意被你调教，你好美，真是个美人啊。

苏眉扬起纤纤玉手，左右开弓给了低调男子几记响亮的耳光，飞起一脚，风衣展开，秀发飞扬，高跟长筒靴踢在这男人的蛋上。

男人皱眉，呻吟了一下，随即两手放在背后，叉开双腿，说道：来吧，小女王，踢我，我一直想尝试金蹴的滋味。

苏眉又踢一脚，骂道：下贱，什么是金蹴？

男人说道：金蹴就是SM中的踢蛋，再来一下，好刺激。

苏眉怒火中烧，一拳打在男人胸部，男人跟跄了一下，苏眉紧接着用力踢出一脚，扑通一声，男人痛得倒在地上，抱着苏眉的高跟长靴求饶。苏眉挣脱了一下，纹丝不动，那男人伸出大舌头，开始舔苏眉的高跟靴子。苏眉腿部的黑色丝袜被撕烂了，丝丝缕缕中露着性感滑腻的美腿，那男人流着口水，开始向上舔，贪婪的舌头滑过美腿。

苏眉又羞又恼，转身夹住他的脖子，骑上这个男人。

苏眉说道：不许乱亲，听话，驮着我下楼，我要让我老公看着。

低调男子说：好。苏眉骑着他，他向前爬了两步，到楼梯处，他将头从苏眉两腿间钻出来，猛地抱起苏眉，说道：爬着，下不了楼梯，我抱着你好了，我的小女王。

苏眉挣扎了一下，没有挣脱，那男人俯下身在她耳边说了一句下流的话，苏眉的脸红了。

楼下，沙发上的小伙子和中年美妇还在继续。群主也在，他对低调男子招手说：抱下来。

苏眉就像小绵羊一样被人抱着走下楼梯，包斩和画龙却不在楼下。

包斩有礼貌地敲了敲浴室的门，一个少妇裹着浴巾来开门。再向里看，一个半老徐娘穿着透明的蚕丝绸质睡衣，站在充满暧昧的蒸汽里正向他妩媚地笑，旁边的浴缸放好了热水，还撒着玫瑰花瓣。

包斩看了看开门的少妇。少妇嫣然一笑，浴巾悄然滑落，她留着长鬈发，胸部饱满，脸色绯红，像熟透了的苹果，看上去就想咬一口。

包斩呼吸急促，转身想走，却被少妇拦腰抱住，轻轻拽回房间。包斩几欲挣扎，无奈这少妇在怀里释放出万种妖娆，无限风情，包斩竟然有了身体反应，极为尴尬。少妇用手捻了一下，咪咪地笑道：小弟，你喜欢哪个姐姐，还是我们两个姐姐你都要？

这时，画龙推门走了进来。

那半老徐娘迎上去，丝绸睡衣里面竟然是真空，蜜桃酥胸若隐若现，呼之欲出。她风情万种地走到画龙身边，挽住他的胳膊，柔声说道：爷，奴家等您好久了。

少妇也模仿半老徐娘的语气，发嗲地说：爷，让奴家好好伺候您吧。

说完，就给包斩脱衣服。包斩问道：还没自我介绍呢。

画龙说：我是群里的战龙武士。

少妇说：帅哥，我是火凤凰。这嫂子是红袖夫人。

红袖夫人用胸部蹭着画龙的胳膊，撒娇道：奴家伺候您洗澡吧。

画龙坐在洗手台上说：澡，来之前已经洗过了，就简单地洗洗脚吧。

包斩也坐到台子上，抱着胳膊，面红耳赤，不知道说什么好。

红袖夫人跪在地上，给画龙脱了鞋袜；火凤凰也跪了下来，说道：嫂子，我不会玩SM，你教教我。

红袖夫人说：跟我学就行。

包斩向画龙使了个眼色。画龙拿出手机假装看时间，拨打出一个号码，

随即关上手机，从腰间拿出手铐，说道：喜欢玩SM啊，那就把你们两个下贱的女人铐上。

红袖夫人转过身说道：谢谢主人，狠狠地虐我们吧。

火凤凰看到手铐有点怕，犹豫着转过身，画龙用手铐将她们两个铐在了一起。

画龙和包斩掏出枪来到客厅。苏眉酥胸半露，秀发迷乱，躺在地毯上已经没有了力气挣扎。群主压在她的身上喊着小乖乖，那个低调男子将苏眉两条腿上的丝袜都撕破了，试图脱下苏眉的靴子……

画龙大喝一声：都别动，警察！

埋伏在外围的警察也翻墙而入，画龙和包斩迅速控制住客厅里的男女，警察上楼，将这栋别墅里的其他夫妻陆续制伏逮捕。

清点人数时，警方发现——女法医不见了。

◎第二十五章　交换玩偶

这次换妻聚会，有五对夫妻参加，加上画龙、包斩、苏眉和女法医，一共有十四人。警方突袭抓捕，发现少了一对夫妻，女法医也不见踪影。画龙和包斩找遍了整栋别墅也没有找到这三个人。当地警方很担心女法医的安危，画龙却说：她平时和尸体打交道，又是离异的饥渴少妇，应该是去哪里享受了，大家仔细找找吧。

楼下大厅，群主和低调男子双手反铐，蹲在地上。苏眉挨个儿抽他们耳光，一边打一边骂：我让你非礼我……我让你强奸我……你，还撕我袜子，脱我靴子。

群主反驳道：怎么能说是强奸呢？咱们是在换妻，再说，我也没进入啊。

小伙子对旁边站着的老警察说：叔，我们是自愿的，先让我们穿上衣

鬼胎娃娃

服吧。

中年美妇捂着脸哭道：呜呜，这次把脸丢尽了。

包斩和画龙走进卧室，卧室里没人，但是通往阳台的门开着。大家站在阳台上，隐隐约约地听到呻吟声，顺着台阶走下阳台，循声而去，外面是一座花园，月朗风清，百花凋谢，白雪覆盖着枯叶，园里只有一株梅树红花盛开。

他们一抬头，惊呆了，梅树上有三个人，他们正在树上做爱。女法医正在其中！

事后，画龙问女法医：你太会玩了，不冷吗？

女法医淡淡地回答：很热。

老警察要按照聚众淫乱罪制裁这些男女。女法医的意思是治安处罚一下就行了，她对老警察说：我也参加了，要判刑的话，算我一个，你看着办吧。

特案组对这五对夫妇进行了审讯，他们都没有和死者夫妇进行过交换，梁教授把那盲人诊所的老头叫来，辨认他们的声音，盲人老头表示这些人中没有杀害盲女的凶手。案情陷入僵局，群主提供了一条重要的消息，他说：有一对律师夫妇是死者夫妇介绍到群里的，因为没有提供身份验证，后来把他们从群里踢了出去。

梁教授：律师，你确认吗？

群主回答：肯定是，我们咨询过不少法律问题，那对夫妇都能作出专业的解释。

梁教授要求警方对全市的律师事务所进行排查，重点排查夫妻二人都是律师，患有腰椎间盘突出曾去盲人诊所按摩过的律师，列出嫌疑人名单。当地警方出动了所有警力，大家情绪高涨，意识到此案即将侦破，立功的机会到了。

苏眉抢先一步找到了犯罪嫌疑人，她从换妻QQ群的消息管理器中查询到了律师夫妇的QQ号码，通过IP定位，迅速地锁定了律师夫妇的家庭地址。在电信系统搜索该地址又获得了律师夫妇的家庭电话、真实姓名，进一步掌握了他们的手机号码。

警方只需知道一个人的手机号码，就能找到这个人，追踪定位精度能缩小到几米。

律师夫妇家中无人，他们正在该市下辖的一个县城法院为当事人进行辩护。律师长期从事诉讼活动，有着常人所不具有的办案经验和应变能力，画龙给这对律师夫妇戴上手铐的时候，两人都一言不发，没有做出异常举动。

律师丈夫高大魁梧，像个屠夫；律师妻子身材娇小，像个小女孩。

审讯进行得异常艰难，接连几天，律师夫妇都摆出一副死猪不怕开水烫的态度。特案组和审讯专家轮番上阵，打疲劳战和车轮战，都没有撬开他们的嘴。

DNA检测结果证实，死者夫妇床上发现的头发和律师夫妇相吻合。

律师夫妇坦承参加了换妻，但对杀人概不承认。

梁教授打开了语言识别分析仪，令律师丈夫说两个字：拖地。然后将录音播放给盲人老头听，盲人老头听觉敏锐，当场表示，这个人就是凶手，他永远也不会忘记凶手的声音。

审讯专家使用了诱供，对律师妻子诈称：你老公已经全部交代了，你是打算顽固到底，还是争取一个积极的态度？你是律师，应该知道态度非常重要，决定着死刑和死缓。你以前练过舞蹈吧，还有瑜伽，双手撑地身体倒立走过一个下雪的院子，应该不是什么难事。

律师妻子听到"双手撑地"，精神崩溃了。她并不想戴罪立功，知道自己死罪难逃，她感到绝望的是丈夫出卖了她。警方从律师妻子身上找到了突破口，最终两人交代了犯罪事实。

我们的婚姻是什么样的呢？

婚姻是一条船，离岸很远，离码头更远。

拧紧的水龙头还会滴水，沉默的人也有话要说。我们来听听那死去的云女士会对我们说些什么吧。正如她对邻居所抱怨的那样，她在情感论坛所写下的那样，大多数人的婚姻，都不是爱的港湾。

　　婚前，想到的是甘甜的甜；婚后，尝到的是辛酸的酸。
　　云女士和丈夫把双人床和梳妆台放在卧室，把锅碗瓢盆油盐酱醋放进厨房，把婚纱照挂在墙上，然后结婚了。他们开始无休无止地吵架，互相指责和伤害，摔碎了生活的盆盆罐罐，甜蜜的生活其实是两次吵架的间隙。
　　有必要让未婚的男女了解一下婚姻是个什么玩意儿。
　　婚姻的真相就是——我们拥抱，但不接吻，睡在一起，但不做爱。

　　云女士和丈夫在公园的爱墙前相识，那面红墙下每天都聚集着一些想找对象的男女。
　　云女士其实是个很传统的女人，她这一生只做过两件出格的事：一、她参加了换妻；二、这个穿白色羽绒服的女人换妻前将自己的头发染成了酒红色。
　　云女士恪守着新婚之夜才能把身子交给丈夫的传统美德，洞房花烛夜，丈夫对她说了一句这个世界上最虚伪的话：我只进去一点点……
　　她对丈夫说了一句很伤男人自尊的话：你进去啦？
　　丈夫的阴茎很小，这个世界上，成年人最小的阴茎到底有多小呢？
　　一支香烟那么细，小拇指那么短，就像小宝宝的小鸟。

　　云女士对四婶子家的堂妹说：他妈的，婚前验货，很有必要，结婚那天，才发现是支香烟，就晚了。
　　丈夫常常恼羞成怒，这个在野外进行测量工作的男人尽管阴茎短小，但是脾气很大，有时云雨完毕后，云女士讥讽几句，丈夫就会把电视机、电脑都砸了。云女士捺着性子逼他吃一些激素药品，还去庙里烧香求子，后来他们如愿以偿有了一个孩子。夫妻关系的纽带就是孩子，离婚最大的

障碍也是孩子。孩子不幸夭折，云女士的精神就有点不正常了，她无法接受这个悲痛的事实，她晃动空空的摇篮，她去买奶粉和书包，她觉得自己的孩子还活着。

八点，她看着阳光照到院里夹竹桃的花瓣上，枝叶摇曳，树影斑驳。

九点，她看着一只猫从院墙上走过，墙壁砖缝中开着星星点点的小花朵。

十点，她一直看着窗外，没有起床。

那段时间她爱上了十字绣，每当性欲来临的时候，她就绣一个钟表，绣"家和万事兴"，绣小猫滚线球。那个钟表图案的十字绣装裱好后，挂到了墙上，无论是白天还是夜晚，时针和分针永远指向上午十点。

她的时间，停止不动，今天重复着昨天，昨天重复着前天，生活是一潭死水。

其实，她的心并不孤独，只是她的身体很寂寞。

丈夫始终无法让她再次怀孕，在医院里检测出了男性不育症，婚姻进入七年之痒，他们索性都不做爱了。

丈夫说：婚后第一年，做爱当饭；第二年，爱干不干；第三年，打死不干。

丈夫甩下这句话，就去了东北林场，一去就是几年。

那年夏天，她家的菜板上长出了一朵毒蘑菇。

马桶垫，好久都没有掀起来了。这是很让女人伤感的一件事。

云女士做房屋租赁中介，有大量的时间坐在电脑前。她在网络上偶然了解到换妻这种现象，她想到的并不是换妻，而是借种。丈夫回来后，她隐瞒了自己的真实想法，只是表示出对换妻很好奇。他们在视频里看到一对不露脸的夫妻进行表演，看完后，丈夫欲火高涨，将她压在身下，一边抽插一边问道：下次，咱们也让他们看着吧。

云女士说道：别人的老婆好吗，漂亮吗？

丈夫说：漂亮，家花没有野花香哪。说实话，你想让那个男人干你吗？

鬼胎娃娃

云女士呻吟道：再找个人一起吧，别停……你怎么又停下了？

一个月后，他们知道了那是一对律师夫妇，对方也知道了他们的身份。
又过了一个月，他们在视频里看到了那对律师夫妇的脸。
三个月过去了，两对夫妻已经很熟悉了，他们决定进行换妻。

云女士夫妇是第一次，律师夫妇以前进行过一次不成功的交换，有点经验，所以换妻地点定在律师夫妇的家里进行。他们在一个停车场见面，律师夫妇开车来接，见面的感觉就像久别重逢的挚友，毕竟这两对夫妇在网上已经很熟识了。

律师开车，云女士坐在副驾驶位置，云女士丈夫和律师妻子坐在后排。

按照事先约好的那样，大家先去一个旅游景点游玩，如果合适，晚上就去律师夫妇家里过夜。两对夫妇一路上谈笑风生，见面时的一丝尴尬烟消云散。律师很自然地把手放在云女士肩上，云女士扭捏了一下也就顺从了。坐在后排的云女士丈夫，看见眼前的一幕，大着胆子用手背磨蹭了一下律师妻子的腿，律师妻子低下头，脸红了。

律师从后车镜里看到，笑着对云女士轻轻说：你丈夫摸我老婆呢。

云女士丈夫说：你也摸我老婆吧，哈哈，归你啦。

两个女人娇羞无限，车里春意融融。

爬山时，两对夫妻进行了互换：律师拉着云女士的手，云女士丈夫挽着律师妻子的胳膊，外人看来，他们就像是真正的恩爱夫妻。在一处山坡上，两个男人，彼此搂着对方的伴侣，一边观赏风景一边观赏对方的妻子。律师妻子小鸟依人柔顺地投入了云女士丈夫的怀抱，云女士和律师也拥吻起来。

当天晚上，他们就发生了换妻关系。

此后，他们在云女士的家里又进行了几次交换，后来竟然发展到交换同居的亲密程度。云女士去律师家里过夜，律师妻子和云女士丈夫住在一起。有

时，这种交换居住会长达几天。

律师夫妇有一个六岁的孩子，平时跟爷爷奶奶住在老家，放寒假后，就接了回来，换偶游戏被迫中止。云女士很喜欢这个孩子，又抱又亲，常常买了小孩的鞋子和衣服给律师夫妇送去。律师夫妇发现云女士喜欢孩子竟然到了令人恐怖的地步——她给孩子起了个新名字。后来知道，这是她死去孩子的名字。律师夫妇觉得云女士精神有点不正常，退回了她送的衣服和鞋子，打算断绝来往，然而云女士怀孕了。律师夫妇发现，家里的安全套都被针扎破了。云女士丈夫有不育症，很显然，云女士肚里的孩子就是律师的。

律师夫妇和云女士丈夫都不能接受这件事，他们劝说云女士堕胎，云女士执意要生下来，甚至留下字条声称要离家出走。律师夫妇和云女士丈夫商议决定，强行让她吃下堕胎药。在喂药的过程中，云女士拼命挣扎，律师夫妇按着她的手脚，丈夫掐着脖子，掰开嘴巴把药放进去，随手拿起窗台上的一瓶饮料，灌到云女士嘴里……

那饮料瓶里装的是洁厕剂，洁厕剂最主要的成分是浓度在32%以上的浓盐酸，误服会导致死亡。

律师夫妇和云女士丈夫手忙脚乱地要将云女士送往医院抢救，然而还没出门，云女士就没有了呼吸。尸体渐渐冰冷，三个人面面相觑，束手无策。

云女士丈夫说：怎么办？我不是故意的啊，你们能证明。

律师冷静下来说：过失杀人，也难逃法律制裁，再加上聚众淫乱罪，这下是要进监狱了。

律师妻子说：怎么会这样，咱们的名誉也全毁了。

云女士丈夫说：大概判几年？

律师说：再加上强行堕胎，你差不多要判十年以上吧，我们俩估计能少几年。

云女士丈夫说：有什么办法吗？

律师夫妇和云女士丈夫商议决定毁容抛尸，三人本想肢解尸体，云女士

鬼胎娃娃

丈夫下不去手，用电锯剖开了下身，掏出肚里的婴儿胚胎，他就弯腰呕吐起来，无法继续了。律师妻子忍着恶心和恐惧，清洗掉呕吐物。云女士的肠子流了出来，律师随手拿起一个玩具娃娃塞住下身。

卫生间里躺着一具血肉模糊的女尸，大家抬起尸体的时候，女尸肚里的洋娃娃突然叫：爸爸，妈妈，呵呵呵呵。大家吓了一跳，这声音太恐怖了，停留片刻，定了定神，才将尸体抬上车。

他们开着车，将尸体扔进一个僻静街道的下水井。云女士曾留下一张字条声称要离家出走，如果亲友问起，这张字条可以成为她失踪的合理证据。三人觉得，此事神不知鬼不觉，应该能逃避法律制裁。没想到，抛尸时被一个女人在楼上看到。他们并不知道那女人是个盲女，也没有时间调查踩点，律师索性一不做二不休，几天后的夜里，将那女人杀死在宿舍里。

云女士丈夫不敢杀人，这点让律师感到失望。律师觉得日后如果东窗事发肯定出在云女士丈夫身上，所以将错就错，劝说老婆毒死了云女士丈夫，杀人灭口，免除后患。

律师平时接触大量刑侦案卷，有着极强的反侦查能力。

律师妻子离开云女士家的时候，院里落了雪，丈夫意识到如果留下脚印，就有可能被警方抓获。他在电话里指挥妻子擦掉指纹，以手穿小鞋，身体倒立，离开现场。

这招瞒天过海的诡计最终被特案组识破，凶手落网。

特案组事后深入调查时发现了一件诡异的事，云女士死去的孩子既没有火化，也没有掩埋。这个抱着假婴儿和别人交流育儿经验的妇人，这个爱子如命精神不正常的女人，这个不惜通过借种想再生一个孩子的妈妈，她死去的孩子哪里去了？

院里的夹竹桃种在一口大缸里，一个旧的大玩具娃娃坐在墙角，风吹雨淋，沉默不语。

都市怪物

孩子们就是这样对付恐惧：他们睡觉。

——卡勒德·胡赛尼

一个大学生带着小侄子逛庙会，庙会上人山人海，热闹非凡，大学生和小侄子站在路边的电线杆下，广场中间，古装打扮的各路神仙正在表演踩高跷。电线杆子上贴着一张广告，在众多的牛皮癣广告中格外引人注目，大学生抬头观看，越看越觉得恐怖。虽然周围人声鼎沸，冬日暖阳照着摩肩接踵的人群，光天化日之下，大学生竟然有一种毛骨悚然的感觉。

这时，小侄子不见了。

大学生焦急地四下张望，拢着嘴巴大喊小侄子的名字。

一个小男孩从附近卖春联的地摊前站起来，跑到大学生背后，小男孩猛地跳起，落在地上喊了一声：呔！

大学生在调皮的小男孩屁股上打了两下，攥紧小男孩的手腕说道：走，咱赶紧回家！

都市怪物

这个大学生平时爱看恐怖片和恐怖小说，胆子极大，即使看到莲蓬乳和巨人观之类的图片也会淡定从容。那电线杆上公开张贴的广告，究竟是什么内容让他感到恐惧呢？

◎第二十六章　拦轿告状

2009年1月20日，大寒时节，北风呼啸，滴水成冰。公安部门前挂着红灯笼，绿化树上霓虹闪烁，十里长街洋溢着春节的喜庆气氛。

有辆豪华小车驶了出来，一个老婆婆见状，挂着一根棍子走到路中间跪了下来。

司机一个急刹车，车猛地停下。

老婆婆蓬头垢面，衣衫褴褛，灰白的头发被冷风吹乱，遮拦住一张沧桑的满是皱纹的脸。这个白发苍苍的老人突然跪在道路中央，棍子和一个脏兮兮的铺盖卷放在地上，她的身体佝偻着，却将一张白纸高高举过头顶。

白纸黑字，上面写着两个字：救命！

司机下来，怒斥老人：你不想活了，你知道这是谁的车吗？

老婆婆膝行几步，想抱住司机的腿，她说道：救救俺吧，俺的小孙子丢了。

司机急忙往后退，指着老人说道：停下，车上有公安部副部长，还有四位是特案组警员，你好大的胆子。

老人扑地，对着车磕头，喊道：青天大老爷，救命啊！

司机不理睬老人，转身上车，将车倒开了一段距离，继而前行，从老人身边绕行驶过。

老人以头触地，长跪不起，就像是一块顽石。

　　白景玉率特案组正欲出席公安系统的春节联欢晚会，遇到一个老婆婆拦车下跪。特案组四人注意到，老婆婆的裤子膝盖处都磨破了，露出土布棉裤，由此可见，她已经下跪了很多次。铺盖卷灰尘仆仆，还裹着一块灰色的塑料布，说明这个老人每晚都在寒风中露宿街头。

　　除了道德和法律，还有一种至高无上的裁决，那就是人的良心。

　　小车驶出很远，又停了下来，画龙和包斩下车，回去将老人搀扶了起来。

　　这个老人来自沂蒙山区，操着一口鲁西南方言，她絮絮叨叨半天，才讲清楚自己的悲惨经历。她的小孙子蛋蛋被人贩子拐卖了，已经一年，杳无音讯。蛋蛋的爷爷由于愧疚与世长辞，蛋蛋妈也卧床不起，蛋蛋的爸爸强忍悲痛，一个人撑起支离破碎的家。老婆婆已经七十多岁高龄，拄着一根棍子，毅然决然地走出家门，这一年来，历经磨难，到过很多地方，一直在寻找自己的小孙子，从未想过放弃。如果找不到，她就不打算再回家了。

　　特案组把老人请进办公室，老人自言自语说自己命苦，幸好有政府给做主。

　　梁教授问：这一年，您怎么吃饭?

　　老婆婆说：要饭呗，还是好人多，有不少给钱哩，俺都攒着哩。

　　苏眉拿出自己的零食，一盒巧克力、几袋果脯和牛肉干，放在老婆婆面前。

　　老婆婆说：闺女，恁人真好，俺没牙啦，咬不动，有啥热汤热水给俺倒点就行。

　　苏眉一阵心酸，泡了一杯咖啡，递给老婆婆。

　　老婆婆从铺盖卷里拿出一个破茶缸，把咖啡倒进去，用手捧着喝，说道：又苦又甜。

　　画龙说：大娘，现在都快过年了，要不我们送你回家吧。你们当地的警察只要立案了，就会帮你找孙子。

都市怪物

老婆婆说：他们不给找，俺才找中央。俺是沂蒙山人哩，俺给解放军治过伤，烙过煎饼，纳过鞋底子。那一年，有个大首长，骑着马，他和俺说，以后有啥困难，就找中央。俺这么多年，咬咬牙就挺过去了，现在呢，俺的小孙子丢了，被人抱走了，俺一家人都活不下去了啊，俺就找中央来了。

抗日战争和解放战争期间，沂蒙山人的奉献精神，全国有口皆碑。在战斗形势极为严酷、物质条件极其艰苦的那个年代里，千千万万沂蒙妇女作出了巨大牺牲。新中国的成立是老百姓用独轮车推出来的，沂蒙姐妹和沂蒙红嫂的乳汁哺育过将士的子女。

梁教授对白景玉说：这是 个革命老区来的老人，当年作出的承诺，看来现在要兑现了。

白景玉说：这不符合程序，在法治社会的今天，还有拦轿喊冤这等事，此风一开，门口不知道要跪多少人。特案组不是私家侦探，只负责侦破全国各地发生的特大凶杀案，寻找被拐卖儿童，还是让当地警方负责吧。

老婆婆问道：啥是私家侦探？

包斩回答：就是给钱，帮你找人，调查。

老婆婆解开棉袄，从贴身的夹衣里掏出一个盛放过洗衣粉的塑料袋，里面装着一些钱。老婆婆说：为了找到俺家小蛋子，家里的大牛卖了，房子也卖了，给他娘看病花了不少，还有好心人给的，就攒了这么多，都给你们吧。中央，可怜可怜我这个老婆子吧。

老婆婆又要下跪，画龙慌忙扶起，劝她把钱收好。

包斩解释道：老奶奶，我们不会要你的钱，如果要当，就免费当你的私家侦探。

梁教授说：特案组春节假期取消，有人有意见吗？

苏眉说：唉，我从小就是奶奶看大的。要是我丢了，我奶奶肯定也会找我。

画龙说：春节晚会不看也罢。

包斩表示愿意牺牲假期，帮助老婆婆寻找孙子。

白景玉说：好吧，你们竟然集体违抗我，我是应该感到生气还是为你们骄傲呢？

苏眉联系了老婆婆当地的公安机关。据打拐办公室主任介绍说，近年来，当地有数名男孩失踪，其中就有这个老婆婆的孙子蛋蛋，警方付出了很多努力，一直在寻找，但没有结果，只查到了拐走蛋蛋的是一个中年妇女，有个路人听到那妇女对蛋蛋说："带你去买好吃的好不好呀，一会儿再带你去找妈妈啦。"

主任说：她说的是广东羊城那边的方言，但是羊城那么大，又上哪儿找这么一个小孩子？小孩子还有可能会被卖到贫穷偏远的山区，只有抓到人贩子才能找到被拐卖的儿童，如果被倒卖多次，希望就更加渺茫了。

苏眉要求当地警方把蛋蛋的照片以及案卷资料都传真过来。大家看完后发现，线索极少，难度极大，唯一的目击者看到的是人贩子的背影，只听到了一句话。

白景玉介绍说：拐卖妇女儿童犯罪集团化特征明显。一个人独立实施拐卖犯罪，难度较大。通常情况是，有人负责拐，有人负责中转，有人负责卖，形成了一个网络。侦查的办法也不多，抓到人贩子顺着线追，追到买主家。如果侦查断线了，没法查下去，就只能靠摸排来历不明儿童采血比对，找到亲生父母，还有就是公布被拐儿童照片等信息，供群众辨认。侦破一起拐卖儿童案，有的历时数年，辗转很多省市，耗时费力，拐卖犯罪往往跨区域大范围流窜作案，团伙犯罪多，经费和警力都是问题。公安部下属报刊有个寻子栏目，每年都接到大量来信投稿，都是失去孩子的父母写来的信。

白景玉打了个电话，让人送来一沓信。特案组四人看了几封，就再也看不下去了。那些信写得令人肝肠寸断，动容落泪，摘录两封信，内容如下：

乐乐，今天是你离开我们的第十天，妈妈泪流满面，不敢闭眼。从你离

都市怪物

开爸爸妈妈的那天起，脑海里全是你回来面对我们的微笑！妈妈多么渴望那个激动人心的时刻到来。不知道，你要惩罚妈妈折磨妈妈到什么时候。妈妈天天捧着你的照片在赎罪！妈妈对不起你，没有尽到责任！如果妈妈可以选择的话，真的想让我的心跳停止了。妈妈忍受不了失去你的痛苦！就快要撑不下去了，我亲爱的宝贝。

……

宝贝，爸爸老了，也不知道你在哪里，这些年过得好不好，我会继续寻找你。

你的生日是1989年12月12日，我给你取了个名字叫江辉。

你的右眼角有一点黑痣，肚子上有颗三角形的红痣，额头上有个指甲盖大小的疤痕，那是你小时候在炉子上磕的，你的血型是B型。

这么多年过去了，虽然你不在父母身边，但是你已经长大了，也许你已经不记得我和你妈妈了，但我对你的一切都记忆犹新，仿佛就是昨天。爸爸一直在想念着你，一直在找你。

我永远也无法忘记1995年8月15日这一天，爸爸没有看好你，五岁的你，被人贩子偷走了。我真后悔，爸爸真后悔，我应该陪你玩，和平常一样看着你在家门口玩，也许就改变我们一家人的命运啊。

你被人贩子抱走时，我恍恍惚惚听见你还叫了一声"爸爸"，这么多年，我都忘不了啊。

离开爸爸妈妈时，你五岁，现在你快二十岁了。你不知道，你奶奶因为失去了你，心脏病发作，离我们而去了。你妈妈也改嫁了，咱不怪她，是我的错，无法弥补。在之后的两个月里，爸爸除了躺在病床上，也不知道能干什么，不知道老天爷让我往哪里走。

后来，爸爸下定决心，我一定要找到你，不论是什么时候，不论你被拐卖到哪里。

这些年来，爸爸走过的地方，就连自己也记不太清楚了。我只记得我一个城市一个城市地找，到处张贴启事，到处问人，也到处买消息。虽然，你不

在爸爸身边，但我能感受你在一天天地长大，只要我到过的地方，我就会到那里的学校看看是否有你的身影。只是，这些事情都没能把我带到你跟前。

其实，爸爸也曾想过放弃。你不知道，有时候，当我发现人海茫茫，毫无方向的时候，我只能喝酒来暂时麻醉一下自己。因为爸爸实在很害怕啊，我的宝贝，只是，爸爸真不知道还能找你多少年。

爸爸老了，身上的钱早已所剩无几了。虽然亲人朋友都劝我不要再找，我也知道有些人管我叫疯子，但找你，是我过去、现在以及在找到你之前的唯一目标。

这些信更加坚定了特案组帮助老婆婆寻找小孙子的信心。大家分析认为，人贩子拐走的婴儿主要是用来贩卖，少部分年龄大点的儿童被组织乞讨。小蛋蛋被拐时已经四岁多了，人贩子操羊城方言，这个小孩子在羊城乞讨的可能性极大。特案组决定派人把老婆婆送回家，老婆婆执意不从，非要跟着特案组一起去羊城找小孙子，老婆婆说自己就是要饭也要去，就算死到外面，不找到小孙子就绝不回家。

特案组拗不过她，只好带她一同前往羊城，老婆婆也可以帮忙辨认。

在飞机上的时候，空姐看到这个老婆婆感到有点吃惊，她们大概是第一次见到农村老太太乘坐飞机。空姐问老婆婆喝什么，老婆婆抱着一个鼓鼓囊囊的编织袋，很惊慌地连连摆手说不要。过一会儿，开始发餐了，老婆婆说自己不饿，空姐就给她倒了杯热水，老婆婆做出一个惊人的举动，她从怀里掏出钱，都是五角一元的零钱。空姐表示，飞机上的餐饮都是免费的。老婆婆舍不得吃，把配餐放进了编织袋。空姐注意到，这个老人的编织袋里有很多薯片，是那种很便宜的袋装薯片，大概有几十包。

老婆婆买了很多薯片，这是她的小孙子最爱吃的零食。

特案组和老婆婆抵达羊城，乘坐大巴前往市区。下车后，包斩注意到路边的电线杆子上贴着一张广告，上面的内容，摘录如下：

残疾儿童转让

本人手上有三个残疾儿童：

一、双腿全截，转让费八千元；

二、双臂畸形，转让费六千元；

三、聋哑痴呆，转让费五千元。

他们都有丰富的行乞经验，听话老实，绝不逃跑，现转让使用权，可以捆绑销售，也可以单个转让，如果买一和二就可以送三。因本人有急事要回老家，所以忍痛转让，非诚勿扰。

◎第二十七章　地狱一瞥

苏眉说：哪个爸爸会张贴广告转让自己的孩子，用来乞讨呢？

梁教授说：很显然，这是别人的孩子。

包斩说：买二送一，贩卖转让儿童的广告竟然贴在了大街上，真恐怖。

画龙说：如果凌迟需要保留的话，那些拐了小孩，弄残废了，用来乞讨的人贩子绝对够得上这个酷刑。

包斩撕下电线杆上的广告，小心地存放起来。市局并不太远，大家步行前往，一路上看到不少乞丐。在一家超市门口，一个脏兮兮的小男孩抱住了画龙的大腿。

画龙对老婆婆说：大娘，过来看一下，这是不是您的小孙子。

小男孩可怜兮兮地伸出手讨要零钱。

老婆婆打量了一番，摇摇头，将一袋薯片放在了小孩子伸着的手心。

一个妇女躲藏在暗处，她神色惊慌地走过来，抱起小孩子，匆匆离去。

走到一个十字路口，特案组四人和老婆婆注意到，每到红灯，就有一群

乞丐蜂拥而上，向过往司机讨钱，其中竟然还有一个头发蓬乱的孕妇，背着一个婴儿。她用又黑又脏的手指敲敲车窗，指指后面的婴儿，指指自己的嘴，啊啊啊乱叫几声，然后双手作揖，乞讨钱财。

看上去，这个乞讨者是一个哑巴孕妇。

然而，这个孕妇看到后面车上坐着个外国人，她身手敏捷地跑过去，丝毫不像身怀六甲的样子。哑巴女人将头探进车里，竟然说话了，一开口还是英文："Hello! Money!"（喂，钱！）她的声音有点嘶哑，好像嗓子里堵满了灰尘，不停地说这两个单词。车里的外国男子微微一笑，递给她一张百元大钞。

以往的案子都是当地警方请求特案组协助，而这次，特案组要求助于当地警方。

市局一把手接待了特案组，听完来意后，一把手表示会大力配合。他调出一部豪华房车供特案组使用，在机关招待所订了五个房间。一把手介绍说，羊城有大量职业乞丐，根据调查，目前羊城市露宿街头的流浪乞丐主要在中心城区，相当一部分是年老的长者。约10%属疑似精神病人和智力残疾人员，主要集中在蓝沙、从华、曾城等区域。乞讨儿童，主要集中在月秀、栗湾、天和等中心城区，超过一半的孩子也捡垃圾，商业区、旅游景点、车站是他们的聚集地。羊城粤西还有一个乞丐村，那里的乞丐和上班一样，早出晚归，职业乞讨。

一把手打电话叫来一个片警，他向特案组说：这个小马就负责乞丐村的治安管理，也熟悉流浪乞丐儿童的收容救助，由他来协助特案组工作。

画龙生气地说：片警，什么意思？我们大老远来了，你就给我们安排这么一个货？

一把手为难地说：今天都大年二十六了，警察也得过春节啊，毕竟都忙了一年了，不少民警都放假。现在实在是调不出更多的警力，还得维护春节治安，为全城百姓创建一个安定祥和的环境。打击两抢一盗、消防、交通、安保，哪项工作都比寻找一个小孩子重要啊。

都市怪物

梁教授表示理解。市局门前突然出现一群人，闹哄哄地展开横幅，这是一群讨薪的民工。

一把手拉上窗帘说：看见了吧，春节临近，事情太多了，你们先住下，过了年再说。

片警小马是一个五大三粗的男人，他对市局交给他的工作显出一副不耐烦的样子。他开车载着特案组四人和老婆婆前往市局机关招待所，一路上，他不断地用当地方言破口大骂。梁教授决定，不住招待所，特案组直接住进乞丐村。

片警小马嘟囔一句：你们，脑子秀逗了！

想要观察深渊，必须跳进深渊。
想要了解乞丐的生活，就要深入他们的巢穴。

羊城有很多城中村，这是都市里的村庄，各种贫苦彼此为邻。三教九流都聚集在这里，城中村是一个小社会，并不位于边缘，就像城市的烂疮和毒瘤，人员庞杂，治安混乱。有数据显示，羊城治安犯罪案件80%是外来人员所为，而这些嫌疑人有90%居住在城中村。

这里是中国的贫民窟，脏乱、阴暗、逼仄、混乱，到处都是握手楼和接吻楼。即使正午也不见天日，两栋旧楼的夹缝间，一缕阳光都是如此奢侈。

这里就是江湖，在城中村，没被偷过是不正常的。除了盗窃，还有专门敲诈的烂仔，他们向商铺收取保护费。城中村里还有两样兴盛的职业，一种是提供地下赌博活动的档口，另一类就是在发廊在街上拉客的小姐。在这种藏污纳垢之地，黑帮林立，帮派众多，盗窃、抢劫、诈骗、强迫卖淫、拐卖人口、赌博、黑公话、假币、假发票……每天都在发生。

片警小马在乞丐村找了一栋三室一厅的旧房子，作为特案组的临时住所。在城中村，这算是非常好的房子。小马离开前，留下了自己的电话，他所

在的派出所离此不远，出于安全考虑，房车也停在派出所院里。小马叮嘱特案组四人，不要和陌生人说话，没事不要出门。

片警小马对画龙说：你带的枪，一定要放好。

画龙说：兄弟，你放心吧。

片警小马说：我从来不敢带枪，这里的小偷太多了。

房中家具水电一应俱全，窗外的水泥墙上写着几行标语：不要在此大小便，倒垃圾者丢你老母。狭窄的楼道上方晾着内衣内裤，水滴在行人头上，地面已经潮湿了很多年。特案组简单收拾了一下，虽然情绪有点沮丧，但是这破房子让他们有了一丝家的感觉。

画龙看着窗外，想起了很多往事。他对这座城市很熟悉，他潜入过羊城贩毒组织内部，在火车站广场教训过小混混，打过黑市拳，在一栋闹鬼的旧楼里住过一段时间。他还记得那栋楼下的常春藤疯长，爬到电线上形成一道绿色的瀑布，过往行人要用手拨开垂下来的枝蔓。

苏眉说：看来，咱们要在这里过年了。

老婆婆说：这里可比俺家好多了，晚上，俺给恁包饺子，这不快过年了，都得吃水饺。

包斩说：过了年，当地的警察也不一定帮忙找，他们是想让我们知难而退。

梁教授说：如果连一个小孩子都找不到，我们还叫什么特案组。

特案组只有四人，再加上一个老婆婆，人海茫茫，上哪里去找一个小孩子。

画龙说：有一个人，或许可以帮我们。

梁教授：谁？

画龙说：黑皮，黑道上的一个朋友。

都市怪物

　　羊城有不少黑帮团伙，火车站和汽车站盘踞着一些黑恶势力，经过几次大规模火并，一个叫邹光龙的人成为黑帮老大。黑皮本是邹光龙手下的一个马仔，一个黑市拳拳手，画龙曾经和黑皮打过一场黑市拳拳赛，两人功夫不相上下，结为挚友。邹光龙被捕入狱后，黑皮名声渐响，取代了黑帮老大的位置，控制了羊城的客运行业。

　　画龙说：如果黑皮肯帮忙，动员整个城市的出租车司机寻找小蛋子，那么希望就会很大。

　　苏眉说：真是讽刺啊，咱们警察要求助于黑社会？

　　包斩说：当地的警察不管事啊。

　　画龙说：有的警察，想打就打，想骂就骂，伸出手就要钱，和黑社会有什么区别？我×，就把咱们扔这儿了，黑道上混的还讲究江湖义气呢！

　　梁教授决定动用一切社会力量，画龙和包斩去找黑皮寻求帮助，苏眉负责联系当地的志愿者协会和义工组织。2007年，一对夫妇建立了一个"宝贝回家"寻子网，专门帮助被拐卖的、被遗弃和走失的、流浪乞讨儿童回家。这是一个不收取任何费用的社会公益团体组织，很快在全国各地建立起志愿者协会，千千万万的爱心人士默默地奉献，已帮助168个家庭团聚。

　　该网站的创建者名叫张宝艳，2009年"感动中国"十大人物，荣获十年法治人物奖。

　　我们应该记住这个可敬的名字！

　　苏眉通过张宝艳联系上了羊城当地的志愿者协会，会长是一名女大学生，竟然也住在这个乞丐村。特案组立即将她请了过来，这个女大学生名叫阿朵，戴着一副近视镜，患有抑郁症，沉默寡言，但是极有号召力，她所在的志愿者协会已经发展成五百名会员的大型公益组织。

　　阿朵问老婆婆：你需要多少人？

　　老婆婆没有说话，再一次下跪。

阿朵说：好吧，五百人，明天我动员所有志愿者全部走上街头。

阿朵的家就在这个乞丐村，她目睹过大量的悲惨景象。一年前，她偶然看到一起惨无人道的虐童案件，从此，她开始关注被拐卖的儿童，做了一名志愿者。那天，阿朵喂养的猫跑到了邻居家的阳台上，阿朵去找猫，无意间窥视到了地狱般恐怖的一幕。

邻居家有五个人：一个老乞丐、一个中年妇女、一个长发青年，还有两个小孩子，看上去就像一家人。两个小孩子都在哭着喊妈妈。

旁边站着一个妇女，叉着腰说道：我就是你们的妈妈。

小孩子号啕大哭说：你不是，你不是，我要妈妈，我想妈妈。

老乞丐恶狠狠地从牙缝里挤出一句话：再哭，我喝你的脑子。

那个长发青年拽过来一个小孩子，动作粗暴地按在地上。

另一个小孩用惊恐的眼神看着他。

长发青年微微一笑，说道：转过去，不许看。

小孩子吓得用手捂住了眼睛。

长发青年用一只脚踩住地上那个小孩子的胳膊关节，握住手腕，用力一掰，只听得咔嚓一声，小孩疼得号叫一声，昏死过去，他硬生生地将小孩的胳膊掰得骨折了。

长发青年若无其事地甩了一下头发，说道：下一个。

◎第二十八章　两个天堂

2009年1月22日，阴历腊月二十七，还有几天就是春节了。

过年对中国人来说意味着合家团聚。无论在海角在天涯，无论天有多冷夜有多黑，每个人都想在除夕之夜回到家。魂牵梦萦中，家的炊烟永不消散，炊烟散尽了，还是炊烟。

都市怪物

我们的小孩子又在哪里，能否踏上回家的路，有一首关于被拐卖儿童的歌曲这样唱：

夜深了宝贝你怕不怕黑

天冷了宝贝你在哪里睡

你的脸上是否挂着无助的泪

没有你我的心已碎

北风吹宝贝你怎样面对

雪花飞宝贝你找谁依偎

没有你我就要崩溃

满世界寻找你无法安睡

历尽艰难踏遍千山万水

快回来吧我的宝贝

几百名志愿者冒着寒风，聚集在粤西广场，他们中大多是学生，还有一些白领。阿朵是志愿者协会会长，她和苏眉一起将打印好的小蛋蛋照片和相关信息散发下去，人手一份。阿朵将志愿者分为若干个小组，每个小组负责一片区域，务必找遍这个城市的每一个角落。

苏眉对大家说：照片上的小蛋蛋才四岁半，已经被拐一年，现在五岁多，模样不会发生太大改变，不过，小蛋蛋有可能被弄残，用来乞讨。大家注意，如果找到这孩子，不要匆忙解救，要暗中监视，通知小组长，联系警方。

阿朵说：出发！

广场上有几个在旁边看热闹的公司职员，春节放假，他们正在商议去哪里玩。

一个男职员问道：咱们是去打台球，还是去酒吧喝酒、KTV唱歌？

另一个女职员看着志愿者的队伍说道：为什么我们不去做一件更好玩的事呢？

男职员问道：什么？

女职员回答：难道你没有看到吗，我们应该加入他们。

在很多城市，都有一些志愿者在默默地奉献，他们不计名利，不辞辛苦。"宝贝回家"志愿者团体需要更多的爱心人士加入，关注被拐卖儿童，是我们每个人共同的责任！

苏眉和阿朵在一个小组，她们走过大街小巷，走过繁华的商业区和热闹的居民区，到处寻找乞丐。乞丐在哪里，在那些被唾弃的角落。很少有人愿意走近他们，不是因为忽略，而是因为视而不见。注视着一个乞丐的瞳孔，也能看清楚自己的本来面目。

一个乞讨的儿童跪在地上，陈述的是我们所有人的罪恶！

在一家肯德基门前，苏眉和阿朵看到一个瘦骨嶙峋的小女孩，捧着一个"全家桶"空桶向过往行人讨钱，空桶里面装着一些硬币和零钱。女孩扎着羊角辫，大概只有十岁，只穿着秋衣秋裤，冻得瑟瑟发抖。她像是水中的一块顽石，人流从她身边绕过。

苏眉看得心酸，想要施舍。阿朵说，这个女孩讨到的钱，回去也要上交，不如买点吃的。

女孩讨不到钱，站在肯德基窗前停下了。她靠近玻璃，把手搭在额前，贪婪地望着里面，她似乎饿了，竭力咽着口水。苏眉突然想到童话中的那个卖火柴的小女孩，完全想象得出，这个饥寒交迫的女孩此刻的心情。

过了一会儿，女孩干脆躺下，在墙边缩成一团睡了。

苏眉买了一个"全家桶"，叫醒这个女孩，女孩坐起来，有礼貌地说"谢谢"。

苏眉蹲下，问道：你叫什么名字？

女孩左手拿起一个玉米，右手拿起一个鸡翅，她饿坏了，吞咽了半天才回答：没有名字。

都市怪物

阿朵拿出小蛋蛋的照片，问道：你见过这个小男孩吗？

女孩瞟了一眼，又说：他们都喊我死妹钉。

苏眉问：死妹钉，你家在哪儿？

女孩警惕地抬头看了下苏眉，没有吱声。

苏眉又问道：你是从家里跑出来的吧？

女孩咬咬嘴唇，胆怯地说：阿姨，你……别问我了行吗？

苏眉说：你告诉我家在哪里，阿姨可以送你回家啊！

女孩沉默良久说：我没有家，大街上就是我的家。

苏眉说：你有什么打算吗，不能做一辈子乞丐啊。

女孩说：我想当……可是我不够漂亮。

苏眉说：想当什么？

女孩说：我长大后就去做小姐，就是妓女！

·

苏眉取得了这个小女孩的信任，女孩简单地谈起自己的悲惨往事。她家在一个很穷的小山村，母亲去世后，父亲重男轻女，经常打她不给饭吃。七岁那年，这个小女孩被父亲扔在一座小土坡上，父亲骑着自行车狠心离去，女孩哭着喊阿爸，追上后，父亲又把她扔到那座土坡上，女孩再追，如此重复了三次。最后，小女孩赤脚站在土坡上，大哭变成了哽咽，父亲骑着自行车的身影越来越远，夜越来越黑，渐渐看不见了……女孩好害怕，她那么小，已经不记得回家的路。

女孩被抛弃，从此流浪街头，有个女人收留了她，带她来到羊城乞讨为生。

几年过去了，家，已经成为遥远往事中的阡陌。

女孩并不想家，她恨父亲，用一种非常厌恶的语气说：他想让我死，没门儿，我现在活得多好啊，一天能赚几十块，我还能去书店看书，都没人轰我出去。我长大了，就去红袖山庄做小姐，就能挣很多很多钱了。

红袖山庄大概是一个色情场所，苏眉听了这段话，心里感到一阵难过。

女孩还没吃完，冷风乍起，突然淅淅沥沥地下起冬雨，她站起来，抱着吃剩下的"全家桶"起身离去，瘦小的身影渐渐淹没在人海中。

另一组志愿者打来电话，汇报了一个好消息，有个图书馆的馆长说见过小蛋子！

苏眉和阿朵异常兴奋，立即赶到了那个图书馆。

图书馆馆长名叫褚树青，他并没有获得过什么显赫的荣誉，然而，这是一个德高望重的人。他将图书馆的大门对乞丐和拾荒者开放，不设置任何门槛，任何人进图书馆看书都不需要证件和费用。褚馆长曾经在发布会上，引用博尔赫斯的诗句"如果有天堂，天堂应该是图书馆的模样"。

对那些无处避雨的乞丐和流浪者来说，这个图书馆确实是一个天堂。

凄风冷雨中，那些跪在街头乞讨的儿童，那些衣衫单薄、冻得小脸通红小手冰凉的孩子，他们的眼中，这个图书馆应该是金碧辉煌闪闪发光的吧！

褚馆长告诉苏眉，他们正在找的小蛋子，前几天来过图书馆。这个小蛋子有残疾，胳膊肘向外拐，穿着异常破烂的衣服，还艰难地拉着一辆几倍于自己体重的木头小车，车上坐着一个双腿瘫痪年龄大点的孩子，大孩子的腿严重畸形，举着个脸盆讨钱。下大雨时，小蛋子和那大孩子来图书馆避雨看书，褚馆长印象深刻，一眼就认出了照片上的小蛋子。

苏眉的心里悲喜交加，小蛋子终于有了下落，然而这个可怜的小男孩被人贩子弄残废了。

阿朵说：两个孩子看的什么书？

褚馆长：图画书，就在书架最下面那一排。

苏眉和阿朵翻看着那些图画书，她们怀着一丝侥幸，外面风雨交加，也许小蛋子会再次到这图书馆避雨。她们能想象到，这个被拐卖的儿童，离开了妈妈的小孩子，坐在地上，静静地翻着书，那些可爱的卡通图片是否引起了孩子心中的回忆。

可怜的孩子啊，愿你在这图书馆中，在这片刻的安静中忘掉一切疾苦。

都市怪物

从被拐卖时最初的恐惧，到走上街头乞讨，小小的心灵承受了多少痛苦。明亮的眼睛就像星星一样暗淡下去，想念妈妈是这个孩子活下去的唯一动力吗？日日夜夜无时无刻不在想着自己的妈妈……

画龙和包斩费尽周折，在一家豪华饭店找到了黑皮。

大堂里摆了十几桌酒席，奇怪的是，却只有一个人在喝酒，一个人举杯，自斟自饮。

画龙和包斩在黑皮对面的空椅上坐下，画龙说道：黑皮，别来无恙。

黑皮看到画龙，丝毫不感到意外，说道：找我干吗？

画龙绕着弯说：怎么，你今天要请客啊，摆这么多桌酒席，找你喝酒不行啊？

黑皮醉眼蒙眬地说：我的兄弟们都进去了，我一个人摆酒席，也不会忘了他们。

画龙说：我要你帮忙找一个人。

黑皮听完，站起来，转身就跑。

画龙追上去，一个箭步拦住了他。

两个人互相看着对方，黑皮突然一记快如闪电的侧踢，击向画龙头部，画龙几乎同时出脚，使出一招高鞭腿，两个人的脚掌相碰时发出啪的一声脆响，听得人头皮发麻。画龙迅速反击，右摆拳以迅雷之势击向黑皮，黑皮没有闪躲，同样挥出一记右摆拳，铁拳相碰，砰的一声巨响，两股强大的爆发力对撞在一起，令人惊心动魄。

包斩有些紧张，画龙和黑皮却哈哈大笑起来，互相称赞对方的功夫了得，丝毫不减当年。

画龙说明来意，要黑皮帮忙找一个小乞丐。

黑皮摇头叹口气说：每次见到你，我都会倒霉，我躲着你还不行吗？

画龙说：那我们继续打。

黑皮说：算了，我带你们去见一个人。

包斩说：谁？

黑皮问道：羊城的乞丐头子。

画龙说：他在哪儿。

黑皮说：红袖山庄。

画龙说：那是什么地方？

黑皮嘿嘿一笑，告诉画龙和包斩，红袖山庄是一个神秘的地方，这个世界上最高级最奢华的娱乐场所也比不上红袖山庄的百分之一，那里是男人无法想象的天堂。和红袖山庄比起来，天上人间就是狗屎。

画龙说：色情场所是吧，那里的妓女都是世界小姐？

黑皮说：我带你们开开眼界吧，在那里，不叫小姐。

包斩问道：叫什么？

黑皮说：宫女！

◎第二十九章　红袖山庄

红袖山庄是一个负责招商引资的高尔夫度假村，并不对外经营，属于富豪俱乐部性质。周边城市的很多大型重点投资项目就是在这里谈成的。

在寸土寸金的羊城，度假村内还有一个标准的国际高尔夫球场，湖水清澈，绿草茵茵，岸边林立着几栋观景别墅，中央位置是度假村的主楼，主楼后是一座古色古香的大殿，自从发生了几起盗窃事件后，高墙上就扯上了电网。

包斩问道：什么盗窃事件？

黑皮回答：小事，有人来捡球。

画龙说：这个度假村，我也只是听一些高层人士谈起过。

度假村附近的居民常常翻墙进来捡高尔夫球，再卖出去赢利，这些都是小事，但是影响了当地招商引资的项目，就是天大的事了。

都市怪物

度假村门前有哨兵站岗，没有得到邀请的话，任何人都不准入内。

电网没有架设前，有个翻墙进来捡球的小男孩问一个香港富翁：你为啥这么有钱呢？

香港富翁俯下身对小男孩说：小时候，我和你一样穷，什么也没有。爸爸给我一个苹果，我没有吃，而是把这个苹果卖了，用赚到的钱买了两个苹果，然后又卖了，再买四个苹果……

小男孩若有所思，说道：先生，我好像懂了。

香港富商说：你懂个屁啊，后来我爸爸死了，我继承了他的所有遗产。

比尔·盖茨的传记不会告诉读者他的母亲是IBM董事，母亲帮儿子促成了第一单大生意；巴菲特的书只会告诉读者他八岁就去参观纽约交易所，但不会告诉大家，那是他身为国会议员的父亲带他去的，由高盛董事接待。

成功的秘诀不仅仅在于自身的努力和奋斗，而是要让已经成功的人为自己提供帮助，让即将成功的人和自己并肩作战，让不会成功的人为自己服务。

在这个度假村里，除了海外投资富商外，还有一些高干子弟和黑道中人也被奉为上宾。富商也是男人，除了打高尔夫球外，嫖和赌是必不可少的娱乐项目。赌场和色情场所，都有黑道势力参与，他们能够摆平警方无法出面摆平的事情。

富豪俱乐部的赌场有自己的圈子，很少接纳外人。

富豪俱乐部的顶级情色场所，是有钱人的梦幻天堂。

黑皮介绍说，天上人间的小姐都是大学本科学历，这个富豪俱乐部的小姐不仅需要高学历，还得会说文言文，琴棋书画，无所不精。

画龙和包斩有些纳闷，小姐提供色情服务，为何还要说文言义，等他们到了度假村后，终于大开眼界。

画龙和包斩扮演成黑皮的保镖，两人穿黑西装戴墨镜，画龙手里拎着一包美元，这是黑皮的赌资。三人搭乘出租车前往度假村。黑皮懒得买车，因为

全市的出租车都是他的专车，不仅所有的出租车司机都认识他，他在羊城黑道上更是无人不知、无人不晓的大哥级人物。

三人进入度假村，走过一道安检门的时候，响起了报警声。

安检员要求画龙交出随身携带的违禁物品。

黑皮说：不交，我们没带刀枪。

安检员有些为难，黑皮正想发作，安保部长走过来赔笑说：黑皮哥，他是新来的，不懂事，你们进去玩吧。

安保部长对安检员正色道：这是黑皮哥，以后记住了啊。

主楼大厅装饰精美，中式文化与现代艺术的完美结合，设有茶区、酒吧和书吧，还有一个昆曲舞台。设计风格古色古香，很有中国传统文化底蕴。

穿过大厅，拐进一道秘密的走廊，尽头有人把守。负责人检查了黑皮的会员金卡，微微一笑，打开一道密码门。门外竟然别有洞天，亭台楼阁，百花争艳，穿过花园，映入眼帘的是一座宫殿似的建筑。朱红大门前，站着两个古装带刀侍卫，再次查看了会员卡，打开朱红大门。包斩和画龙惊呆了，出现在他们眼前的是一座富丽豪华的皇宫！

殿内的所有陈设都是模仿皇宫的格局模样，仿佛回到了古代！

一个古装白衣侍女冉冉走来，流苏飘曳，上前施施然道个万福，嫣然说道：皇上吉祥！

黑皮哈哈一笑，说道：平身吧。

古装侍女说道：奴婢伺候皇上沐浴更衣。

画龙和包斩对视了一眼，心里想有钱人真是太会玩了，一个老嫖客到了这里就成了皇上。

古装侍女轻移莲步，带领黑皮三人来到皇帝沐浴的场所——华清池。池内温泉翻涌，花瓣漂浮，四个古装美女跪在一边，看到黑皮到来起身行礼，然后上前帮黑皮脱衣，搀扶着他走向温泉池中。黑皮赤裸裸地半躺在一个美女的怀里，闭上眼睛细细享受，周围轻烟缭绕，有帮他洗身的，有喂他吃水果的，还有用胸部给他按摩的。一会儿，四个小宫女搀扶着黑皮站起来，先用蜂蜜涂

都市怪物

抹黑皮的全身，接着，黑皮躺下，四个美女一点点地把他全身擦干净。画龙和包斩有些尴尬，他们本以为黑皮会在此颠鸾倒凤一番，没想到四个小宫女为黑皮换上了龙袍。原来，好戏才刚刚开始！

画龙和包斩也换上了古装护卫的服装，四个小宫女带着三人移步正殿。

正殿中，七个古装美人正在翩翩起舞，穿的衣服都是一层华丽的薄纱，颜色各异，玲珑玉体隐约可见，每一个美人都容貌如花，眼如秋水，随着古典婉转的乐曲舞着流云长袖，裙衫拖曳，婀娜多姿，宛若步步生莲的下凡仙子。

龙榻下，一个红装绝色佳人正在抚琴，远看有雍容华贵之感，近观有空谷幽兰之气质，似水柔情，艳惊天下，想必这就是皇后了。

皇后起身行礼，亭亭玉立，嘴角笑意微微，眼神妖媚至极，黑皮三人不饮自醉。

黑皮将皇后揽在怀里，问道：你是哪儿人啊？

皇后回答：回陛下，臣妾乃燕赵人士。

黑皮说：你做这行多久了？上次来，怎么没见你，我以后肯定会常来的。

皇后答曰：深闺燕闲，怅秋水之潆洄；倾葵迎君，衔千潭之同月。

黑皮说：你说的鸟语我也不懂，咱还是及时行乐吧，朕给你脱还是你自己脱？

黑皮三下两下脱掉龙袍，赤条条地躺下。皇后嫣然一笑，素手盈盈摘下钗簪，又用指尖解开裙带，华美古装如流水般滑落，肌肤娇嫩，玉峰高耸。她含情脉脉地看着黑皮，羞答答地俯下身，温香软玉就贴到了黑皮怀里。

七个古装美貌嫔妃也上前伺候，龙榻上娇喘吁吁，呻吟阵阵。

画龙和包斩目不斜视，他们俩扮演的是皇帝的带刀护卫……

黑皮尽兴后，又闭目养神休息了一会儿，让皇后和七个嫔妃捶腿揉肩，敬酒饮茶，然后换上原来的衣服，用美元付了嫖资，带着画龙和包斩来到赌场。赌场内各种赌博设施齐全，人虽不多，但是每一个都腰缠万贯，一掷千

金，这里是专为富人准备的高档赌博场所。

黑皮用美元换了筹码，几个赌客正在一张台子前玩梭哈，靠近荷官左边的一个赌客是个长发青年，嘴里叼着一支烟，骂骂咧咧的，看上去输了钱。

黑皮悄声对画龙介绍说，这个人就是羊城的乞丐头子，名叫韩露管。

韩露管并不姓韩，这是一个外号。他在少管所的时候，有一次手淫被监狱教导员偶然发现。教导员悄悄走到背后，问了句，撸管呢？他以为是别的犯人，手上依旧忙个不停，头也不回地说，滚一边去。教导员猛地踹了他一脚，骂道：你还撸，我叫你还撸管！从此，他就有了这么一个名字。出狱后，别人依旧叫他韩露管，他纠集了一批马仔，勾结负责治安收容的民警，专门收取乞丐的保护费，势力逐渐扩大，成为羊城黑帮林立中的一个势力团伙。丐帮并不存在，但是很多城市的乞丐已经职业化、集团化，带有黑社会色彩。

黑皮坐在梭哈赌桌前，和其他赌客打了个招呼。

韩露管烟瘾极大，一支抽完，又点上一支香烟。

黑皮打趣道：韩露管，我倒是有个办法，可以让你戒掉抽烟，还能戒掉撸管的习惯。

韩露管说道：黑皮哥，我现在不撸管了。

黑皮说：戒烟和戒手淫，这两样其实可以一起戒掉。你每次抽完烟，就把烟头碾灭在老二上，用不了一个星期，你就把烟和手淫同时都戒掉了。

在场的所有人都哈哈大笑起来，画龙和包斩也笑了。

外面天色已黑，看来这些赌客要玩一个通宵。

华灯初上，志愿者依然在城市里寻找小蛋蛋。梁教授运筹帷幄，电话指挥，他要求所有的志愿者不仅要寻找小蛋蛋，还要找到更多的目击者，毕竟一个小孩子拉着木头车沿街乞讨，车上还有一个残疾孩子，会给人留下深刻的印象。

都市怪物

随着各方消息的汇总，梁教授最终将范围缩小，锁定在羊城棚户区。

志愿者已经寻访到，棚户区有多人都见过这个小蛋蛋，根据出现时间和行走路线可以确定——小蛋蛋的住处就在棚户区。

住在棚户区的都是民工，春节前几乎所有民工都回家了，空置了很多简陋的房子，一些乞丐就住了进去。

棚户区距离乞丐村并不远，老婆婆听到这个好消息，就再也坐不住了，她想去找小孙子。

梁教授耐心相劝，让她安静地等待，老婆婆却絮絮叨叨地出门而去，神志有些不太清醒，梁教授坐着轮椅，拦都拦不住。过了一会儿，梁教授开始担心这个老婆婆走失。城中村的街巷如同迷宫，棚户区的建筑杂乱无章，老婆婆年岁已高，人生地不熟，很容易走失。

梁教授打电话求助于片警小马，要他开车去棚户区把老婆婆带回来。

几个小时过去了，老婆婆还是没有回来。

梁教授很焦急，心里想，志愿者找到小蛋蛋应该是迟早的事，现在老婆婆却又丢了。

赌场内，黑皮的手气不错，面前的筹码堆积如山，韩露管的筹码所剩无几。画龙和包斩在这个戒备森严的度假村不敢轻举妄动，打算等韩露管输光离开赌台后，再找他调查一下小蛋蛋之事。

包斩突然想起志愿者阿朵的话，阿朵曾经目睹过一个长发青年弄残一个小孩子。

那个长发青年是不是韩露管呢？

韩露管的电话突然响了，赌场的规则是下注后要离手，私人东西不可以放上赌桌，这是为了防止出千作弊。韩露管站到一边接电话，包斩用眼角的余光看到手机上显示的是一个似曾相识的电话号码，却一时半会儿想不起来。

韩露管接通电话，脸色一变，对方应该向他说了一件很重要的事，他匆匆忙忙地离开了赌场。

画龙和包斩来不及和黑皮打招呼，紧跟而上。可是，他们初次来这个度

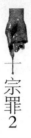

假村，只记得来时的路，韩露管却从侧门溜走了。画龙和包斩耽搁了一些时间，跟到停车场的时候，韩露管已经发动了汽车，画龙和包斩眼睁睁地看着韩露管疾驶而去。

包斩说：我想起来是谁给他打的电话了。

画龙问道：谁？

包斩说：奇怪，他们俩怎么会认识呢？

棚户区附近有一个工地，四下无人，两辆车对头停在一起，车辆都没有熄火。工地的一个坑边，放着一堆沙土，看来工地的民工没有来得及把这个坑填平就回家过年去了。

黑暗中，两个人握着铁锨，往坑内扔着沙土。

坑内竟然有两个人，一个老婆婆坐在坑底紧紧地搂抱着一个小男孩。

用不了多久，这个坑就会填平，坑里的人也会被活埋。

小男孩说：奶奶，有沙子，眯眼。老婆婆说：一会儿就不眯眼了……

◎第三十章　恶魔巢穴

小蛋蛋被人贩子拐走后，一连几个月，妈妈都没有下床，精神恍惚，她几乎流干了眼泪，有时觉得这是一场噩梦，只要一睁眼，就会从梦中醒来，孩子会重新出现在身边。可是一次又一次地陷入绝望，妈妈整天想，我的孩子，你在哪里，你冷不冷，有没有吃东西，我的孩子，你想不想妈妈。

爸爸痛心疾首地说：咱们，就当孩子死了吧。

妈妈像疯子似的咆哮着说：没有没有没有，孩子不会死。

奶奶不顾家人的反对，卷起铺盖，拄着一根棍子，离开了家。这个白发苍苍的老人怀揣着照片，毅然地走上了寻找小孙子的路。

都市怪物

这是一条多么艰辛和漫长的路啊！

奶奶，即苍老的母亲！

无论农村还是城市，中国的大多数小孩子都是奶奶养大的，这种传统的养育方式，使得每个孩子都对奶奶有着美好的回忆。

奶奶是小孩子童年的太阳，是一个成年人回首往事时深深的怀念。

一个小男孩就是一个幸福的星系，有着自己的卫星和行星，所有亲人都在周围旋转。毫无疑问，妈妈认为自己的宝贝是世界上最漂亮的小孩。奶奶觉得自己的小孙子怎么疼爱都不够，如有必要的话，奶奶会像老鹰一样护着小孙子，数落爸爸妈妈的不是。

小孩子并不是什么都不懂，一些有哲理的话只有单纯的孩子能够脱口而出。

科学家和哲学家始终无法准确阐述什么是爱，一个幼儿园的小男孩给出了经典的回答：爱，就是抱着他！

小男孩统治着天上的星辰，小女孩掌管着地上的百花，一个孩子就是一个天使，家就是天堂。然而，地狱无处不在，我们的身边随时都会开启一扇阴惨惨的墓门。咿呀学语的孩子，学会了说爸爸妈妈爷爷奶奶后，父母会一遍遍教孩子记住家庭地址，以及爸爸妈妈的名字。父母内心里的隐隐不安来自躲藏在黑暗中的恶魔：人贩子。

一个孩子从幸福的家中被强行扔到寒冷的街头。

一个本该戴着项链的孩子脖子上却戴着锁链。

一个在妈妈怀中、奶奶膝上备受宠爱的宝贝，突然变成一只小狗，成为乞讨的工具。

我们应该如何接受？

失去一个孩子，毁灭的至少是三个家庭：爸爸妈妈、爷爷奶奶、外公外婆。三个家庭号啕大哭，三个家庭的上空下起滂沱大雨。多少父母从此精神失

常，多少爷爷奶奶外公外婆从此一病不起，与世长辞。

我们要提出疑问，在这个以人为本的时代，贩人却比贩毒量刑更轻，现行法律的天平是否倾斜了呢？

一个儿童跪在街头，陈述的是全人类的罪恶！

儿童乞丐是城市里畸形的怪物，这怪物的父亲叫做冷漠，母亲叫做视而不见！

女人的爆发力有时不可思议，一个妈妈可以掀起车辆拯救车轮下的孩子，一个老奶奶为了找到孙子可以流浪辗转很多城市。在她的乞讨生涯中，遇到过无数的好人，伸出的援手，施舍的钱财，给予的食物，是这个老婆婆坚持下去的强大动力。

战争时期，老婆婆当过民兵，担任过侦察工作。

她相信政府会帮助她，只是她不知道，在南站东庄，像她这样寻求解决问题的人很多，形成了一个村落——上访村。那里聚集着来自全国各地的上访者，他们露宿在陶然桥附近的地道和涵洞里。

老婆婆何其幸运，遇到了特案组的帮助，侦破一起特大凶杀案和解救一个孤单无助的儿童，具有同等重要的意义。老婆婆和特案组四人都坚信能够找到小蛋蛋，什么都不相信的人不会有幸福。老婆婆听到小蛋蛋在棚户区的时候，好像触电似的站起来。经历了那么多辛酸和苦难，终于看见了曙光，她不由自主地向着那片曙光走去。

下面即整个过程。

这个接近八十岁高龄的老人精神抖擞，拄着一根棍子，走过那些破败的堆满垃圾的小巷，走出藏污纳垢的城中村，一路打听，来到棚户区。工地周围有很多简陋的临时住所，棚户区就是贫民窟，民工都回家过年去了，周围很安静，一盏昏黄的路灯照着路口。

在那个路口，老婆婆遇到了抢劫。两个孩子猫在黑暗的小巷里，一大一小，小的十岁，大的十四岁，他们嘀咕了几句，就冲了出来，拳打脚踢，将老

婆婆打倒在地。

年龄比较大的孩子看来是个惯偷，他搜走了老婆婆的钱包。

这两个孩子都穿着破衣烂衫，既是乞丐，也是小偷。小乞丐每天都要完成一定数额的乞讨任务，完不成的话，就要挨打，这些孩子为了避免挨打，会将盗窃所得充当乞讨到的钱上交。乞丐们以籍贯聚集在一起，除了向黑社会交付保护费外，并不用缴纳任何税务，有的乞丐月收入可达万元，一本万利，这使得更多的小孩子被拐卖到这个黑洞里。

老婆婆站起来，向着恶魔的巢穴步步走近。

抢劫的那两个孩子很快回到住处，那是一个石棉瓦搭建的小屋，锅碗瓢盆都放在地上。屋里还有三个人，一个六岁左右的小男孩抱着膝盖坐在角落里，一个睡着的老人躺在床上，门前停着一辆木头小车，小车旁边坐着一个正在数零钱的妇女。

大孩子兴奋地炫耀说：我今天把一个老嬷嬷揍了一顿，我也敢打架了。

那个十岁的小孩子指着自己的鼻子说：还有我，我也上了。

妇女笑着说：下次，揍个大人去。

大孩子说：钱，给你。

大孩子拿出一个塑料袋，里面装着一卷钱。妇女一把夺过来，把钱掏出来，把塑料袋揉成一团扔在角落里。安静地待在角落里的那个小男孩，眼圈黑着，刚挨过打，却不敢哭，这个可怜的孩子就是小蛋蛋！

小蛋蛋歪着脑袋，看着脚边的这个塑料袋，我们无法得知他内心的真实感情，许多天的阴霾终于有了一丝阳光——这个小孩子隐隐约约觉得奶奶来找他了。

如果是一个大人，可能会将这个塑料袋捡起来，仔细端详，确认一下。

可是，这个小孩子呆傻傻地看着扔在墙角的塑料袋，并不敢去碰，只是偷偷地用眼角的余光看着，他的眼神中充满了大人难以理解的感情。等到别人都没有注意到他的时候，这个小孩子弯下腰，撅着屁股，对着塑料袋轻轻地喊道：奶奶。

每一个小孩子，都记得奶奶的钱包。

奶奶的钱包，是一个塑料袋，是手帕，是放在菜篮里的布包。奶奶的钱包是聚宝盆，可以给小孩子买很多好吃的东西。奶奶一向俭朴，舍不得乱花钱，买到的每一样东西都弥足珍贵。小蛋蛋依稀记得，奶奶常常打开这个塑料袋，给他买上一袋薯片。

奶奶，我们想你，深深地怀念你，永远爱你！

奶奶，你拉着我们的小手走过门前的马路，那是一条已经在岁月里消失不见的马路。

奶奶，你拉着我们的小手走向村里的小卖部，那里卖的东西长大以后就再也吃不到了。

奶奶，你拉着我们的小手走过贫苦的童年，那是考上大学后深夜回忆往事时止不住流泪的童年。

奶奶，你拉着我们的小手走得越来越慢，走过春夏秋冬，你慢慢地走不动了，等到我们想孝顺的时候，你扔下我们，一去不回，只留下一个慈祥的笑脸让我们想念。

我们长大以后，奶奶就脚踩白云而去，只留下一个慈祥的印象。我们浪迹天涯，为了生活奔波忙碌，走了很远很远的路，总有一天，却永远见不到奶奶了。

叫声奶奶，泪如雨下！

小蛋蛋的眼睛隐藏在一片阴云里，那是因为经常哭的缘故，现在终于有了一丝光彩。然而，他又莫名其妙地害怕起来，看看四周，别人的一点动静，对这个孩子来说，都只透露了一种心情：恐惧。他每时每刻都在担心挨揍，担心那个妇女的咆哮和那个老头的暴跳如雷。他哆哆嗦嗦地坐在角落里，像一只吓坏了的小猫，吃着留给他的变质的食物。吃完后，他就倒在垫子上，想要睡觉。

最初，小蛋蛋被拐卖的时候，他是多么想念妈妈。

都市怪物

这个小孩子找不着家了，惊恐无比，为了对付恐惧，他闭上了眼睛。可是又很快醒来，或许他根本就没有睡着，再次怯生生地打量四周，他待在黑暗中，哪一个小孩不对黑暗感到恐惧呢。面对黑暗，小蛋蛋忍着满眶的眼泪，一张脸因为惊恐而变得苍白，他吓坏了，甚至不敢哭，眨了眨眼睛，这可怜的孩子流下了一大滴泪水，接着，又是一滴，又是一滴泪水。

小小心灵如何承受这种害怕，整个晚上，都感到孤独和凄凉，无时无刻不在想念着妈妈。

他终于号啕大哭起来，大喊着妈妈。

人贩子掰折了这个小孩子的胳膊，从此，他再也不敢闹，不敢哭，甚至不敢说话了。那个大孩子拉着木头小车，向路人展示车上胳膊骨折的小蛋蛋，悲惨的乞丐更容易换取同情和怜悯，很多乞丐都懂得伪造烂疮假扮残疾人。在痛苦和呻吟中，小蛋蛋的那只胳膊畸形了。后来，换成了小蛋蛋拉车，另一个孩子将脚丫子盘在自己脖子上，冒充残疾乞儿。

小小的孩子，以为长长的街道总有尽头。他吃力地拉着一辆木头小车，那不是他的玩具车，而是一个庞然大物，就好像一只小猫拉着一头大象。

只有下雨的时候，小蛋蛋和车上的那个乞丐孩子会得到片刻休息，他们去图书馆避雨。

曾经有个带着儿子的父亲质问馆长，图书馆为什么要对乞丐开放？父亲的理由很充分，乞丐的手又脏又黑，会污染图书，会给别的健康的儿童带来病菌。

父亲问道：图书馆向乞丐开放，我看不出，究竟有什么用处？

馆长回答：用处在于减轻我们的罪恶，用处是让无父无母的孩子有一个临时的避风港，让无衣无食的流浪儿童免受冷雨的侵袭，让冻得哆哆嗦嗦的小乞丐得到一丝温暖。图书馆除了传播知识，现在具有了更伟大的使命——庇护一个小孩儿！

天堂是存在的，地狱也是存在的，都在我们身边。

老婆婆曾经做过侦察兵，一路追随两个孩子来到门前，借着屋内的灯

光，老婆婆看见了缩在角落里的小蛋蛋。老婆婆气喘得厉害，有些眩晕，历尽千辛万苦终于找到了小孙子，本来应该联系特案组进行解救，但是老婆婆无法让自己冷静和理智下来，她拄着拐杖，以一种无畏的勇气颤巍巍地走进了屋内。

屋子里的人都惊呆了，看着这个老婆婆。

小蛋蛋抬起头，认出了奶奶，他的眼里闪烁着泪花。

奶奶老泪纵横，没有多说，拉起小蛋蛋的手就要走。那名妇女立即阻拦，两个乞丐孩子上前殴打，老婆婆好像毫无痛觉，只是坚定地拉着小孙子的手向外走，死也不会松开。

双方纠缠到了街上，一辆警车开了过来。

片警小马将那妇女拽到一边，悄声说了几句什么，其中提到了一个名字：韩露管。妇女听到这个名字，就放弃了纠缠，她返回屋内收拾东西，看样子是打算连夜搬走。片警小马将老婆婆和小蛋蛋带上车，在车上简单地询问了一下，得知老婆婆只身一人前来，小马就拨打了一个电话。

韩露管很快开车前来，在活埋老婆婆和小蛋蛋前，韩露管和片警小马有过一段对话。

片警小马：这两个人不太好处理，特案组可是中央来的。

韩露管：我收保护费，可是分给了你一半。

片警小马：咱俩是一条线上的蚂蚱。

韩露管：你说的那特案组在哪儿？

片警小马：不在这里。

韩露管：他们不知道？

片警小马：不知道上了我的车。

韩露管：那好办。

片警小马：怎么办，志愿者也在找这小孩子。

韩露管：让他们找不到就是了。

都市怪物

工地附近有一个尚未填完的坑，四下无人。韩露管和片警小马为了掩盖罪行，残忍地将老婆婆和小蛋蛋推进了坑里，准备活埋。

沙土一铲一铲地扔下去，用不了多大会儿，老婆婆和小孙子就消失不见了。

老婆婆没有求饶，也许，她知道求饶也没什么用。

包斩有着过目不忘的本事，片警小马曾经给特案组留下过电话，包斩注意到韩露管的手机上显示的正是片警小马的号码，这说明他们两人认识。当地警局一把手介绍小马的时候，也提到此人负责收容救助流浪乞讨儿童的工作，韩露管就是一个收取乞丐血汗钱的黑社会分子。两条线并在一起，很容易推理出，两个人同流合污、沆瀣一气的结论。

包斩给梁教授打了电话，梁教授告知片警小马去棚户区找老婆婆之事，将上面的结论合在一起分析，结果显而易见——片警小马联系韩露管，很显然是商议对策，打算杀人灭口。

包斩和画龙在度假村门前拦下了一辆出租车，火速前往棚户区。在路边的工地上，他们看到两辆车对头停在一起，都没有熄火。

不远处，韩露管和片警小马正奋力往坑里扔着沙子。

包斩和画龙迅速地跑过去，画龙掏出了枪。

坑里的老婆婆，只露着半截身子，已经埋到了胸部，她还用力地举着小孙子。

韩露管和片警小马见状，凶相毕露。韩露管慌忙中一把拽过小蛋蛋，拿出一把挂在钥匙链上的细长小刀，将刀尖扎在小蛋蛋的脖子上，威胁道：别过来。

画龙举枪瞄着韩露管的头，一脸的冷峻。

片警小马对画龙说：枪放下。

画龙答道：你妈！

包斩本来想说句"放了孩子"，画龙却干脆利落，直接扣动了扳机，一粒子弹准确地击爆了韩露管的头。枪声巨响，小蛋蛋吓蒙了，但是毫发未伤。

片警小马吓得跪了下来，双手抱头，包斩上前想把他铐起来，却发现自己没带手铐。

画龙走过来，飞起一脚，踢在片警小马的脸上。这一脚力量威猛巨大，片警小马头向后仰，晕了过去……

事后调查，警方却找不到韩露管的原籍。尸检结果显示，他的血型为B型，右眼角有个黑痣，额头上有个疤。包斩记起看过的一封寻子信件，那上面的描述和韩露管非常吻合。警方记录中发现，他进过少管所，因为阻挡火车还被派出所抓走过。

当时的询问笔录记载，韩露管从六岁时就被人贩子拐卖，辗转倒手了七八次。

如果小孩子不听话，不乖乖地去上街乞讨，他就会掰断小孩子的手脚。

他在残忍中成长，他在流浪中长大。

韩露管可能也谈过恋爱，他曾经对片警小马用开玩笑的语气说道：众里寻他千百度，蓦然回首，那人却在，宾馆脱秋裤。

每一个浪迹天涯的人，年龄越大也就越想家。片警小马帮韩露管寻找过家，但是徒劳无功。韩露管对家的记忆已经非常模糊，那时他还是个小孩子，只记得小时候能看到火车，看到麦草垛，看到小树林。

有一年除夕夜，韩露管背对火车，一个人走在铁道上。

那一刻，这个恶贯满盈的人在想家吗？

等到火车开过来的时候，他没有闪躲，心里希望火车从他身上碾过。但是奇迹发生了，司机竟然拉下了紧急刹车，火车居然在他背后停下来了。韩露管被关进了派出所，他对做笔录的民警说，别问我籍贯，别问我的家，我也不知道我的家在哪里……

除夕夜，万家灯火，家家团圆，人们喜气洋洋，欢度春节。

苏眉称赞画龙：干得好，你对自己的枪法真自信。

画龙说：和那种人渣啰唆什么。

都市怪物

包斩说：至少他不会经过法院审判了。

梁教授说：除了人类的法庭外，还有另外一种审判。

志愿者阿朵说：我是学医的，小蛋蛋的胳膊应该能矫正过来。

苏眉说：要过年喽，吃饺子吧。

老婆婆包了饺子，热气腾腾地端上来。除了奶奶包的饺子外，世间再也找不到比这更好吃的东西了。特案组四人和志愿者阿朵，以及老婆婆和小蛋蛋祖孙二人，组成了一个临时的家，桌上菜肴丰盛，还放着一瓶酒。

小蛋蛋看着奶奶，笑了。

电视上的春节联欢晚会还没开始，窗外，一朵硕大绚丽的烟花在城市的夜空中绽开。

在大街小巷，有多少孩子等着回家，有多少孩子需要我们解救。那些被拐卖的儿童，日日夜夜无时无刻不在想念着妈妈。回家！回家！回家！这是多少被拐卖的小孩子说不出但永远保存在心里的最美好的期盼！

美人鱼汤

"我不知道来的人是谁，"他坚持说，"可这个人已在路上了。"

——马尔克斯

世界各地都有一些凶宅和鬼屋，那里流传着闹鬼的恐怖事件。国外有专门研究灵异现象的官方机构，很多神秘现象是现代科学无法解释的，例如UFO、心灵感应、第六感，以及照片中的鬼影。带有鬼脸的照片数量简直和UFO照片同样多，科学无法解释UFO，但是没有一个科学家敢全盘否认。

英国爱丁堡科学节，心理学家怀斯曼教授领导的灵异专家小组向全球发出邀请，希望人们能够向他们发送自认为拍摄到的鬼怪灵魂照片。这个小组将对此进行更详细的研究检查，以验证世界上是否真的存在某种神秘的超自然现象。

灵异专家小组辨别真伪，评选出了全球十大怪异鬼影照片。中国的两张鬼影照片榜上有名。

一张照片拍摄的是京城四大鬼宅之首——朝阳门内大街的一

196

栋以闹鬼著称的旧楼，传闻有几个民工在楼里神秘失踪。人人网的校友曾发起声势浩大的鬼楼探秘活动，他们在网上直播了整个过程，其中一张诡异照片轰动了网络，从照片中可以看到窗口浮现出的一个清晰鬼脸。

另一组照片，地点不详，拍摄者也没有署名。

画面是傍晚时分，光线昏暗，一个阴森恐怖的山洞，洞口前飘浮的烟雾竟然是人的形状。照片连拍，这组照片显示出那模糊虚幻的人形烟雾慢慢飘进洞里，消失不见了。

放大照片，能够辨认出人形烟雾的一连串动作，它倒退着飘进洞里，手势诡异，难以理解。

人形烟雾向着洞外招手，似乎在说：进来吧，来这山洞里。

◎第三十一章　诡异山洞

2009年2月26日，QQ群里的七名探险爱好者，相约前往一个闹鬼的山洞。

山洞位于南方的一座大山深处，山上古树参天，人迹罕至。山洞洞口藤萝密布，神秘莫测。一名驴友偶然发现了这个山洞，拍下一些诡异的照片回去后，竟然离奇地中风身亡。QQ群里的几个探险爱好者决定去那山洞探个究竟。

这七名网友，四女三男，他们是：

小小寒黛如烟、猫颜、嘉嘉、亚图、部首火、望云、王不才。

小小寒黛如烟，广州白领，三十一岁，在这些网友中年龄最大。小小是一个有着甜美酒窝的美少妇，喜欢在网上斗地主，风情万种的熟女魅力征服了群里的不少小男生。她平时很少出门游玩，但也进行过几次探险之旅。对都市白领女性来说，从写字楼走向山洞，确实是一次难得的极致

体验。

猫颜来自南京，90后少女，上大一，是个可爱又漂亮的大眼睛女孩，还背着书包，书包上有个很小的洋娃娃。女孩对神秘未知的事物总是充满好奇，她的寒假作业都没写完，对家人谎报了开学日期，悄悄地跑出来，进行这次寻鬼之旅。

亚图来自大连，一名大四女生，学业轻松，活泼好动，有点神经质，经常参加各种探险活动，但其实是个路痴。有一次，在雪山迷路被当地驻军救了出来，其狼狈形象上过网站新闻的焦点报道。亚图说话超嗲，只听声音的话，会觉得她是一个娇滴滴的小女孩。

嘉嘉在新西兰留学，从小过着养尊处优的生活，崇尚名牌。对于探险，她以往都是纸上谈兵，春节期间，回国度假，鼓起勇气报名参加了这次山洞探险活动。她几乎毫无冒险常识，没有带任何野外生存装备，行李箱里放的竟然是衣物、护肤品和化妆品。

望云是一位地质工作者，三十岁，戴着一副眼镜，看上去文质彬彬，但又饱经沧桑的样子。多年来，地质勘探工作使他的足迹遍布荒山野岭，甚至远达非洲大陆。此人平时酷爱摄影，手里拿着一部莱卡M9相机，这部相机的价值抵得上一辆轿车，和他的薪水有些不太相符。他最大的愿望就是拍下一幅震惊世界的摄影作品。

王不才，浙江人，年近三十仍然单身，从事建筑设计行业，徒步旅行爱好者，曾经独自一人穿越藏北无人区。他喜欢野外生存，坦称自己对世界对女人充满仇恨和厌恶。

部首火，东北人，电影学院毕业，平时沉默寡言，性格孤僻内向。他扛着一部摄像机，拍摄过几部野生珍稀动物的纪录片，他的愿望是当一名电影导演。

七名网友在山下的小镇上集结，这个小镇经济非常发达，有着很多当地著名的野味餐馆，吸引了不少富商官员驱车前来，食客云集此地，热闹非凡。大家将行李放在镇上的旅馆里面，采购了绳索、探灯、岩镐、岩

美人鱼汤

钉、回字扣、指南针、帐篷、睡袋等探险必备的装备，还有必不可少的药品和食品。

四个美女、三个探险经验丰富的男人，他们背起装备，向着那个神秘的山洞出发了。

大家平时在QQ群里聊得已经很熟悉了，这次网下见面，显得格外亲切。四个美女兴致勃勃，一路上还唱着歌；三个男人谈笑风生，聊起自己的探险经历。经过一上午的艰难跋涉，他们终于站在了山洞外面。

七名探险爱好者在洞口前合影留念，亚图和猫颜伸着剪刀手，小小和嘉嘉笑颜如花。

望云说：探险中可能会遇到各种危险，大家切记，不要在洞里单独行动。

王不才说：应该选出一个临时队长，我不建议选女人当队长。

部首火说：我是男人，我也不想当。

嘉嘉说：歧视我们女性？

小小寒黛如烟说：咱们合伙揍他们一顿吧，把臭男人们杀掉，扔到山洞里去。

猫颜说：谁最帅，谁当队长，要不就扔鞋子决定好了。

亚图说：望云当队长，望云最给力，部首火和王不才是怪叔叔。

望云担任队长，大家排成一队，三个男人分别在队伍的最前和最后以及中间，担当起保护女性的角色。大家打开安全帽的矿灯，每人都拿出一根金属手杖，小心翼翼地向洞内深处进发。

神秘的山洞，未知的黑暗，让每个冒险者都有点不由自主地惊慌。大家的视线很快习惯了黑暗的环境，心情平静下来。山洞里的岩石犬牙交错，崎岖不平，有的巨石像大蘑菇，有的石头层层叠叠状如莲花，古树的根系垂到洞里，时而挡住去路，干涸的地下河道崎岖难行，潮湿处生长着苔藓和地衣。这个山洞四通八达，小洞穴极多，穿过一处狭窄的石缝后，眼前豁然开朗，前方出现了一个很大的洞厅。

不可思议的是，洞厅的尽头，竟然火光闪闪。

他们以为自己眼花了，呆立不动，每个人都把探灯照过去，然而还是看不清晰。队长望云要求大家都关上灯光，黑暗中，大家看清楚了，这个无人的山洞尽头，竟然有什么东西在燃烧。

部首火大喊了一声，洞厅内回声很大。

探险者知道，山洞中回声大的话就表示没路了，若回声小的话表示还有路。

大家再次打开探灯，屏住呼吸，走到尽头。

洞厅深处，有一些盆盆罐罐，岩壁凹处支着一口大铁锅，下面燃烧着火，锅里正煮着一个开膛破肚的人。

大家目瞪口呆地看着眼前的恐怖情景，过了许久，所有人都发出了一声恐怖的尖叫！

大家慌作一团，感到极为震惊，猫颜和亚图两个女孩都哭了起来。很显然，他们在这山洞里偶然撞见了一个凶杀煮尸现场。在遇到凶杀现场的时候，不能乱动任何东西，应该保护好现场，立即通知警方。七名网友回过头，不敢看大锅里煮着的尸体，嘉嘉拿出手机准备拨打110，然而发现山洞里没有信号。大家极力让自己镇定下来，经过简单的商议，王不才和小小离开山洞，去山下镇上的派出所报警，其他人原地守候保护现场。

部首火打开了摄像机，拍摄锅内的尸体；望云也用相机拍照，记录下凶杀现场的情形。这些都可以成为警方侦破的关键线索。

亚图心惊胆战地说：我要吐了，这味道闻起来就像煮羊肉，咱们是不是该把火熄灭啊？

猫颜说：我求你们了，快点带我离开这里吧，保护现场和咱们有什么关系呢。

嘉嘉说：拜托，小小和王不才快点带警察来吧，我腿软走不动了。

望云说：我看清楚了，锅里煮的是一个女人，没有头发，是一个秃头女人。

美人鱼汤

部首火放下摄像机，突然说：大家都别说话，凶手应该刚离开不久。

几个小时过去了，煮尸大锅下面的火渐渐熄灭了。

小小和王不才带路，画龙、包斩、苏眉领着一队警察赶到山洞。特案组受当地警方邀请，正在这个城市召开刑侦技术研讨会，接到镇派出所的案情汇报，梁教授决定自己主持会议，派遣画龙、包斩、苏眉三人协助当地警方侦破这起煮尸案。

留在洞内的几个网友见到警察，心里的石头落了地，纷纷扔下自己用来自卫的武器。

苏眉安慰受到惊吓的他们，挨个儿做笔录。

包斩和画龙带着当地刑警对现场进行了细致入微的勘验。死者为女性，二十岁左右，因为被煮过，面目难辨，肚皮已经剖开，挖出了五脏六腑，头发被剃掉，手指甲和脚指甲也被剪掉了。初步分析，凶手在这个人迹罕至的山洞里生活过一段时间，凶手将死尸扔进锅里，点燃木柴，就离开了现场。随后七名探险网友来到山洞，目睹了这起恐怖离奇的煮尸案。

苏眉做完笔录，七名网友想要离开，画龙上前制止了他们，没收了他们的相机和摄像机。

包斩说道：你们没有警方的允许，谁也不许擅自离开。

画龙说：你们配合一下，把手机和身份证都交给我。

望云说：什么意思，为什么不让我们走。

小小寒黛如烟说：我本来就不想给你们带路，我真不想再来了。

王不才说：你们警察翻脸比翻书还快，这和我们有什么关系？

亚图说：是啊，搞错了吧，我们是报案者哎，你们审问我们半天了。

猫颜说：警察叔叔，我过两天就开学了，我还得上学呢，求你们了，放我走吧。

部首火说：你们警察智商也太低了，不会认为我们是凶手吧？

包斩说：我们要搞清楚，你们中是否有人提前来过这个山洞。

大家摊开手，七嘴八舌地表示这怎么可能，他们一起在山下集结，一起进入山洞。

嘉嘉突然说道：我好像来过这里。

亚图看着嘉嘉，有点害怕，拽住了身旁小小寒黛如烟的衣角。

科学实验表明，人类除了有视觉、听觉、嗅觉、味觉和触觉五种基本感觉外，还有第六感。第六感是一种神秘的感知事物的能力，不同的人会有程度不同的反应。比方说，一个人曾经做过的梦在现实中竟然发生了。很多人到了一个从未去过的新地方，都有着准确的预感，发现自己非常熟悉那里的景物。

嘉嘉表示，她对这个山洞就有着似曾相识的感觉，感觉自己来过这里。

包斩问道：你什么时候来的，都看到了什么？

嘉嘉闭上眼睛，说道：我看到……我躺在一个大铁锅里，周围有很多警察。我没有穿衣服，无法动弹，只能在水中上下起伏，水越来越烫，烫得我失去了知觉。警察忙忙碌碌，把我从锅里抬出来，我的眼睛还睁着。

包斩、画龙、苏眉三人不约而同地回头，当地警察七手八脚地把女尸从锅里抬出来。女尸死不瞑目，眼睛睁着，正看着这边。

◎第三十二章　大锅煮尸

山洞里发生过很多凶杀案，例如清水县石窟双尸案和草桥洞焚尸案。这两起凶杀案在中国刑侦史上占有特殊地位，警察在侦破凶杀案中往往会参考这两个案件。

我们的祖先有着洞居生活经历，茹毛饮血的原始野性藏在人性深处，被文明束缚的邪恶心灵在山洞里会被唤醒。一个普通人到了山洞里，看到一块尖利的石头、一截粗壮的树根，可能就会产生一种压抑不住的杀人意识。

美人鱼汤

无论白天和夜晚，山洞里都是黑暗一片，这里确实是个适合凶杀的场所。

山洞里复杂的地形加大了侦破难度，包斩、画龙、苏眉三人在案发现场没有找到有价值的线索，盆盆罐罐里放的是油盐酱醋，锅里的尸体已经煮熟，警方认为凶手准备食用死者。在所有的恶性凶杀案中，煮尸动机不外乎三种：

一、食用尸体，吃掉死者。

二、毁尸灭迹，销毁证据。

三、制造恐慌，其他原因。

黄喜和罗冬元"高压锅煮尸案"中，煮尸是为了抛尸；合密地区尽人皆知的碎尸煮尸案中，凶手在尸块中添加辣椒等调味料是避免异味在居民区扩散，三名凶手在法庭上供述食尸动机时这样说：吃，都吃点人肉，吃了后，咱三个人就没有退路了，拴在一起了。

法医初步尸检结果显示，锅内女尸的致命伤在胸口，心脏被锐器刺中。

所有在场警察都认为这是一起杀人、煮尸、食尸的特大凶杀案件，凶手灭绝人性，情节特别恶劣，手段极其残忍。当地警察义愤填膺，忙碌不停，细心搜集了案发现场的所有物证，包括煮尸的大锅以及锅内的汤、盛放油盐酱醋的器皿、灶下的木炭和灰烬、死者遗留下来的指甲和头发，这些物证和尸体都要运回警局作进一步检验和鉴定。

隧道里常常有流浪汉居住，水泥管子里有无家可归的人。

当地警察猜测有个怪人居住在这个山洞里，奇怪的是，除了与煮饭有关的东西外，没有发现被褥衣物等生活用品。

难道这个山洞仅仅是凶手用来做饭和吃饭的所在？

包斩、画龙、苏眉三人作出了安排部署，当地警察先运送物证和尸体回警局，然后调集警力分成三组：一组作技术加急鉴定，还原死者容貌，确认死者身份；第二组警察在山洞周边地区进行走访，排查可疑人员；第三组警察回

到山洞，继续寻找物证。接下来的主要任务就是在山洞里找到死者衣物和杀人凶器，这些东西在煮尸现场都没有发现。

包斩、画龙、苏眉三人护送七名网友离开山洞，打算把他们带到警局进一步调查。

回去的时候，他们并没有按照原路返回。

包斩绘制了一个简单的洞穴分布图，画出煮尸现场附近的所有道路，耽搁了不少时间。一路上还要注意搜寻死者遗物，警力有限，七名网友也被要求和他们一起搜寻。如果能找到死者的手机，那么也就能直接确认死者的身份。这个山洞很大，洞穴状如迷宫，大家细心地查看着每一个角落。

猫颜说：警察叔叔，凶手随时都可能回来呢，我们还是快走吧。

画龙说：凶手自投罗网更好，省得抓了。

包斩说：你们几个，和我们在一起是安全的，放心吧。

小小寒黛如烟说：我学过法律，我们是目击者，不是嫌疑人，你凭什么限制我们的自由？

亚图说：就当是帮忙吧，我有一次回不了家，就是拦了一辆警车。

望云说：对，你们警察要是让我们帮忙的话，我还乐意。

苏眉说：那个穿粉红运动服的女孩，你叫什么？

嘉嘉说：我叫嘉嘉，来自新西兰。

苏眉说：嘉嘉，我也有过同样的感觉，去一个陌生的环境，见一个陌生的人，似曾相识。

部首火说：凶手要是回来，看到这么多人，早就吓跑了。

王不才说：是啊，要不是我们出现，凶手这会儿应该正在大快朵颐，啃着一只胳膊呢。

猫颜说：大叔，我要吐了。

亚图说：王不才，你说得好恶心，你去死啊。

部首火说：女尸胸部文着一朵玫瑰，这个文身很眼熟呀！

望云说：是啊，我拍照的时候也注意到了。

小小寒黛如烟说：咱们群里的花花，也有这么一个文身！

美人鱼汤

包斩、画龙、苏眉三人听到这里，突然停下脚步，看着小小寒黛如烟。

小小解释说，花花在群里叫做一朵毒花，她和男朋友都很喜欢户外运动。这次探险本来说好的一起前来，山下集结时却没有发现她的身影，电话也打不通。探险活动开始时，常常有报名者无故取消，所以大家也不以为意。其他网友七嘴八舌地补充说，花花乳沟的位置文着一朵玫瑰花，她在群里发过自己没有露脸的照片，大家对此都有印象。

部首火说：这朵玫瑰花是她在情人节那天文上去的，我记得她在群里说过。

画龙说：这个花花的体形特征，和女尸也差不多吗？

亚图说：我都没敢看锅里的那具尸体。

望云说：是这样，我们都没有见过花花的脸，只看过胸部文身。

包斩问道：那朵玫瑰花是什么样的？

王不才拿出了自己的手机，找到花花的照片，照片没有露脸，只是一个玫瑰文身的特写。几个女孩纷纷指责说王不才是色狼，竟然保留着花花的乳沟照片。王不才尴尬地表示，自己喜欢摄影，从摄影的角度来说，这张照片很有美感，所以保存在手机里。

最美的玫瑰花开在胸口，玫瑰花之下隐藏的那颗心才是最美的情人节礼物。

现在，那具开膛破肚的女尸已经运走，现场周围没有找到她的内脏。

画龙瞪着王不才说：我不是让你们都交出身份证和手机了吗，你怎么没交？

王不才耸肩说道：那会人多嘴杂，你把我忘了，赖我干吗？

包斩仔细看着王不才手机上的照片，文身文在皮肤上后，除了手术外无法消除。尽管锅内的女尸被煮过，尸身上面的文身图案显得模糊难辨，但是只

需目测，从文身的线条走向、花朵形状，以及色彩用墨都可以对比出两个玫瑰文身惊人的相似，死者胸形和照片上的花花也非常吻合。

画龙和苏眉也看了一下，两个人点点头，侦破经验告诉他们，死者很有可能是一朵毒花。

几名网友先是感到震惊，紧接着，心里一阵难过，他们无法相信锅内的女尸就是群里的花花。大家平时聊得火热，亲如姐妹，本来说好一起到这山洞里探险，却在一口大锅里看到了她，死状又是这么恐怖，每个人都开始沉默，心里都有一种说不出的滋味。

猫颜突然哭了，说道：那不是花花，她没有来，对不对？

亚图的眼睛也湿润了：怎么可能是她呢，搞错了吧。

小小说：他们警察总会弄明白的，但愿不是花花，我很喜欢这女孩呢。

嘉嘉说：胸口文身的多了，文一朵玫瑰花的人多了……可是，为什么我感到这么难过呢？

王不才、望云、部首火三个男人都没有说话，他们近距离地观察过女尸，虽然不太确定，但是心里隐隐约约地都有一种不祥的预感。

大家继续向洞口走去，在一个岔道旁，亚图突然表示自己要去方便一下。

她急急忙忙地向着岔道内跑去，这个胆小的女孩对刚才的一幕越想越怕，差点吓尿裤子，大家站在原地等她。为了遮羞，亚图关上了安全帽上的探灯，她蹲在岔道内的一个乱石堆后面，过了一会儿，亚图似乎看到了什么，或者遇到了什么危险，她突然大叫了一声："啊。"

众人都不知道怎么回事，几个男人想要上前，却又觉得不妥。

小小、猫颜、嘉嘉大声地询问亚图怎么了。

亚图提着裤子，一脸的惊骇和痛苦，跌跌撞撞地跑到众人面前，只说了一句话就晕倒了。

美人鱼汤

那句话是：毒蛇咬了我……

求生的欲望会使人顾不得羞耻，当自己遇到危险求救时，必须用最简单的话告诉别人发生了什么。大家七手八脚地把亚图抬起来，部首火背起亚图，大家都很焦急，很快就到了山洞口。部首火把亚图放在一块石头上，外面天色已黑，因为距离山下最近的医院也比较远，亚图生命垂危，如果不及时治疗的话，只能眼睁睁地看着她死掉。

包斩、画龙、苏眉也感到束手无策，蛇毒一般发作得很快，这个女孩肯定坚持不了多久。

苏眉问道：你们谁有医用急救包？

望云指着自己的背包说：我这里有风油精、红花油、云南白药、创可贴、消炎和止痛药。

部首火说：有个屁用，难不成要把创可贴贴到那里？

王不才说：先把亚图的裤子脱了，看一下伤口啊，急死个人。

小小建议：当务之急，应该先把毒液吸出来。

猫颜摆着手说：啊，谁来吸毒，我没经验。

王不才说：顾不上那么多了，要不，我来吸吧。

望云说：是啊，救人要紧啊。

画龙说：你们电影看太多了吧，还吸毒，更何况还是在那个位置。

包斩说：首先得确认是不是毒蛇咬伤，看下伤口再说。

部首火说：采集草药，有蛇出没的地方一般就有治疗蛇毒的草药。

嘉嘉动手，准备脱掉亚图的裤子，她对众人说道：男人都转过身去。

◎第三十三章　蛇坑拘禁

亚图下身赤裸，昏迷不醒。几个女孩凑过去上前观看，伤口在她的私处

旁边，并没有肿胀，也看不到紫斑和水泡，只有蛇咬出的一排整齐且小的牙痕。毒蛇咬伤一般有两个较大和较深的牙痕，人会出现瞳孔缩小、抽筋、七窍流血等反应。

苏眉看了一下亚图的瞳孔，各种迹象都表明她没有明显的中毒症状。应该是无毒蛇咬的，她吓得晕了过去。

苏眉弯下腰，轻轻地拍打亚图的脸，随即掐住人中穴，过了一会儿，亚图幽幽醒转。

几个女孩纷纷安慰，有野外生存经验的王不才对亚图说，从伤口看不像是毒蛇咬的，只是被蛇咬了一口。

小小踢了王不才一脚，怒斥道：臭流氓，谁让你偷看的？

王不才说：望云和部首火也看了啊。

亚图心有余悸，过了半天才说话，她喘了口气，告诉大家一件恐怖的事。她在那乱石堆后面撒尿时，一泡热尿浇醒了石缝中一条冬眠的蛇，蛇咬住了她，她痛得大叫一声站起来，那条蛇还咬住不放，尾巴试图缠绕住她的腿。亚图情急之下，一把拽下那条可恶的蛇，扔在地上，拔腿就跑，跑动时踢翻了几块石头，她看到乱石堆里竟然有一个人的脚。

包斩和画龙带领大家又回到亚图撒尿的地方。王不才和部首火发现石堆角落里蜷缩着一条蛇，几个人用石块将蛇砸死。望云一边扔石头一边骂：是不是你，流氓蛇，是不是你咬的亚图，还偏偏咬那个位置，你真是一条流氓的蛇。

乱石堆里，有一双登山鞋露了出来，就像石头下面压着一个人。

包斩戴上手套，扒开石头，发现了一些女性衣服、内衣、鞋子，还有一个包。

包里的手机证实了大家的猜测——这是一朵毒花的手机，衣物都是她的，锅里煮着的那具女尸就是她。几个女孩都哭起来，想想大锅里的女尸，她们就忍不住瑟瑟发抖。

包斩看了一下手机里的最近通话列表，最后一个电话是两天前部首火

美人鱼汤

打给花花的。部首火表示他给花花打过电话，问她还来不来参加山洞探险活动。

画龙看着部首火，面前的这个孤独阴郁的男人，沉默寡言，喜欢拍摄野生动物纪录片，他的摄像机里还有拍摄的凶杀现场，这起凶杀案有没有可能是他导演策划的呢？

画龙问道：你认为，人和动物有什么区别？

部首火说：我不懂你在说什么。

画龙说：正面回答。

部首火说：人类道貌岸然，自私、野蛮，和野兽没有任何区别。一旦陷于不利之地，人类就会露出本来面目。

苏眉突然弯下腰，用镊子夹起地上的　个护垫，亚图表示这个护垫不是自己的。护垫上的血迹已干，应该是一朵毒花留下的，护垫旁边还有一大摊血，可以想象到凶手用利器刺死花花，然后在此地脱掉花花的衣物，埋进了乱石堆。凶手扛着一具光溜溜的女尸，走进山洞深处，放进大锅里，在煮尸前，这个变态的家伙还剪掉了女尸的指甲和头发。

嘉嘉突然说：哎呀，这个护垫的牌子和我买的一样呢。

嘉嘉从包里拿出来几个护垫，和花花用的护垫一模一样。

几个女孩凑上去，猫颜说：嘉嘉姐，新西兰也有这个牌子的护垫吗？

小小说：你那么有钱，也用这么大众化的护垫啊？

嘉嘉说：这是我在国内买的啊。

包斩打开了花花手机里的相册，里面有很多自拍的照片，一些瞪大眼睛嘟嘴用手指戳自己脸蛋的脑残照。包斩看了几张，手竟然哆嗦起来，一向镇定自若的他，即使面对血腥的凶杀现场，也从没像现在这样感到恐惧。

画龙和苏眉以为这部手机记录了整个凶杀过程，走过去一看，也不禁大惊失色。

三人假装若无其事，包斩将手机放进证物袋，他的眼光扫向几名网友，在嘉嘉的脸上停留了一会儿。

嘉嘉看到包斩异样的眼光，她的脸色煞白，突然做出一个怪异的举动。

嘉嘉当着众人的面，猛地拉开运动服拉链，用力撕开胸罩，没有撕破，她就将胸罩掀到上面，露出一对颤悠悠的乳房。嘉嘉是C罩杯，乳房性感傲人，虽然酥胸尽露，但是大家没有觉得这个画面很色情，相反，每个人都感到恐怖和难以理解。

小小问道：你疯了？

嘉嘉指着心脏的位置说：疼，为什么，我这里特别疼，是不是插着一把刀子，疼死我了。众人都目瞪口呆，摇头说没有，嘉嘉的乳房光洁圆润，没有任何伤口。

嘉嘉闭上眼睛说：疼啊，我能看到她很难受很痛苦的表情，看得清清楚楚，我甚至都能想到她在想什么。可是，她已经死了，对吗？为什么我会感到疼，这种刻骨铭心的疼痛会让我牢记一生。我胸部位置的这个伤口，你们看不见吗？我知道，这个伤口永远也不会消失了。

包斩问道：你看见的那个——她，长什么样？ 嘉嘉回答：和我长得一样。画龙问道：在这里被杀害的那个女孩？

嘉嘉说：就是我啊，我看到了我自己。苏眉觉得鸡皮疙瘩都起来了，她问道：别停，继续告诉我们，你还看到了什么？

嘉嘉说：就在这里，我赤身裸体，躺在冷冰冰的石头上，胸口插着一把刀，有一条蛇从我脸上爬过去，我很害怕，但是我叫不出，也无法动弹。那条蛇吐着分岔儿的舌头，蜿蜒爬过我的身体，冷冰冰的感觉，简直和我的身体一样冷，那条蛇爬向了岔道深处……不见了。

大家一起看着岔道深处，探照灯打过去，是一个狭小崎岖的洞穴，尽头还有一条拐弯的石头夹缝。画龙和包斩小心翼翼地走到尽头，挤过一条狭窄的石缝，又拐过一个弯，眼前竟然出现一道铁丝网。网眼很小，将入口封住了，旁边还有一扇挂着锁的铁丝门。

美人鱼汤

画龙上前踹了几脚，铁丝网出现一个裂口，大家钻了进去。每个人都感觉到这个洞穴里的气温和其他洞穴有点不一样，外面很温暖，这个洞穴却凉丝丝的。地面是土地，踩上去很软，继续往前走，右拐之后，眼前豁然开朗，出现了一个空阔的洞窟。

洞窟很高，上方吊着钟乳石，大家只顾抬头观看，没有注意地面。画龙走在前面，被什么东西绊了一下，大家低头一看，贴着地面有一些棉线，呈网状分部，覆盖在地面上，可以模模糊糊地看到洞窟中间的棉线上悬挂着一些东西。

望云说：好像挂着几块肉。

小小说：不是腊肉，看上去像香肠。

猫颜说：真奇怪，这些线是干吗的？

王不才说：我也是第一次见到这种东西。

部首火说：钓鱼吗？下面又不是池塘。

亚图说：咱离开这里吧，我得赶紧回去打个破伤风针。

嘉嘉说：我还是感到很疼。

苏眉说：看上去很古怪，大家要小心。

包斩说：这里好像饲养着什么东西。

画龙说：我们走过去看看。

终于，大家看清楚了眼前的一幕，偌大的山洞里悬挂着整副人的内脏和肠子，空气中有一股腐肉的气息。大家站在洞窟中间，惊得一动也不敢动。突然，地面出现了塌陷，众人掉进了一个深坑里。

深坑呈葫芦状，周围都是松散的土层，无法攀缘。令人感到恐怖万分的是——他们掉进了一个蛇坑！坑内密密麻麻都是蛇，大大小小的蛇，五颜六色的蛇，看上去使人感到头皮发麻。蛇是一种群体性冬眠动物，成百上千条蛇往往聚集在一起过冬，虽然此刻正是冬眠期间，很多蛇都在沉睡，然而再过几天就是惊蛰节气，一些蛇已经苏醒，它们吐着芯子，昂首看着掉进坑内的这些人。

幸好下面有蛇，众人才没有摔伤。猫颜和亚图尖叫着跺脚；望云拿出风

油精喷洒；部首火和王不才用树枝将蛇挑开，清理出一小块空地；嘉嘉狼狈不堪，脸上沾满了泥土；小小掉下时，手上扯落了棉线上的一截肠子，那肠子正好落在她的脖子里。

小小花容失色，手忙脚乱地将衣服里的肠子拿出来扔掉。

包斩和画龙极力让自己镇定下来，苏眉很焦急，他们只想尽快脱离这个恐怖的蛇坑。

画龙想到了办法，他要几个男人搭起人梯，画龙爬上去，然后再用绳子将大家拽出来。

很快，人梯搭好了，画龙咬着一根绳子小心翼翼地爬上去，周围的土还在塌陷。

画龙用双臂撑住地面，半个身了已经爬了上去，正要大功告成的时候，坑口处突然出现一个男人。那人恶狠狠地举着一块大石头，苏眉大声提醒画龙小心，石头重重地砸在画龙头上，画龙头上顿时血流如注，那人又砸了一下，画龙闷哼一声，晕死过去。

那人将画龙拖上地面，搜走身上的手枪和手铐，一脚将画龙踢下蛇坑。

画龙摔在蛇堆里，一动不动。包斩和苏眉上前探了一下鼻息，发现他只是昏迷过去。坑内网友纷纷破口大骂，问那人是干什么的，为什么要打人。

那人背着一把双管猎枪，手里拿着画龙的手枪，他在坑口的石头上坐了下来。

众人的探灯打上去，这个男人戴着一个透明的塑胶玻璃面具。他摘下玻璃面具，大家看到他只有半边脸，另半边好像被什么猛兽咬过似的，坑坑洼洼，布满疙瘩，这张脸简直就是魔鬼的杰作。

猫颜天真地说道：救我们上去，好不好？

半脸人阴森森地笑了一下，面部显得更加狰狞。他用尖细的嗓音说道：你们要听我的话。

王不才说道：去你妈的，你等着，我们人多，等我们上去，揍不死你。

半脸人将手枪对着坑内，却发现自己不会打开手枪的保险。王不才看到

美人鱼汤

他要开枪，吓得急忙乱躲。半脸人哑然失笑，摇摇头，把手枪放进兜里，从背上取下猎枪，用枪管对着坑里的众人说道：你们，都把衣服脱了。

部首火说道：这里有警察，你可别胡来。

半脸人问道：谁是警察？

包斩摆手示意部首火不要说，部首火却指了指包斩和苏眉。半脸人举起猎枪对着包斩和苏眉，说道：脱衣服，我数三下，就开枪。

苏眉说：浑蛋，你到底要干什么？

半脸人说：一……

包斩说：好，我们什么都听你的，你冷静一下。

半脸人把坑内众人当成了自己的猎物，他用枪逼迫大家脱掉衣服。众人迫于淫威不得不委曲求全，很快，女人脱得只剩下内裤和胸罩，男人也只穿着内裤。他们除了羞惭外，每个人都如同待宰的羔羊，只能在猎枪的威胁下任其摆布。

望云说：我们都按照你说的做了，好了吧，该让我们走了吧？

半脸人嘿嘿一笑，问道：别急嘛，你最想睡谁？

望云看了一下面前的几个裸体美女，他扭捏地说道：猫颜。

半脸人问：你喜欢她啥？望云说：我喜欢猫猫的小舌头，觉得很性感。

半脸人用枪指了指望云说道：亲她。望云惧怕半脸人开枪，乖乖照做，他抱住猫颜，含住了她的小舌头。

半脸人用猎枪指着嘉嘉说：你的脸可真脏，都是土，你把裤头脱了，屁股撅起来，给别人看看。

嘉嘉说：不要，千万不要，菊花都被人看到了。

半脸人问：啥是菊花？

嘉嘉不知道如何回答。

半脸人：快说，指给我看，要不我打死你。

嘉嘉：好吧，别让我指，我说，就是屁眼。

半脸人邪恶地笑了，他用枪口对着嘉嘉和小小，说道：你们俩，脱掉裤

头，把屁股对一起。

半脸人又对王不才和部首火说：你们俩，别棍。

王不才和部首火问道：什么是别棍？

半脸人说，就是抱在一起，把你们的棍子别在一起，还要磨啊磨啊。

嘉嘉和小小乖乖照做，两个人弯下腰，褪下内裤，撅起屁股碰在一起，王不才和部首火也抱在了一起。半脸人又命令包斩和苏眉互相打对方耳光，包斩压低声音对众人说：大家照做，争取时间，两个人互相打起耳光，心里希望山下的警察尽快赶来。

小小站起身走到亚图身边，她指着上面的半脸人破口大骂，你这畜生，你杀了我们吧，老娘不干了。

半脸人数到三，对着小小和亚图就开了一枪。枪口喷出一股火焰，两个人当场被霰弹打死。

半脸人严肃地说：我让你们做什么，就做什么，谁敢不听话？

◎第三十四章　玻璃面具

香港十大奇案之猫公仔肢解案中，一名女受害人被三名凶犯禁锢，被迫饮尿、吃粪、严重殴打、燃烧身体，死后被肢解、烹尸，头颅被塞进一个洋娃娃内。法官判案时形容："被告丧心病狂、残忍、冷酷无情、堕落、暴力及恶毒，并非人类对待人类所能做出的行为。"

日本冲绳杀人奸尸案中，一名少年乔装成送快递包裹的邮递员持枪侵入民居。他用尼龙线把男主人捆绑在椅子上，当着男主人的面，掐死了他的妻子。当时十一个月的婴儿啼哭不止，往已死去的妈妈遗体处爬去，变态少年举起婴儿想要摔死。男主人猛烈挣扎，少年逼迫男主人自杀后，将婴儿重摔地面

美人鱼汤

数次，用绳索勒毙。

这类丧心病狂的罪犯一般都抱有杀人的决心，当控制住受害人的那一刻起，犯罪上升为战争，受害人成为俘虏。

此刻，蛇坑内的众人即半脸人的俘虏！

包斩最初分析认为，这个半脸人可能有着非法拘禁的变态嗜好。当他开枪打死亚图和小小后，包斩意识到，下一步犯罪行为就是虐杀。杀人是为了喂蛇，这些蛇很显然都是人工饲养的，半脸人应该就是饲养者，洞内棉线悬挂的内脏和肠子、锅内煮着的尸体，都是蛇的饵料。一般而言，蛇喜欢吃活的小动物，如老鼠、小鸡、青蛙等。人工饲养蛇，如果是喂死饵，蛇会拒食，可采用引诱的方式让蛇认为是活饵。包斩心想，那些棉线的作用就是如此，当冬眠的蛇醒来，从土里钻出，爬行时触动棉线，棉线上悬挂的人肉即会被蛇当成活饵吞食。

猎枪威力巨大，亚图的胸部被霰弹炸开，一个乳房不翼而飞。

小小面部中枪，倒在血泊中抽搐了几下，双腿一蹬，死去了。

转眼间，两个活人成为两具惨不忍睹的尸体。

坑内众人吓得全身战栗，说不出话来。

半脸人对着坑里冷笑道：现在，知道我的厉害了吧？

望云跪在地上，拱手哀求道：大哥，你饶命吧，我们都听你的，你可别开枪，别开枪。

猫颜看着同伴的尸体，捂着自己的嘴巴，压抑住哭声，不敢大哭，担心惹怒了半脸人。

包斩想，现在唯一要做的就是争取时间，他们中，最有战斗力的画龙昏迷不醒，山下的警察应该已在路上，非法拘禁的特点是拘禁时间普遍较长，有的长达几天。包斩极力让自己冷静下来，他对半脸人说：我们都听话，你要让我们做什么？

半脸人好奇地询问：死的是你们啥人？

王不才说道：朋友。

部首火补充道：普通朋友。

215

半脸人有点失望地说：要是亲戚就好了，你们都对着她们撒尿，尿到她们嘴里。

众人在逼迫下乖乖照做，嘉嘉和猫颜哆嗦着蹲下，分别尿在小小和亚图的脸上，男人们撒尿的时候转过头，不忍心看着同伴的尸体。苏眉脸色煞白，求生的欲望使她顾不得羞耻，上面那个变态随时都可能开枪，包斩小声提醒了一下苏眉，两个人都尿在了画龙脸上。

画龙的头部遭受外力打击，出现短暂性昏迷。

两泡尿将画龙浇醒，他捂着头，想要站起来，只感到四肢无力，还有耳鸣和恶心。脑震荡者会出现短暂的意识模糊，回忆不出受伤时的情景。

包斩看到画龙醒了，大喜过望，他小声提醒画龙别动，躺在地上装死。

半脸人在上面说道：你们几个男的，打架，我看看谁最厉害。

王不才说：大哥，我没劲了。

半脸人说：嘿嘿，你们饿了啊，就吃蛇，我不要你们的钱。

猫颜哀求道：求你了，放我们走吧。

半脸人不耐烦地说：快点打架，砰砰地打，就像狗熊那样，要不我就开枪了。

王不才和望云装模作样地厮打起来，包斩和部首火也扭打在一起。半脸人在上面饶有兴趣地看着，四个男人打得并不精彩，半脸人有点失望，不断地威胁他们要动真格的才行。周围的蛇群出现一阵骚动，一条蛇咬了嘉嘉，嘉嘉只是皱眉倒吸了一口冷气，目前的危险处境使她对蛇并不感到害怕，与蛇相比，那个半脸人才让她万分恐惧。

包斩对部首火悄声说：使劲打我。

部首火说：干什么？

包斩挥拳狠狠打中部首火的下巴，部首火的怒火从心中升腾起来，一拳将包斩的嘴角打出了血。包斩抓起地上的一条蛇当做武器，使劲抽打部首火，两个人一边打一边破口大骂。半脸人哈哈大笑，一会儿，包斩扔下蛇，用一种

美人鱼汤

恼羞成怒的语气对半脸人喊道：有刀子吗，我要杀了他。

半脸人扔下一把带鞘的蒙古刀，他说：有，谁最后活下来，我就放谁走，我说到做到！

后来，梁教授问起他们是如何逃离蛇坑的，包斩细细描述了一番。

当时，坑内众人手无寸铁，无处可逃，蛇坑上面还有半脸人持枪威胁，这个灭绝人性的家伙以虐杀为乐，很想看着众人自相残杀，包斩利用了这点，争取到了一件逃生的关键工具：刀。当遇到穷凶极恶的罪犯时，只有想方设法制伏或者杀死他，才有生存的希望。画龙休息了一会儿，恢复了体力，很快看清了眼前的危险境地。刀落入坑内，他立刻捡了起来。包斩大声命令众人的探灯一齐照向半脸人，半脸人抬起一只胳膊遮挡强光照射，胸腹部门户大开。画龙不用包斩提醒，拔刀出鞘，右手握住刀柄使出全力甩向半脸人。灯光照射下，目标明显，飞刀在空中转了半圈，刺中半脸人的腹部。飞刀绝技是武警和特种兵的训练科目，画龙身为武警教官，技艺更是超群。然而此举是孤注一掷，如果稍有偏差，不能刺中半脸人，下场肯定就是被他杀死。半脸人腹部中刀，跌入坑内，挣扎着想要站起来，众人怒不可遏，围上去一阵拳打脚踢……等到山下警察赶来的时候，半脸人已经奄奄一息，快要死了。

当地警察将坑内众人救出，身受重伤的半脸人被送往山下医院抢救治疗。这个变态凶犯在医院里受到了特殊的优厚待遇——手术后，他被送进了单间病房，警察二十四小时守卫，只等他脱离生命危险后就对其进行讯问。

一个小护士问走廊里的一个警察：这个人是高干吗？

警察摇头说：他可不是什么高干。

小护士说：那为啥召集专家会诊，给他用最好的药、最好的针，你们警察还给他站岗？起码是个大官。

另一个警察说道：这是一个畜生，简直禽兽不如，他犯下的罪行，能吓哭你。

警方很快调查出了半脸人的身份，此人生下时就是个怪胎，母亲因难产去世。妇产医生称他为海豚婴儿。海豚婴儿是一种先天性残疾，主要特征为下肢包括双脚连在一起，像海豚一样。

半脸人一生下来就没有妈妈，跟着父亲长大。手术后，他走路的姿势很像是大猩猩，步伐沉重，身体歪歪扭扭，他从来都没有上过学。这个孩子在野外长大。父亲是一个猎人，最初在山上饲养牛蛙，后来饲养果子狸，卖给山下的野味餐馆。半脸人十六岁那年，父亲托人运来几条小鳄鱼，偷偷喂养打算贩卖，鳄鱼长大后咬伤了孩子的脸。从此，半脸人就戴着一个塑胶玻璃面具。父亲死后，半脸人就在山上过起了单身生活，他二十六岁养山鸡，二十九岁养狍子，三十三岁养蛇。半脸人对山上的游客怀有仇恨，他认为那些人扰乱了他的生活。

警方走访中，群众举报，他曾经开枪威胁几个野炊者离开。

半脸人很孤独，更喜欢和动物待在一起，有一只猎狗和他形影不离，他仇恨山下那些喜欢吃野生动物的人，但自己又不得不靠养殖出售蛇来谋生。他相依为命的猎狗前些天死掉了，特案组分析认为，这有可能成为他杀人煮尸的诱因。

几天后，躺在病床上的半脸人脱离了危险期，虽然身体极为虚弱，但是已经能够开口讲话。当地警察和梁教授一起对他进行了简单的审问。

梁教授：你的狗叫什么名字？

半脸人：山炮。

梁教授：和你死去的父亲的名字一样。

半脸人：我早就不想活了。

梁教授：所以你杀人？用这种方式自杀？把一个女孩儿扔进锅里？

半脸人：那个女的，不是我杀的。

梁教授：实不相瞒，我们在刀柄上发现了另一个人的指纹，你能告诉我们是怎么回事吗？

半脸人闭上了嘴巴，将头歪向一边，一副拒不开口顽抗到底的态度。梁

教授拿出一部手机，这正是包斩在乱石堆里发现的一朵毒花的手机，里面有一些自拍的照片。包斩曾经吓得双手哆嗦，画龙和苏眉看到后也是大惊失色。

手机里究竟是什么内容让特案组三个成员都感到惊恐呢？

梁教授把手机里的照片给半脸人看，半脸人龇牙咧嘴想要咬住梁教授的手，两个警察将他的头按住。梁教授一张一张地播放照片，很快就到了最后一张。

梁教授对半脸人说：看到了吗？你相信这个世界上有鬼吗？

◎第三十五章　樱桃之远

半脸人的瞳孔放大，身体不由自主地向后退缩，他看到了难以置信的惊悚画面。

最后一张照片的背景是公安局的一个房间，一朵毒花垂手站立，面色惨白，她正在哭，两行泪水滑过脸庞。她的背后有一口大锅，还有山洞里发现的其他证物。很显然，这张照片是警方在案发后特意拍摄的，也就是说——这个女孩本该是一具尸体，现在已经死了。

半脸人无法相信已死的人能够复活，被他开膛破肚扔进锅里的尸体还会站起来。梁教授旁敲侧击，不断地暗示鬼神复仇之说。半脸人的精神崩溃了，出于对鬼魂的恐惧以及寻求自我保护，他向警方交代了全部的犯罪经过。

最后一张其实是嘉嘉的照片！

嘉嘉和一朵毒花竟然长得一模一样！

包斩看到花花手机里的自拍照，确定了锅里煮着的女尸就是花花，然而嘉嘉和花花长得一样，包斩和苏眉、画龙都惊得目瞪口呆。除了诈尸外，还有另外一种可能，花花和嘉嘉是一对双胞胎姐妹。嘉嘉掉进蛇坑，脸上沾满了泥土，半脸人看不到她的模样，所以当时没有感到诧异。花花只在探险群里发过

不露脸的照片，嘉嘉从来都没有发过照片。两人都是第一次参加探险，其他网友也不知道她们是双胞胎姐妹。

当然，嘉嘉自己也不知道，她看到花花手机里的自拍照，非常震惊，她看到了另一个她。

嘉嘉在调查中矢口否认，她说爸爸妈妈都在新西兰，自己是独生子女，没有姐姐和妹妹。

苏眉说：有些事情，可能被父母善意地隐瞒了，你为什么不给爸爸妈妈打个电话呢？

嘉嘉询问了父母，打完电话后，她号啕大哭，过了许久，哽咽着说道：我是姐姐，花花是我妹妹，我们是双胞胎……

在过去，应该遗忘的地方，有只蝴蝶振动翅膀，一片花瓣偶然飘落。

花瓣被一个女孩夹进书里，束之高阁，后来，女孩带着这本书去了一个很遥远的地方。一个男孩把书借走，还回来的时候，女孩发现，干枯发黄的花瓣上被人画上了一颗心的图案。从此，他们开始相爱，多年后，生下了一对双胞胎。

蝴蝶的翅膀扇了一下，导致了一场爱情的发生，两个可爱粉嫩的婴儿呱呱落地。

哪个人的爱情不是因为偶然的因素呢？

漫不经心的一瞥，一句简单得不能再简单的话，一场大雨，一场雪，一个背影，一片花瓣，那天，只是因为我们偶然去了同一个地方，我们相遇了，相爱了，结婚了。

因为偶然，蔷薇岛屿上长着两棵樱桃树。

因为偶然，茫茫人海中多了两个相爱的人。

一个人是一座蔷薇岛屿。

花花和嘉嘉的父母都是知青，在那个年代，上山下乡运动在全国展开，有1800万青年学生先后离开城市，来到边疆和农村，那里有着他们的青春年华，一生中最难忘的回忆。恢复高考后，他们回到各自的城市，写了很多信。

美人鱼汤

1988年，他们结婚了，但是很快又离婚了。离婚时，花花和嘉嘉只有三个月大，爸爸带着嘉嘉去了海外，妈妈在北方的一个城市抚养花花长大成人。

离婚的父母都刻意向孩子隐瞒了事实。

嘉嘉从来不曾知道自己有个妹妹。

花花从来没有机会喊过一声姐姐。

两个孩子，从此以后，天各一方。嘉嘉的爸爸再婚，经过多年的打拼，跨国生意做得越来越大，嘉嘉从小过着锦衣玉食的生活。花花的妈妈没有再婚，含辛茹苦把女儿养大，母女二人相依为命。花花发现别的孩子都有爸爸，唯独自己没有，终于有一天，她问起了这个问题。

妈妈这样回答：你爸爸死了……你以后要是找对象，一定要看清楚，看看他是不是狼心狗肺、人面兽心。

花花说：妈妈，你想爸爸吗？他长什么样？

妈妈翻箱倒柜，找出一个上锁的铁盒子，花花以为里面放着爸爸的照片，打开后却发现是一本很旧的书。妈妈一直珍藏着这本书，在书页深处，夹着一片干枯的樱桃花瓣。

单亲家庭的女孩都是美人鱼，她们喝又苦又涩的海水长大，经历过一些不为人知的苦难，能够看清生活里的危险，看清游在夜晚街道上的鲨鱼。自尊和好强使得她们长出一个贝壳，内心里有珍珠，枕畔有泪水。

花花上了大学，喜欢上一个男孩，她壮着胆子告诉妈妈，妈妈大发雷霆，气急败坏地数落了她好几天，初恋就这么夭折了。直到毕业，花花都没有恋爱。她喜欢一个人旅行，一个人去陌生的地方会感到无拘无束，她总是觉得，有一个人就在远方等着她。

嘉嘉也非常喜欢旅行，心里隐隐约约觉得会在陌生的地方遇到一个人。科学证明，很多双胞胎的性格和嗜好都差不多。

上海的一对双胞胎姐妹高考的分数都是479分。记者为了探究这是偶然还是双胞胎之间特有的心灵感应，进行了上门采访，发现她们从小到大考分经常

一样，妈妈看了姐姐的成绩单，就等于也看了妹妹的。两人甚至各门学科的强弱也一样，都是文科好，数学成绩糟糕。难以解释的是——有次作文，姐妹俩的标题一模一样，就连开头都一字不差。

美国拉特兰有一对自幼失散的双胞胎，哥哥常被陌生人当成弟弟，他最初以为还有一个人和自己长得比较像，后来，他接到了一个电话，两个人一说话就什么都明白了。他们的声音是一样的，弟弟也常在街头被人误认成哥哥，联系后，他们决定见面。两人惊讶地发现，他们不仅外表一样，就连抽的香烟牌子、喜欢喝的啤酒都是一样的。

很多双胞胎都有这样的经历：二人虽然身处异地，可是他们能够知道对方在想什么。

嘉嘉和花花，虽然命运的轨迹各不相同，但人生的列车总有擦肩而过的时刻。

有一次，嘉嘉回国去探望爷爷奶奶，花花从学校回家，两个人分别乘坐两辆动车。她们不在同一个城市，不在同一个地方上车，两辆列车总是处于平行的世界。她们要去的方向不同，但是两辆车停在了同一个陌生的小站，花花向车窗外偶然看了一眼，对面的动车上有一个女孩似乎也在注视着她。

那个女孩就是嘉嘉。

在这人生路途的陌生小站，她们同时看到了对方，看到了一个一模一样的自己。

她们感到非常奇怪，彼此都有一种心惊肉跳的感觉，随即安慰自己，可能是对面车玻璃上自己的影子，可能是眼花了，或者……那个女孩只是和自己长得很像。

火车很快就开动了，两个人擦肩而过，从此永不相见。

两个女孩，如同一根细枝上的两颗樱桃，被命运抛撒到不同的地方。

一个人总是为另一个人保持着将来的模样。

一个人始终为另一个人残存着以前的回忆。

美人鱼汤

　　双胞胎之间的心有灵犀其实很难解释，花花和嘉嘉都很喜欢吃樱桃，她们的男朋友也和樱桃有关。

　　嘉嘉买樱桃的时候，路过一个交通事故频发的路口，有辆车差点撞伤她，樱桃撒了一地。车上下来一个帅气的小伙子，连声道歉，并且帮她捡起樱桃，捡到最后一颗樱桃的时候，两个人的手触碰在了一起，爱情就此发生。

　　花花一个人去丽江旅行，走到郊外一处山坡上，她看到一棵繁花盛开的樱桃树，树下有个大男孩坐着休息。那一刻，她不知道爱情即将来临，只是突然觉得阳光如此明媚，天空那么湛蓝，春风里有着糖果的味道。男孩背着一个包，看来也是一个旅行者，包里露出一个牌子，上面写的是"拒绝冷漠，真情拥抱"。花花知道，全国各大城市都有抱抱团，一些时尚男女站在街头，举着一个牌子，上面写着拥抱陌生人的口号。

　　花花好奇地问道：你是抱抱团成员吧？我在网络上看到过呢。

　　大男孩回答：是啊，我们中国人天性内敛、羞涩，有时甚至有些拘谨。每个妈妈都对孩子说，不要和陌生人说话。我觉得，人与人之间，不能这么冷漠和警惕，应该多些信任。

　　男孩站起来，他站在阳光下，笑容可掬，向花花张开双臂，花花犹豫着，随即笑着走上前，两个人拥抱了一下。

　　春风吹过，周围下起一阵樱桃花雨，花瓣飘落在两个人的肩头。

　　我们无法把樱桃送回树上，送回花苞，送到种子里。

　　一个拥抱就这么发生了。任何一场爱情都是出于偶然的邂逅。

　　花花和男友热恋了半年多，两个人每天都在网上卿卿我我，每个月约会一次。花花没有告诉妈妈自己恋爱的事情，她担心妈妈会反对，无法忘记妈妈咬牙切齿地对她说：你要看清楚对方是不是狼心狗肺。

　　花花加入了一个探险QQ群，嘉嘉在他们组织山洞探险的前几天也加入了群。

　　本来这一对失散多年的孪生姐妹可以在这次活动中重逢，可以想象到，

她们看到对方和自己长得一模一样，该是怎样的惊奇和欢呼雀跃。她们同样喜欢旅行，喜欢去远方，也许都是为了寻找另一个自己。然而悲剧发生了，花花和男友早到了两天，其他网友两天后才到达山下的集合地点。

如果那只蝴蝶没有扇动翅膀，花瓣可能就不会落下，不会夹进书中，这场悲剧也就不会发生。

命案发生的那天，花花和男友决定爬山。花花拿着旅店里的手电筒，男友拿着一把蒙古刀，打算提前去那个山洞看看。他们在山下找了一个当地人做向导，询问洞穴的位置。向导说：五十块钱。花花和男友说：可以，把我们带到那个山洞，再带我们下山。三人走向荒芜人迹的大山，到了山洞后，向导在洞外等候，花花和男友打着手电筒进入山洞一探究竟。男友突然想要在洞里做爱，体验一下原始野性的感觉。

男友说：我觉得，这里才是我们的家。

花花说：人类的祖先就是住在洞穴里啊。那时，喜欢谁就可以拿棍子敲晕，拖回洞里。

男友说：过来，我的小猴子，我要你，在山洞里其实用不着穿衣服。

花花：讨厌，我有姨妈护体。

男友：这都几天了，还没过去吗？

花花：也快干净了，今天是第七天了，我还垫着护垫呢。男友说：不管了，来吧，我们现在是半兽人，吼吼。

向导瘸着一条腿，慌不择路地跑进洞里。半脸人在这个山洞里饲养蛇，向导是当地居民，两人本来相识，当时他们在山洞前攀谈了几句，向导要半脸人摘下面具给他看看。半脸人很喜欢野外生活，在野外，在山洞里他不用戴着面具伪装自己，只是有人上山的时候，他不得不戴上面具，免得吓到对方。半脸人摘下面具后，向导打趣道：我现在知道你爹是怎么死的了，肯定是被你这张脸吓死的。

半脸人说：不是。

向导不依不饶地说：他要是能从坟里出来，看见你这张脸，肯定会吓得

美人鱼汤

再死一次。

半脸人说：你再说，我就杀了你。

向导耸肩说道：我可不怕你，烂脸。听说你还有个双胞胎弟弟，没出生就死了，是不是在娘胎里，你就吓死了你弟弟？

因为口角纠纷，惹得半脸人勃然大怒，他对着向导举起枪。向导跑进山洞，半脸人追上后，当着花花和男友的面将其打死。事后，警方在山洞的一个积水潭里找到了向导的尸体。每个人的袖子中都暗藏着闪电，眼神里有着能杀死一个人的千军万马。一旦唤醒内心的野兽，接下来就是大开杀戒。半脸人左手提着一盏灯，右手持枪将这对裸体男女逼迫到山洞的乱石堆处。两人哀求饶命，半脸人本来想将他们杀掉灭口，突然大发慈悲，决定放走一个。

两人缩在角落里，花花痛哭哀求，紧紧抱着男友，男友拿着那把蒙古刀，手吓得瑟瑟发抖。

半脸人将枪口对着他们说：你们俩，只能活一个，你要杀死她，就让你走。

男友对这个杀人不眨眼的恶魔说：我杀了她，你也会开枪干掉我，我知道。

半脸人说：不会，你也是杀人犯了，和我一样，我放你走。

人性中的邪恶有着难以理解的地方：孟建设因为琐事杀死一家五口制造了震惊全国的灭门惨案；中国罪案史上臭名昭著的二王兄弟，初次作案，杀死一人，仅仅抢到了十元钱。在枪口的威胁下，男友为了自己活命，捅了花花一刀。当时的情形容不得他有过多的思考，两人亲眼看到半脸人将向导打死，如果不这么做，两人都会被杀掉灭口。

事后，警方搜寻了好久，最终在一个旅游景点抓捕到了花花的男友。这个拒绝冷漠、拥抱陌生人的抱抱团成员，这个时尚帅气的大男孩，捅死女朋友后，就人间蒸发了。警方找到他的时候，他正疯疯癫癫地跪在一座寺庙前，不停地磕头，请求庙里的老和尚收下他。

警方联系上了花花的妈妈，花花已经死了，但是有个和花花长得一模一样的女孩站在了家门前。嘉嘉跪倒在地，撕心裂肺地喊出一声："妈。"在场

的围观众人无不动容，母亲泪如雨下。

　　特案组对半脸人进行了深入调查，他们发现这个怪胎还有个弟弟。母亲怀的是一对双胞胎，生下来的时候，两个胎儿一活一死，确切地说，另一个是胎死腹中。令人感到恐怖的是——死的那个胎儿，半边脸的皮肤似乎被吞噬掉了，看上去非常吓人。

　　胎内吞噬是一种罕见的现象，强大的一方为了争夺养分，将自己较弱的兄弟姐妹在母体内吞噬，或者没有完全吞噬的一种现象。

　　樱桃树上的一只蝴蝶振翅飞走，又一片花瓣悄然落了下来。

公厕女尸

我给你一个久久地望着孤月的人的悲哀。

——博尔赫斯

2008年10月3日，有个少妇，三十岁，她坐火车回家，到站的时候是凌晨四点左右。

那是一个县城，下车的乘客寥寥无几。

少妇走进一条偏僻无人的胡同，没有路灯，周围黑糊糊的。一个人走夜路，总会觉得身后有人跟着，少妇回头看，胡同里漆黑一片，没有风，树叶静止，安静得令人胆战。

少妇突然感到一阵尿急，胡同旁边有个破旧的居民区，她就走进去，想找个公共厕所。

那片居民区安静得令人感到奇怪，几乎是万籁无声，只有自己的脚步声传来，地面的坑洼处，都垫了炉渣，走在上面咯吱咯吱响。黑暗中，少妇觉得后面有人跟着，但是回头却看不到人。

227

她快憋不住了，看见一个公厕，就快步走了进去。

厕所里黑魆魆的伸手不见五指，少妇借着手机的荧光，大着胆子小心翼翼地走进一个隔间。

厕所隔间用三合板做成，很简陋，门也关不上。

少妇刚刚蹲下，外面传来脚步声，一双脚踩着炉渣，越来越近，有一个人也走了进来。

厕所隔间的下面都有空隙，女的用手机的荧光照了一下，隐约可以看到一双鞋，不像是女人穿的鞋，也就是说，站在外面的可能是一个男人。

她和那神秘男人只隔着一扇虚掩的木门。

少妇屏住呼吸，大气不敢喘，紧张又恐惧。这时，她竟然尿了出来，哗啦啦尿出一股水流，尿完后，女的发现外面的那双脚不见了。

那人似乎走了。

少妇不敢出去，以为那神秘的人在厕所外面等着她呢，她甚至不敢打电话，连大气都不敢喘，心惊胆战地给朋友发短信，手哆嗦得厉害。

门外的脚步声又响了起来，很轻微，有人蹑手蹑脚地走近。

少妇想拨打电话报警，因为紧张的缘故，她的手一抖，手机掉进了便池的排水孔。

厕所里黑暗一片，没有任何光线，少妇吓得一动不动，仔细倾听，脚步声又不见了。

少妇想，索性就在厕所一直蹲着吧，等到天亮再出去。

渐渐地，天蒙蒙亮了，少妇想起身离开，她不经意间一抬头，不禁惊出一身冷汗，几乎吓得魂不附体，就在她的头上方，赫然有一张男人脸，一个男人正趴在厕所隔间上方，眼睛直勾勾地看着她。

那个神秘男人竟然在厕所里一直盯着她！

◎第三十六章　七字之谜

第二天，有人在厕所发现了一具女尸。

那个少妇被人奸杀了，身上有被暴力殴打过的痕迹，凶手用钝器击打受害人头后脑部，致闭合性颅骨凹陷骨折死亡，阴道和肛门都有性侵犯迹象。当地警方提取到了精液，第一时间将案情上报给了公安部。

特案组看了看凶杀现场的照片，那少妇头发上有屎，手上和衣服上也沾满了排泄物，右手指关节上有红色油漆，横躺在公共厕所内的水泥地上，下身赤裸，裙子掀起，内裤被撕碎了。

死状虽然惨不忍睹，但特案组只负责侦破特大案件，画龙疑惑地问白景玉，这不就是一起普普通通的强奸杀人案吗？

白景玉说：死者胸腹部写着七个字——淫妇、骚货、贱母狗。

苏眉说：凶手有点变态，难道是凶手杀人后又在尸体上写下了侮辱性的字？

梁教授说：不仅如此吧，当地警方既然请求特案组协助，案情性质肯定非常恶劣。

白景玉说：那女的……胃里有大便！

发现尸体的是一个早起去厕所倒痰盂的居民，犯罪现场已被围观群众破坏，这也说明案情泄露。当地老百姓认为县城里出现了一个变态杀人恶魔，在夜晚尾随强奸女性，不仅以折磨殴打女性为乐，还逼迫受害人吃大便，甚至还在尸体上写字。

梁教授说：尸体上的七个字，除了侮辱外，估计还有别的含义。

包斩说：我想起没有侦破的蓝京"11·9"碎尸案，最后也留下了一个七字之谜，这些天来，我一直在苦苦思索。我们分析认为，凶手在杀害刁爱青前，强迫她写下凶手说的话。刁爱青在做笔录的时候，已经意识到自己凶多吉少，所以空出七个字，留下线索。这七个字是：开、五、是、表、人、和、吊。我一直试图破译出来，还研究了莫尔斯密码，也请教过数学家。当时的危险处境，她只能选择最简单的加密方法，以字体的笔画作为密匙，但这样出现的组合也非常多。"开"字有四个笔画，"五"字也有四个笔画，应该是对应"凶手"二字。按照这个破译方向，有这么几种组合：

一、凶手是×人和×

二、凶手是×儿和×

二、凶手是×刀和×

梁教授提示说：还有一种可能，我们看到的笔记是残缺不全的，如果少了一页呢？

包斩低下头思考了一会儿，猛地抬起头，一个字一个字念出来：凶手是驼儿和军……最后一个字"吊"是六个笔画，六个笔画的字共有587个。目击者最后看见刁爱青的地点是青岛路，还有一处较远的抛尸地点在蓝京汤山附近，当地人都知道这两个地方驻扎着……

白景玉打断包斩的话，说道：蓝京警方报告称那个驼子出车祸死了，司机逃逸。

画龙说：汤山那地方，有座戒备森严的神秘大楼，非常古老。据说刚解放时，有人发现该楼有一个大型地下室，当地人用探照灯从通气口吊下，但漆黑照不着底。再用篮子吊一只小狗下去，结果绳子放至百米长仍不能到底。正疑惑间，下面突然传来小狗的惨叫，收上绳子后发现狗已死亡……这栋大楼被称为"恶魔之窟"，在当地传得沸沸扬扬。现在那个地方也是禁区，普通人无法进入。我随首长去过一次，楼前的两排松树阴森森的，奇怪的是树枝都向着大楼的方向生长。整个大楼为三层设计，主要是从军事角度建筑的，据说大楼的所有建筑料材全部从美国空运。大门右侧地面有一处火烧的痕迹，被传为

公厕女尸

"人形烧痕"，不管怎样洗刷都洗不掉。大楼下有个庞大而神秘的地下室，具体是干什么用的，外人不得而知。我当时进入大楼，发现整栋大楼里都暗藏着某种机关，如果没人带路，就会迷失方向。房间的门非常低矮，门侧安装有暗格。我的手机在那儿也没有信号，处于被屏蔽的状态。底层有一条秘密的地下通道，通道口用铁丝网封了起来。走近看，下面漆黑一片，不知道通往哪里。

苏眉说：有些地方，公安人员也无权进入。

梁教授说：他们有自己的侦查和审判机构。

白景玉打断大家的讨论，用一种斩钉截铁的语气说：这个案子以后别再说了。

大家开始沉默，刁爱青案，也许成了一个谜，永远也无法解开。

特案组踏上了新的征程，新的地狱之旅！

吃屎少妇案发生在寿焘县，地处黄河三角洲，是一个国家级贫困县。该县经济落后，默默无闻，但是县刑警大队有一个传奇人物，此人姓高，是个法医。他是国内大便鉴定研究领域的专家，外省市发生大案要案需要对粪便进行鉴定的时候，往往就会请他出山。几年来，他曾经破获过几起名震全国的案子。

特案组到达寿焘县后，受到了公安局领导的热情接待。苏眉觉得这个县城的警察很土气，很多警察都穿着布鞋，手机还弄个套挂在腰间，说话粗俗，嗓门特高，像是吵架。

梁教授特意要求县刑警队的大便专家协助工作。

公安局领导和特案组一起去了解剖室，大便专家不在，找遍了其他科室，此人也不见踪影。公安局领导急了，给大便专家打电话，竟然不接。公安局领导说，此人有点恃才自傲，先吃饭吧，咱们一边吃饭，一边谈谈案情。

大家走进公安局食堂，竟然在厨房里发现了大便专家的身影。他把筐里的蔬菜分门别类码放到桌子上，正忙得不可开交，解剖工具也散落在桌上。

公安局领导介绍说：老高，这几位是特案组警员，帮咱们破案的。

大便专家头也不回，嘀咕道：在我眼里，就是几个菜鸟。

画龙干咳了两声，感觉自己有点发烧，可能是感冒了。他看到桌上放着一个温度计，就拿起来想测量一下自己的体温。

大便专家瞥了一眼说：这个温度计是用来测量尸体温度的，一般是插入尸体的屁眼。

大家都笑起来，画龙有些尴尬，慢慢地将温度计放下。

公安局领导邀请特案组先吃饭，同时厉声要求大便专家放下手里的活。吃饭的时候，大便专家向梁教授介绍说：我已经做过实验，用显微镜进行了纤维比对，我们这个穷县城的人，不会拉出这么高级的屎……

苏眉刚夹起一块鱼片，皱着眉头又将筷子放了下来。

公安局领导告诉特案组，死者身份已经查明，那遇害少妇名叫陈露，是县城关镇中学的语文老师，性格保守内向，略有几分姿色。

大家正待举杯，大便专家又详细地讲解了死者陈露胃内的粪便的成分，特案组四人只好放下酒杯，仔细倾听。

大便专家说：那些大便，都是山珍海味啊，过了咽喉，就成了大便。检验结果显示，里面有许多尚未消化的荷兰大老鼠肉、法国大蜗牛肉，蔬菜有西蓝花，哦，对了，还有一点点豌豆苗。我们这个破县城，还真找不到能做得出这些山珍海味的高档饭店来。

包斩说：难道，死者是从外地吃的大便？

公安局领导说：会不会是路过的人啊，路过咱们县呢，在那茅坑里拉了一坨高档的大便，凶手又逼迫陈露老师吃下去。

大便专家说：案发现场的茅坑里，没有发现这种粪便，总不可能吃得一干二净吧，我可是勘验了每一个茅坑。

梁教授说：为什么你们会认定凶手逼迫死者吃粪便呢？

公安局领导说：肯定是凶手威胁她吃的。

梁教授说：还有一种可能。

公安局领导说：什么？

梁教授说：死者是自愿吃的……

公安局领导说：哈哈，谁会吃粪便啊，开玩笑吧。

大便专家说：我就尝过一点点，出于研究的需要……你们，怎么不吃菜啊？

◎第三十七章　大便专家

第二天上午，特案组先去了一趟凶杀现场，然后在县礼堂召开案情发布会。到会的人非常多，黑压压一片，除了县委和公安部门各级领导，下面乡镇的一些派出所民警也来了，甚至居委会大妈也混了进来。他们竞相目睹特案组的风采，有的民警上前索要签名，特案组四人简直就和明星一样。

礼堂发言必须使用麦克风，以免后面的人听不见。梁教授正准备说话，苏眉拽了拽他的衣角，小声提示说：这种场合，一般是领导先发言。

梁教授把裹着红布的麦克风递给县委领导，领导先是对特案组致以热烈的欢迎，介绍了特案组的辉煌成绩，然后鼓舞士气，动员全县公安干警打一场胜利的歼灭战，一定会将犯罪分子绳之以法。

领导的讲话换来雷鸣般的掌声！

包斩向画龙悄悄说道：这到底是案情发布会还是先进事迹报告会啊？

画龙说：这帮人就喜欢这个调调，咱们入乡随俗吧。

几个领导讲完话后，终于轮到梁教授发言了。梁教授丝毫不给面子，用一种气愤的语气说道，我们目前掌握的案情，并不比老百姓知道的多，这是

因为当地公安机关的保密工作做得不好。有一点值得祝贺，那就是犯罪现场被破坏了，案发地点，出现了几千双鞋的鞋印，那么多人去围观一具尸体，还在凶杀现场拉屎，这无疑给我们加大了侦破难度，感谢你们带来的挑战性。并且，此次案情发布会，成功地吸引了凶手，凶手可能就在这个会场里……

会场里的人开始交头接耳，议论纷纷，一个戴着红袖箍的街道大妈站起来问：在哪儿？

大家哄笑起来。

梁教授指着门的方向说道：出去！

特案组发布的第一个工作任务就是：散会。除了公安局领导和大便专家外，特案组要求其他人员一律回避，同时将此案列为三级机密，如有泄密者，严惩不贷。

公厕女尸案，虽然案情简单，但并不明朗。除了大便专家的鉴定报告外，警方对犯罪嫌疑人的信息几乎一无所知。公安局领导认为，这是一起性质恶劣的强奸杀人案，死者陈露的包内财物并未丢失，可以排除劫财害命的可能性。

包斩问道：死者是否购买过保险？

公安局领导说：这个，还不清楚，死者是个离异少妇，男人不要她了，谁会给她买保险。

梁教授说：那暂时还不能排除谋财害命的可能。

画龙问道：死者的那个包是什么牌子的，调查过了吗？

公安局领导尴尬地说：这个也不清楚，需要我们进一步确定。

苏眉看了看照片说道：这是一个假的LV包！

梁教授说：你们到底是干什么吃的？

公安局领导有些尴尬，反驳道：你说死者是自愿吃大便，也没啥根据，也没作过调查啊。

公厕女尸

梁教授耐心地解释说：刑侦推理，需要把案件的任何因素都考虑到，这样才能调查和排除，一点点地接近真相。

少妇陈露吃大便有几种可能：

一、凶手逼迫。

二、自愿。

三、误食。

包斩补充说：死者胃内的大便从何而来？

特案组侦破精神病院的案子时，小朱护士曾向包斩介绍了几种怪食癖患者，有的人爱吃石灰，有的人爱喝汽油，甚至还有人爱吃玻璃和钉子。既然案发现场——那个公共厕所没有发现这种大便，那么也有两种可能：胃里的大便，要么是别人的，要么，就是吃的自己的。

包斩说，调查方向之一，应该确认一下死者是否为怪食癖者。

画龙说：国庆黄金周，很多人都有出行旅游的习惯，死者包里的车票显示她去了省城，待了一天一夜，她游玩了哪些旅游景点？见到了什么人？在回来的火车上，又发生了什么呢？两个旅客随意地交谈，一个男乘客在半夜尾随一个女乘客下车，这个凶手有可能是预谋作案，甚至设计好了作案细节，从外地携带大便，在火车上寻找一个合适的受害人。

梁教授安排了侦破重点，作出了具体分工。

苏眉负责去死者的学校调查，掌握她的社会关系，尤其是直系亲属是否有作案嫌疑。

包斩以案发现场为中心进行摸排，公共厕所附近应该有一扇红色的门，需要重点查找。

画龙负责去车站调查10月3日午夜，和死者一起下车的乘客，尽可能列出名单。

公安局领导负责筛选近一年来县城区发生的强奸未遂案，以及抢劫案，

调查那些有前科的人是否再次犯案。

公安局领导不解地问道：你怎么知道案发现场附近有一扇红色的门？

梁教授列出了此案的疑点：死者胃内的大便，指关节上的红色油漆，死者体内的精液，身上的字，造成死者死亡的钝器，车票，假的LV包。衣服上沾了屎，说明死者遇害前应该有过挣扎迹象；指关节上有红色油漆，她可能呼救过，使劲敲过某扇红色的门；那个假的LV包，说明死者爱慕虚荣，当然，也有可能是别人赠送的包。

大便专家说：我干点什么好呢？要不，我列出个食谱吧，把死者的大便以及她胃内的大便，列出两份详细清单，然后，我们按照这个食谱做菜来吃，我觉得很有必要。

梁教授说：呃，这个……你只列出个菜单就可以，还有，将尸体再次解剖检验一次。

大便专家说：如果那少妇没刷牙的话，我会把她牙缝里的食物残渣找出来，也列个食谱。

苏眉皱眉说道：你还是写个详细的尸检报告吧。

大便专家说道：一个不懂得给死尸剔牙的法医，不是一个好法医！

几天后，各方消息汇总到一起，特案组重新梳理了一下案情。

陈露，三十岁，县城关镇中学语文老师，离异独居，孩子判给了丈夫。她性格内向，沉默寡言，人际关系简单，基本上可以排除他人报复行凶的可能。苏眉调查得知，陈露曾和校长吵过架，陈露学的是英文专业，校长却安排她教语文。

校长对此的解释是出于工作需要，打乒乓球的人来管理足球，医生也当商人，一个学英语的老师教语文，也没啥值得奇怪的啊。

10月1日，陈露和邻居声称去省城旅游。邻居和同事反映，都没有见过陈

露的那个假LV包，应该是案发前在省城购买的。10月3日凌晨四点回来，画龙在车站调查得知，当时下车的乘客只有三人，另外两人为一对夫妇，下车后即搭乘电动三轮出租车离开。画龙费尽周折通过电动三轮车司机找到了这对夫妇，夫妇声称回家后就睡觉了，当天夜里，确实和陈露一起下车，夫妇二人还奇怪为什么没有人来接她。

包斩重新对案发现场进行了仔细勘验，公共厕所附近确实有一扇红色的铁门，刚刷过油漆。经过技术比对，死者陈露指关节上的油漆和门上的油漆相吻合，这说明梁教授的分析很正确，陈露曾经逃离过案发现场，敲过那扇门求救，然而，那户人家前些天就搬走了。公共厕所附近的居民区空无一人，这片房子即将拆迁，案发前就已经停水停电，公厕也很久没有环卫工人前来清理，案发现场，每一个茅坑里的大便都堆积如山。

包斩对大便专家表示很钦佩，检验每一个茅坑，绝对是一项艰难无比的工作。

可以想象到，在那天夜里，凶手尾随跟踪一名弱女子进了厕所，她无力地反抗，逃出厕所，在漆黑的夜里奔跑，挨家挨户地敲门求救。然而，那片破旧的居民区面临拆迁，房子里空空荡荡，周围死寂一片，没有人开门。凶手不紧不慢地向她走近，将其拖回厕所。

梁教授说：那片面临拆迁的居民区，至少有一户人家没有搬走。
公安局领导说：不是吧，你怎么知道？
梁教授说：最先发现尸体的那个人，那个早晨起来倒痰盂的人。

◎第三十八章　黎家小院

凶杀现场附近的居民区死气沉沉，白天的街道上看不到一个人，也看

不到一条狗，风将墙角的塑料袋吹上天空，不远处，火车进站鸣笛的声音传来。

这是满城繁华中的一片荒漠，只有一户人家拒绝搬走，当地拆迁部门将其视为"钉子户"。

这户人家姓黎，房产是一个小院，有座老旧的二层小楼。

院墙上写了一个"拆"字，红色的砖墙，白色的字，显得非常醒目。

这个院子也被称为黎家小院，四世同堂，住着七口人。

黎爸每天早晨买菜拉水，房顶上还插着红旗，甚至准备了汽油，打算长期对抗拆迁。

黎爸和卖菜小贩的一段对话似乎能够说明一些问题：

菜贩子催促：大哥，你快点儿给钱行不？一会儿城管来了，我这车菜就全没了。

黎爸说道：废话，我不想快点儿？我回去晚了，没准儿房子都被拆了。

那天早晨，黎爸和黎妈一起出门，黎爸上街去买菜，黎妈去附近的一个公共厕所倒痰盂，发现尸体的是黎妈。黎妈四十多岁，虎背熊腰，早年曾在火车站装卸水泥，简直和男人一样强壮。警方讯问笔录中记载，她看到厕所里骇人的尸体，表现出女性柔弱的一面，大叫一声，扔掉痰盂，扭头就往家跑。

黎家小院正在施工，很多住户在面临拆迁时，往往会抓紧时间盖房子，争取更多的拆迁补偿。有的住户临时搭建猪圈，有的居民在院里种树，有的甚至将自家的大门和窗棂油漆一遍，都是为了和拆迁方讨价还价，获取利益。

黎妈慌里慌张地跑回家，盖房子的建筑民工还没有干活，他们听说厕所里有一具女尸，立即跑去观看。随后，街上的行人以及附近广场的晨练者听说此事后，蜂拥而至。

警方目测，当时前来观看尸体的群众有近千人，案发现场被围得水泄不通。

公厕女尸

东北宫润柏杀童案，吸引了周围十里八村的乡亲们前来观看；陕西龙治民杀害四十八人，四十八具尸体埋在自家院子里，引发轰动，附近村民甚至外乡人都拥来围观。人们对尸体不仅感到恐惧，还有着强烈的好奇心！

凶杀案中，报案人和目击者往往是第一犯罪嫌疑人。除此之外，可悲的是，死者的亲属家人会被列为重点嫌疑人，需要详细排查。

梁教授要包斩和画龙去黎家小院调查一下，出于安全方面的考虑，公安局领导担心钉子户暴力抗法，亲自率领一队干警保驾护航。驱车赶到后，钉子户以为这些人是要强拆他们的房子，立即将大门紧闭，一家人都上了房顶。正在盖房子的民工都站在外面看热闹，黎妈手拿两块板儿砖，威风凛凛地站在楼顶，黎爸抱着个煤气罐，手里还拿着个自制的燃烧瓶，对楼下喊道：强拆我家房子，我豁出去了，就把它点了，和你们这些欺负我的人同归于尽！

公安局领导退到安全地带，用扩音喇叭喊道：放下武器，我们不是来拆房子的。

一个警察说道：你先下来，咱们好好说话，我们绝对不动粗。

黎爸往楼下吐了口痰说道：坑爹呢这是。

现场僵持不下，当地警方本来想将黎爸和黎妈带回去调查，公安局领导的意思是把这家人抓起来，挨个儿对比DNA，此案不能排除这家人因拆迁问题而杀人报复社会。

包斩对这种粗暴的办案方式很反感，经过协商，警察都撤离了现场，只剩下包斩和画龙。两人向黎爸和黎妈先讲了一下利害关系，包斩表示歉意，不该这么兴师动众，惊吓扰民。

黎爸和黎妈也妥协让步，配合警方调查，他们下到一楼窗口，隔着窗栅栏，接受了讯问。

包斩：你每天早晨都去那公共厕所倒痰盂吗？

黎妈：本来家里有厕所，现在盖房子，厕所推倒了，就去那个公厕，也

怪麻烦的。

包斩：这些建筑工人，他们每天都几点到你家干活？

黎爸：早晨八点，我们中午管顿饭，猪肉白菜炖粉条，他们加班加点，想尽快盖好房子。

包斩：这些工人，你是从哪儿找来的？

黎妈：以前火车站的一个工头帮忙联系的。

包斩：你和那工头是什么关系？

黎妈：有啥关系？就是一起装卸水泥，一起干活，这么认识的。

包斩：你家的痰盂在哪儿？这个，我们需要带走。

黎爸：行，没问题。

包斩：10月3日夜里，你们有没有听到敲门声，或者呼救声？

黎妈：没有，什么都没听到。

包斩拿出几个棉签，要提取他们的DNA，黎爸和黎妈当场拒绝。画龙表示，如果不配合，警方会怀疑他们有作案嫌疑，肯定还会强行提取，黎爸和黎妈这才同意。两人不情愿地张开嘴巴，包斩将棉签蘸取了他们的唾液样本，小心保存。

临走的时候，包斩想起一件事，拿出纸笔，让黎爸和黎妈以及在场的民工都写下七个字。

这七个字，也曾经写在了女尸身上——淫妇，骚货，贱母狗。

很多民工都不识字，黎妈也识字不多，只有黎爸完整地将这些字写了下来，包斩注意到他是一个左撇子。

DNA样本立即送往省厅鉴定，笔迹鉴定工作也开始展开。然而，几天后，鉴定结果令人失望，经过和女尸体内精液的DNA进行对比，再加上笔迹鉴定，初步可以排除钉子户一家杀人作案的嫌疑，盖房子的民工中也没有发现可疑人员。

公厕女尸

这几天，大便专家也重新做了一份更详细的尸检报告。他给尸体剔牙，试图分析牙缝中的食物残渣，结果却意外地发现了死尸牙缝中的一根蓝色棉布纤维。大便专家如获至宝，立刻告诉了特案组。

梁教授：这种蓝色的棉布纤维应该是衣服上的。

大便专家：没错，就是民工的那种衣服，符合耐磨损的特点。

苏眉：这起案件中，凶手遗留下的物证并不少：尸体上的七个字，体内的精液，胃里的大便，再加上刚发现的棉布纤维，这么多物证，锁定凶手应该不难，但是我们连一个犯罪嫌疑人都没有。

梁教授：不要只注意凶手留下的东西，也要想想死者少了什么。

画龙：包里的钞票、身份证、钥匙都在，但是没有发现她的手机。

包斩：手机如果没被凶手拿走，应该遗落在案发现场附近，可能掉进便池孔里了。

大便专家：我去把那些大便筛一遍，不过，我需要环卫工人帮忙。

梁教授：即使找不到手机，也可以通过电信部门，掌握死者遇害前的通信记录。

苏眉：除了那死者的包，我还注意到她的鞋子。

苏眉拿出现场照片，被杀害的少妇脚上穿着一双很新的高跟鞋，鞋底纹路清晰，但是漆皮鞋面有轻微磨损的痕迹。

梁教授：这双鞋说明什么呢？

包斩：死者曾经跪在地上爬！

苏眉：那个钉子户，黎家小院，让我想起一个网站，论坛聚集了一群喜欢在地上爬的人。

梁教授：什么网站？

苏眉打开电脑，在搜索引擎中输入"黎家大院"，结果显示这是一个很

著名的虐恋网站，规模不小，注册用户很多，自诩为北美华人亚文化论坛。特案组以前也曾经侦破过一起和虐恋有关的案子，喜欢虐恋群体的人数非常庞大。

虐恋，英文简写为SM。

这个群体中，S为施虐方，M为受虐方，S是主人，M是奴隶。

游戏身份分为几种：男S和女M，女S和男M，男S和男M，女S和女M。

苏眉提示道：虐恋游戏中，主人的大便叫做黄金，尿液称为圣水，奴隶会当做宝贵的食物和奖赏。

桌上放着陈露老师生前的照片，特案组很难将她和虐恋游戏中的女奴联系起来。

这个戴着眼镜的女教师，穿一件天蓝色连衣裙，站在讲台上，笑容可掬，气质非凡。在同事眼中，她是一个知书达理的知识女性；在邻居眼中，她是一个温婉贤淑的主妇。怎么可能跪倒在尘埃里，成了一个卑微的女奴，成为一只淫贱的母狗，心甘情愿地接受主人的羞辱和鞭打，并且怀着崇拜敬畏以及强烈的羞耻感吃下大便……

◎第三十九章　奴隶契约

苏眉坐在电脑前，打字如飞，只听键盘一阵噼里啪啦地响。

画龙凑上前问道：你干吗呢？

苏眉说：把一个ASP木马写入网站里面，获取这个网站的webshell权限。

画龙说：哦，忘了你是黑客了，入侵这个网站，需要多久？

苏眉盯着屏幕说：入侵速度取决于被入侵系统的安全性和密码强度，只需要……这么久。

公厕女尸

苏眉将显示器转向大家，上面是一些复杂的数据。苏眉解释说，对比一下该县的IP段，可以看出陈露老师所在学校的计算机曾经浏览过这个虐恋网站，互联网痕迹是无法完全清理的，一个网友发帖，警察总会抓到他，就是这个道理。这里还有一个IP，应该是县公安局……

大便专家尴尬地说：我也登录过这个网站论坛，别误会，我是出于研究的需要啊。

随着死者少妇隐私的揭开，案情逐渐清晰明朗起来。特案组根据这些线索，立即展开深入调查。苏眉又去了一趟学校，收集整理了陈露老师的教案，经过核对笔迹，陈露老师身上的那七个字，不是别人所写，而是她自己写在身上的。

校长为了撇清自己的嫌疑，主动告诉前来调查的苏眉，之所以让陈露老师教语文，是因为她崇洋媚外。在英语课上，多次对学生讲起海外生活如何美好，国内如何差劲，校长担心教坏孩子，就让她改教语文。

这个絮絮叨叨的老人畅谈起教育改革，苏眉根本没心情去听。

陈露老师的办公电脑没发现有价值的线索，苏眉用技术手段恢复了回收站里删除掉的内容，从一份名为"奴隶契约"的Word文档中，获得了一条重要信息：

陈露老师国庆期间并不是出门旅游，而是去接受SM调教！

那份"奴隶契约"，摘录如下：

亲爱的主人：

我已经想好了，国庆期间就去接受您的调教，将自己完全交给主人，奉献自己的身心和灵魂，无论在任何状态下，都不会违抗主人您的命令，一切权利都自愿被您剥夺。

调教期间，请您驯养我吧！

如果您驯养了我，我会从脚步声中听出您，听出哪一个是我高贵的主人。

我真想对全世界说，我是您脚下的一条母狗，我是您的女奴。

多么渴望您牵着我漫步在薰衣草田，在主人身边扭着屁股爬，并且时不时地汪汪叫。

我会爱上您的脚印，并且贪婪地舔干净，还会爱上那吹拂过薰衣草田的风声。

请您允许我想象，窗外下着雪，壁炉里燃烧着火，高贵神圣的主人坐在沙发上，拿着鞭子，冷若冰霜，而我心甘情愿地跪伏在主人脚下。没有思想和人性，脱离社会，单纯而快乐。我就是您的一个最最低贱卑微的女奴，渴望着主人对奴隶严厉地调教，无情地羞辱。

只要见到您，我的身份就从一个美丽高傲的女人，转变成听话的奴儿，一个乖巧的女仆。

好想伺候您穿衣吃饭，为您点一支香烟，然后跪在旁边为您捶腿。

主人您那么高贵神圣，奴儿觉得自己的身子又脏又贱，自己的这条贱命都不配伺候您，奴儿的生活就是在您身边跪着。主人的脚要是能踢踢奴儿的贱身子，就是对奴儿天大的赏赐，奴儿会激动得全身哆嗦，拼命地磕头谢恩。

主人，我深深地迷恋您、崇拜您，甚至愿意做您的家奴、厕奴，伺候您一辈子。

这份奴隶契约中的"主人"具有重大杀人嫌疑，然而文档中并没有提到他的名字和相关资料。特案组对陈露老师的通信记录展开调查，大便专家也找了一个环卫工人清理案发现场，搜寻陈露的手机。

包斩对死者的身份证使用记录进行了调查，结果有了一条重要线索。

第二代居民身份证除了材料和信息与以往身份证不同外，另外还增加了内镶芯片，从芯片里可以读取信息，里面包括使用记录，以及有无犯罪前科等。公安部门能够查到身份证使用记录，无论是在网吧上网，或者酒店开房，只要使用了身份证，警方就能查询到这些信息。

国庆期间，陈露的身份证曾经在省城的一家涉外五星级酒店登记过，同

公厕女尸

时入住酒店的，还有一个老外，一个美国人，登记的中文名字是：伍维克。

特案组感到高兴的是，伍维克并未离开那家酒店，房间至今未退。

梁教授让画龙和苏眉立即出发前往省城，同时要求省公安厅予以协助。临行前，梁教授特意叮嘱画龙，对涉及外国人的案件要非常谨慎，切记粗暴执法，如果没有确凿证据，一定要尊重他的辩护权。

画龙嘟囔了一句：放心吧，梁叔，我不会揍这个老外的。

苏眉说：我的英语水平，审讯时，应该足够了。

画龙和苏眉赶到省城后，在当地警方的协助下，控制了这家涉外五星级酒店。画龙让酒店保安找来一把大钳子，打算铰断房间的防盗链，强行闯入，抓捕伍维克。苏眉告诉画龙，对付老外，敲门比破门而入更有效。

苏眉敲门，递上自己的证件。伍维克是一个金发碧眼的白人，态度彬彬有礼，门开了。

伍维克对陈露遇害的消息感到很震惊，表示愿意配合警方调查。

苏眉询问他，要不要找一个律师。

伍维克平静地表示不用。

这个房间是一个豪华套房，装修华丽，地上铺着地毯，有客厅、书房、卧房、浴室，还有一个阳台。客厅的桌上摆放着一些没来得及收拾的SM工具，有散鞭、单鞭、绳子、手铐、镣铐、口塞、马尾胶衣、狗链、项圈、蜡烛、跳蛋、电动棒棒，以及一个很大很粗的针筒。

画龙和苏眉环顾四周，这个房间应该就是陈露接受调教的地方。

伍维克的中文说得非常流利，审讯其实更像是交谈。他介绍自己在中国上过学，目前是一家跨国企业总裁，家庭背景很简单，父母去世，还有个弟弟和他同在一家公司。伍维克告诉警方，自己是在虐恋网站和陈露相识的，经过一段时间的网络接触，国庆期间，约好调教。苏眉详细讯问了整个调教过程，伍维克拿出一些数码相片，其中几张照片是连续拍摄的。陈露穿着旗袍袅袅婷

婷地走近，低眉顺眼，道个万福，白色柔纱披在肩上，随着她轻移莲步而摇曳。接下来的照片中可以看到，陈露赤身裸体只穿着高跟鞋跪在浴室地上，脖子上戴着项圈和狗链，眼神媚入骨髓，伸着舌头。后面的照片就是很多儿童不宜的内容了，例如陈露趴在伍维克腿上，一边吃苹果，一边被他打屁股，还有一些肮脏的、暴力的画面。

画龙指着照片问道：这旗袍是谁的？

伍维克回答：我买的，我喜欢中国文化。

画龙又问道：这旗袍，现在在哪儿呢？

伍维克指指衣柜，里面竟然传来呻吟的声音。画龙打开柜子，里面赫然出现了一个穿着旗袍被绳子五花大绑的女子，嘴巴塞着毛巾，下身竟然还传来嗡嗡的跳蛋声响。女子媚眼如丝，香汗淋漓，身体颤抖着，正入佳境。画龙紧张地掏出枪，苏眉上前松绑。伍维克摊开双手表示，这也是一个接受他调教的女子，就像陈露一样，整个调教过程都是双方自愿的行为。

苏眉将这女子带到另一个房间讯问，最终证实了伍维克的话。

审讯结果令人大失所望：伍维克坦承自己和陈露发生过性关系，陈露也吃过他的排泄物，但是10月3日凌晨四点到六点，伍维克一直在酒店的咖啡馆看一场足球赛，酒店咖啡馆值班人员都能证明他所言不假。陈露遇害的时候，伍维克并不在案发现场。

唯一的犯罪嫌疑人竟然没有作案时间！

消息传来，特案组的梁教授和包斩感到非常意外。梁教授在电话里要苏眉详细询问伍维克，陈露何时离开酒店，身上的字是什么时候写上的，还有大便等细节，对他加紧进行DNA检测。

伍维克告诉警方，10月3日半夜一点多，不到两点，陈露打出租车离开酒店去车站。离开酒店前，伍维克要求她在身上写字，因为她吃大便的时候有些排斥，伍维克命令她将剩下的大便装在包里，在回去的火车上必须吃掉，这也是调教的最后一个项目。

从省城到陈露所在的县城大概需要两小时车程，这也符合陈露凌晨四点

到站的时间。

陈露下火车的时候，伍维克正在省城的酒店看球赛。

案情陷入了僵局，突破点在哪里？

梁教授和包斩一筹莫展，两个人在县公安局会议室反复分析整个案子，将每一条线索都重新纳入审视视线，只觉得疑窦丛生，但又毫无头绪。

公安局领导说：县城区近期发生的强奸未遂案、抢劫盗窃案，没有具体排查范围啊。

梁教授说：重点排查夜间作案，尤其是在火车站附近发生的刑事治安案件。

公安局领导说：缩小范围就容易多了，你们也别灰心，别有压力，并不是每个案子都会破，悬案和积案太多了……

梁教授说：哪些人会在凌晨四点出现呢？火车站附近的装卸工人、三轮出租车司机，他们可能无意中看到陈露身上的字，突然萌发强奸的念头，尾随跟踪。

包斩说：不仅要围绕火车站，这个案子的重点是公共厕所，递进式推理，哪些人有可能在凌晨四点去厕所呢？

公安局领导说：半夜起来上厕所的人，上女厕的，当然是女人。

梁教授说：男人呢，什么样的男人会在半夜上女厕？

大便专家推门走进会议室，兴奋地说：手机找到了。

包斩看着大便专家说：我知道凶手是谁了。

◎第四十章　公共厕所

一个人总要去一个陌生的地方，走上陌生的路，见到陌生的人，这是我们生命的一部分。

陈露喜欢穿着制服裙，在教室里一边走一边念书。她有些小资情调，课

桌上放着个黑板擦，还有一杯氤氲升腾着热气的咖啡。她弯下身子，头发低垂，看着窗外开始喝咖啡，她知道有学生会悄悄注视她的乳沟，但是课堂上的学生根本不会知道她的内裤里还塞着一个跳蛋。

跳蛋的嗡嗡声被学生的朗读声淹没。

她渴望叼着鞭子，扭着屁股，跟在主人身后。

她将鞭子放在主人的手心，抬起脸，幻想着主人当着全体学生的面羞辱她。

很多幻想碎片拼凑成一个淫靡的空间，各种下流的场景整天充斥在脑海。

终于，陈露鼓起勇气，想要去拜见自己的主人。

事实上，在虐恋圈子里，找到一个自己崇拜而迷恋的主人，比找到一个情投意合的爱人要难得多。有些事情无法把握，我们只能把握自己。

见到主人的那一刻，她的心狂跳不止，因为过度紧张和兴奋，身体传来一阵阵战栗。

伍维克坐在酒店大厅里抽烟，烟雾缭绕，那正是她梦寐以求的男人——一个外国男人。

陈露几乎是哆哆嗦嗦地走过去，她在车站附近的商场买了个包，还有一双鞋，她希望给主人一个非常好的第一印象。

进入酒店房间后，主人面无表情，向她钩钩手指，她知道自己应该跪下，但因为紧张更加手足失措。主人冷冰冰地看着她，她碰到主人严厉的目光，立刻崩溃了，身体一软，跪在了地上。

主人指了指自己的胯下，她羞红了脸，慢慢地爬了过去……

第三天，也就是10月3日，主人告诉她，还有一个女M会前来接受调教，这使得她感到一丝不快。陈露无法接受双奴调教，无法容忍别的女奴争抢她的主人。伍维克告诉她，这只是一场游戏，虐恋调教的原则是跪下为奴、起身为友。陈露心生醋意，虽然已是午夜时分，但她赌气回家，执意要在那个女M来到之前离开。

公厕女尸

一个女奴不想看到另一个女奴。

她哭了,她想到另一个女人跪伏在自己主人的脚下。

陈露发现自己爱上了伍维克,在火车上,她吃下了主人的大便。

那些大便得到了证实,伍维克承认自己吃过荷兰大老鼠肉和法国大蜗牛。梁教授让苏眉对伍维克进行了DNA检测,结果显示陈露体内的精液也属于伍维克。然而伍维克并没有作案时间,酒店的监控录像能够证明,陈露遇害时,伍维克一直在酒店的咖啡馆里看球赛。

一个少妇下了火车,她的胃里有大便,体内有精液,然后死在了车站附近的一个公厕里。

这样就造成了强奸杀人的假象。

特案组一开始就走进了误区,排除这点后,包斩意识到,这只是一个偶发性的杀人案件。

很多杀人案都没有杀人动机。两个小痞子,仅仅是互相看不顺眼,就可以成为殴斗杀人的动机;一个顽童点燃一栋住着人的木头房子,也仅仅是想看它烧起来。武海平用气枪射击路人;章志飞将一个游泳的孩子绑上石头扔到江心,投案自首后,他说每日闭眼就看见那孩子跪在船中哭求饶命,他的杀人动机仅仅是因为自己赌博输了,杀人而泄愤。

人性中有着冰山一样的冷漠和残忍。

陈露死在公共厕所,她的牙缝里有一根蓝色棉布纤维。特案组推测,她曾经反抗过,生命受到威胁时,她咬了凶手一口,凶手衣服上的一根线留在了她的牙缝里。

这种纤维制成的衣服,就是民工和车站装卸工所穿的那种。

大便专家两次提到"环卫工人",最后也是在环卫工人的帮助下,清理了公厕大便,找到了受害人的手机。包斩突然想到——环卫工人也穿着这种衣服。

这个推测像闪电一样照亮了黑暗,包斩想象着,一个环卫工人在午夜清

理公厕的大便，一个女人走了进来。

当然，女厕所的粪便也归环卫工人清理。

每个人都去过公共厕所，但很少有人知道公厕里的大便是怎样清理的。这里指的公厕是老百姓的公厕，而不是某地斥以巨资足够引起百姓前去参观的豪华公厕。

老百姓的公厕是什么样的呢？

首先，非常肮脏，不堪入目的东西全在这里。

其次，很臭，进去的人，待久了，就会头昏脑涨。

我们进入公共厕所，小心翼翼迈过横流的污水，在蛆虫中寻找一个下脚的地方。每个人对公共厕所的态度是皱着眉头，捏着鼻子，只想快点离开。

这里有动物学家从未发现过的绿头苍蝇和红头苍蝇的变异物种。

这里有社会学家忽略的民生和民权的矛盾之处，只需看看一个厕所，就知道当地居民的生活状况。

我们从来没有正视过公共厕所。

繁华都市的公共厕所非常干净，感应式的水龙头，光可鉴人的便器，粪便都被水冲走。然而在经济落后的地区，例如本案所在的这个国家级贫困县，县城的公共厕所还需要环卫工人进行人工清理。有些活，必须在夜里干，例如一个挖粪工人清理女厕的大便。

特案组立即前去环卫局展开调查，每个环卫工人都有自己负责的区域。一个叫牛二的环卫工人负责火车站附近的那个公厕，环卫局领导说，自从案发后，此人就再也没有出现过。

警方对牛二的抓获非常顺利，他在家里束手就擒。

画龙踹门而入，牛二见到警方的第一个动作就是双手抱头，蹲在地上准备挨打。

特案组进行了纤维对比，死者陈露牙缝中的纤维来自于牛二的工作服，牛二的胳膊上还有一个淤青的牙齿印记，经过齿痕检验，证实和陈露的咬痕

公厕女尸

吻合。

　　证据确凿，特案组没有参加预审。县公安局领导亲自审讯，审讯室里传来几声惨叫后，牛二供述了整个杀人经过。

　　这个三十五岁的男人，相貌丑陋，头发蓬乱，看上去就像五十三岁。他担任环卫工人整整十年，最初他负责打药，背着喷雾器在厕所进行防疫工作。他的母亲也是一个环卫工人，清扫大街，母亲死后，环卫局领导将县城区五分之一的公共厕所交给他清理。

　　他不识字，没有妻子儿女，环卫局领导怀疑他是阳痿患者，他唯一的嗜好是喝酒。

　　他醉醺醺的，拎着粪桶，拿着铁锨，站在黑夜中。

　　他在女厕外面咳嗽几下，向里面喊道，有人没，没人就进去啦。

　　这个县城会在清晨恢复喧闹，环卫工人要在天亮前装满粪车。

　　在炎热的夏季，如果无雨，汗流浃背就是他洗澡的方式，

　　有一次，酒后，他在女厕拉屎，这使他体验到另一种快感。他用各种纸擦过屁股，报纸、包裹早点的纸、火纸、香烟盒——这些纸都是捡来的。他蹲在女厕，心里有时会萌发娶妻的念头，但是没有人会嫁给他，尽管他不知道这是为什么。

　　一个月光如水的夜晚，他坐在女厕前的一块石头上，他看了看月亮，然后摔碎了酒瓶。

　　后来，他多了一个爱好。这个喜欢喝酒的环卫工人，有一次喝醉了，无缘无故将一个半夜起来上厕所的女学生暴打了一顿。从此以后，他跃跃欲试，内心的野兽渐渐长大。他不抢劫，不强奸，这个变态的家伙以揍人为乐，而且是专揍美女。

　　他在夜里看到漂亮女人，就有一种想上前揍她一顿的冲动。

　　从某种意义上来说，他也是施虐者。

　　他了解这个县城里每一条黑暗的小巷、每一个无人的角落，所以，那几次午夜的暴力殴打事件都没有给他带来麻烦。

陈露下车后，拒绝了三轮车出租司机，她想一个人走回家，平复下自己纷乱的内心。车站附近的那片居民区因为面临拆迁，公共厕所也必须清理。牛二打算天亮前干完活，他将粪车和铁锨放在厕所旁边，去车站附近的一个小卖部买酒，返回时，他看到前面有一个女人。他喝了一口酒，悄悄尾随，因为酒精的刺激再加上内心的暴力冲动，他感到非常兴奋。陈露走进厕所，牛二也尾随进去，但随即离开了。出于犯罪者的本能，他想确定这个女人是否独自一人，当他看到厕所外面没有同伴时，他的心跳加快起来，一只野兽在内心里咆哮。

他蹑手蹑脚地走到女人旁边的隔间，踮起脚窥视。

女人拿着手机，借着荧光可以看出这是一个漂亮的女人。

女人因为紧张害怕，手机掉进了排水孔。

厕所里一片黑暗。

他一动不动地看着她，就像一只猛兽看着自己的猎物。

不知道过了多久，那女人觉得自己脱离了危险，站起身想要离开，她抬头看到了他，两个人的目光相碰时，女人惊叫了一声，冲出厕所。他喘着粗气跑过去抱住了她，女人咬了他一口，挣脱开，跑到厕所附近的一户人家，用拳头使劲砸门求救，但是没有人开门。她继续跑，因为穿着高跟鞋无法跑快，很快就被追上了。也许是在奔跑的过程中她感到了一丝兴奋，她以前的性幻想中出现过的强暴场景即将成为现实，她并没有大声喊救命，而是哭泣着哀求道：不要强奸我，求你了。

牛二拽着陈露的头发，一言不发，将她拽进公共厕所。

他没有强奸她，他对她拳打脚踢，用铁锨狠狠地在她后脑上拍了几下……

结案后，特案组去学校归还了陈露老师的电脑。这个案子在县城引发了轰动，街头巷尾都有人议论此事，因为此案尚未审判，警方封锁了真相。坊间传言有多个版本。校长对特案组大发感慨，他絮絮叨叨地说道：崇洋媚外有什么好的，我早料到会有这么一天，国外有那么好吗？大城市的一些女人就想嫁给外国人，图什么啊？

红衣男孩

没有人死，人人都死。

——卡森·麦卡勒斯

山脚下，有个道士在庙会一隅摆摊算卦。

那道士没有穿鞋，脚掌结了老趼，满是泥垢，显然走过很远的路。

特案组四人站在卦摊前。画龙说道：这种江湖骗子，我见多了。苏眉说：让他给咱们算算，看灵不灵。包斩蹲在卦摊前跃跃欲试。道士看了他们一眼，说道：你们几位是公门中人，警察，来破案的。

包斩身穿警服，道士判断出他是警察并不困难。

画龙讥笑道：嘿，神机妙算，真了不起，那你能算出我们要破的是什么案子不？

赤脚道士不以为然，说道：报上生辰八字。

包斩尊称一声"道长"，报了生辰八字。

赤脚道士大惊，先说了一段关于包斩命理的玄妙之话，继而说道：阴阳之案！

苏眉问道：我们接手的这阴阳之案，好破吗？

赤脚道士说道：天机不可泄露。

这话的潜台词分明是要钱，包斩请示了一下梁教授，梁教授点头默许。为了显示虔诚，包斩递过去一百元钱。道士接过钱，摇头说道：很渺茫，希望不大，除非……

道士闭着眼睛，不再往下说了。画龙鄙夷地看了他一眼，包斩又递上一百元，道士收下钞票，说了一句高深莫测的话：想要破案，除非……半夜鬼敲门，白日鬼上身！

当天晚上，特案组四人入驻半山腰的一个森林公安派出所。四间旧瓦房，非常简陋，没有围墙，房门正对着山路。盗伐的林木堆放在路边，已经长出了木耳，一根废弃不用的拦截杆扔在草丛中，还有个拖拉机头在背阴潮湿处生了锈。

午夜时分，特案组正在讨论分析山城红衣男孩一案，敲门声突然响起。

大家清晰地听到，有人在门外敲了三下。

令人感到毛骨悚然的是——打开门后，外面根本就没有人，只有阴冷的风吹过。

画龙掏枪上膛，查看附近，周围连个人影都没有。这简直令人匪夷所思，如果有人敲门，不可能跑这么快。特案组不由想起白天那道士说过的话：半夜鬼敲门……

◎第四十一章　古怪悬案

2009年11月5日中午十二时许，五十四岁的农民工刘志军赶回村里，家中

红衣男孩

正门和侧门紧闭，平时从来不开的后门却虚掩着。从后门进去，眼前一幕让他大惊失色。走进正屋，灯还开着，家里一片狼藉，儿子的衣服丢得到处都是。他唯一的儿子身穿红裙子，裙子上还别着白花，双手、双脚被绳子结结实实地捆着，两脚间还吊着一个大秤砣，双手被捆着挂在了屋梁上，双脚离地几厘米，旁边一把长椅被推翻在地。儿子全身冰凉，已经死亡。

离奇死亡的男孩名叫刘海波，他是山城市巴南区东泉镇中学七年级二班的学生，死时正好是阴历生日13岁零13天。

死者男孩的父母都在江北打工，老家一直空着没人住，孩子平时在学校寄宿。案发前些天，孩子告诉父母，下个星期他要回老家。男孩说房子周围荒凉得很，他回去把门前的草割掉。11月3日，父亲给孩子打电话，打不通，联系学校后才知道，孩子已经有一周没有去上课了。案发后有同学证明，刘海波10月30日（星期五）放学回家时，一切正常。

父亲对警方说，后门用两块大木板挡着，外加一根钢筋。儿子死后，大门、侧门关着，后门开了，两块大木板和钢筋被放在门的左右两旁。他一边演示一边声称：一般家里没人，就不开后门，都是别着门的，外人是搞不清楚我的那个门的。为什么我拿个锄头，站在这个上面，把那个木板钩开，因为钩开后，这个门才开。

男孩吊死的房间放着一张八仙桌，落满灰尘，还有几条长凳，靠墙挂着一个亮着的灯泡。孩子用过的课本、作业本，散乱地放在床上、桌上。两包方便面，吃了一包。电子表、书包、计算器、手机、光盘等孩子的遗物留在床上。书包里还有三十二元五角钱。

男孩的死法非常罕见，令人恐惧，村里都炸开了锅，诡异的气氛弥漫开来。警方走访时，邻居反映孩子生前没有怪癖，一家人都很老实，平时对人也友善，从来不和别人发生纠纷。死者刘海波性格内向，平时很少与人说话，害羞得很，从不主动招呼人。现在他突然死了，全村人都觉得太怪了。

奇怪之一：大红裙子。这个男孩死时穿着一条大红裙子，裙子是男孩堂姐的。刑警当时把刘海波从屋梁上放下来，脱去他的红裙子，发现这个男孩贴身穿着一件游泳衣，男孩自己的衣服一件没穿。女式泳衣胸口部位还有两块黑布，揉成了团。记者后来报道时，称泳衣也是男孩堂姐的，但是这一说法遭到了其父亲的否认。刘志军说，游泳衣不晓得是哪个的。

奇怪之二：专业绳结。刘海波和其他缢死的人不同的是——他被绳吊着的不是脖子，而是一双手，每一只手绑了十二圈，脚上也是一样。绳子打结的方法非常专业，不像是一个十三岁的孩子自缚所为。

奇怪之三：脚坠秤砣。吊死的男孩，脚上还挂着个秤砣，秤砣上有个数字"1"。在吊死的位置，地面本是平的，男孩双脚离地，悬空挂着的秤砣垂到地上，因死时挣扎，地面磨出一个坑洼，坑洼里还有男孩流下的尿液。

奇怪之四：额头针眼。刘海波的母亲说：我娃儿死得好惨哦，孩子死时额头上还有个针眼，那里是穴位。

奇怪之五：木门"杀"字。死者老屋的木头侧门上，还写着一个恐怖而诡异的"杀"字，看上去触目惊心，"杀"字上打了一个叉号，上面还写有一个"王"字。连起来就是"王杀"。父亲声称，门上的字是孩子写的，写了很久了。十三岁的刘海波，为什么要在门上写下一个"杀"字呢，上面的那个"王"字又代表了什么？大家百思不得其解。

奇怪之六：古怪噩梦。11月4日凌晨，刘海波的母亲做了一个梦，梦见一个从未谋面、个头很高的男人悄悄进入他家农村老屋，从后门进去，一个人进了屋，戴着顶帽子，背着个包，看不到他的脸。她立即被吓醒了，因为儿子当时正好回农村老屋割草，没有到江北城与父母见面，于是母亲赶紧催父亲回老屋看看。父亲起初并不在意，拗不过妻子，11月5日才赶回老屋查看，结果儿子真的出事了。在老家里，有个八十多岁的邻居老婆婆告诉父亲，她曾经见到一个奇怪的陌生男人出现在村里，还出现在他家附近，那人背着个包，戴着帽子。父亲感到万分恐惧，为什么邻居老婆婆见到的这个人竟然和孩子母亲梦中出现的男人一样？这是人还是鬼？父亲为此去山上道观里烧香祈求平安，还咨询过民间道士。

民间道士没有多说什么，只表示问题可能来自他们家的那间阴森的老屋。

民间道士留下一张符，让刘志军贴到孩子吊死的那间房子里。道士说七七四十九天后，孩子要回煞，家里不要有人，所有人都要躲开他。

法医判断，红衣男孩是在四十八小时内死亡的，也就是11月3日至4日。遗体额头前有一个小孔和不重的外伤，大腿、双手、两肋、双脚踝部上方，都有极深的勒痕。此外，没有任何伤口。法医进行了尸检，孩子从头部到腹部都被线缝着，还带走了男孩的内脏等物，回城里解剖。

警方认定，经市、区两级刑侦、技术部门调查，刘海波死亡事件排除他杀、自杀，属意外死亡。派出所开出的死亡注销户口证明，在死亡原因一栏上写着"其他非正常死亡"。

刘志军很不理解，对警方的鉴定结论不服。当时，他质问警方：什么叫意外死亡？既然不是他杀和自杀，我儿子究竟遇到了什么意外？什么是非正常死亡？

对于他的疑问，警方没有回答。

于是，父亲第二次要求警方解释"意外死亡"的含义。警方负责人想了一会儿说：比如玩游戏也可能引起死亡。父亲再次提出疑问：玩什么游戏？和谁玩游戏？如果是玩游戏引发的死亡，那我儿子死时，双手、双腿捆得非常专业的结又从何解释？我儿子双手被捆后，不可能把自己"挂"到屋梁上去，更

不可能再穿上大红裙子和游泳衣。

红衣男孩案在网上引发热议，众说纷纭，一个令人毛骨悚然的说法渐渐形成。

网友"xing-1982"的原帖：

标准的养鬼术前半段，凶手可能是为了炼鬼专门找上这个小男孩。

网友"chung.good"的原帖：

让其子嗣穿红衣上梁死，这是将魂打散、永不超生的死法。

死者死时身现"金木水火土"五行迹象，再选属阴的数字13岁零13天，按理说，作案时间也应该是阴时，亥时的可能性最大。这样狠毒的做法就是想既让对方家断后，又让死者永不超生，死后魂魄尽散，不会找凶手麻烦。凶手熟知小孩出生年月，集合了金木水火土五行，头顶有针眼！分魂术！

那针用尸油泡过，泳衣为水，红衣为火，秤砣为金，横梁为木，地为土。

网友"chenjia3344"的原帖：

此案手法乍看下颇有许多自相矛盾，比如说：既给男孩穿上红裙，又在头顶用分魂针，是为了散魂。但又在脚上用上坠魂砣，胸前用引魂白花，如果只是与其家里有深仇大恨，想将其魂魄打散，则又何须加上坠魂砣和引魂白花呢？这看上去自相矛盾。如果要想散其魂不再找凶手麻烦，那将其变成厉鬼不是自找麻烦？所以很多人就看不明白了。其实凶手并不是简单地想要打散其魂魄报仇什么的，也不是单纯地想养厉鬼，而是有更深的用意，可能是想提炼一个至阳的精魄。如果这个男孩八字纯阴，选一个八字纯阴的13岁零13天的男孩，是为了提取一个至阴至阳的极品精魄，因为这样的精魄极为罕有。有些修炼精深的人为了达到某种目的，会花上几年甚至更长的时间去寻找这样一个精魄。所以他给男孩穿上红裙散魂，为免魂魄飘散无法提炼，所以在脚上加上坠魂砣，秤砣铁质，铁不透阴阳，坠在脚上魂魄无法远游，只能在死处附近徘伺。再用分魂针从额前分散这个男孩的魂魄，只将其至阳精魄或者至阴至阳的精魄从胸前的引魂白花中引出。这样才能解释他这些自相矛盾的做法。我看警方也知道这事邪门，将这个案子公布出来，估计是为了得到更多的玄学方面的解释和帮助。

警方若是想破这个案子，没有高人的帮助是根本不可能的。

◎第四十二章　腐尸敲门

红衣男孩案之后不久，山城市又发生了一系列诡异的儿童死亡事件！

山城实验中学附近新开了一家拉面馆，顾客以学生为主，老板是一对蔡姓夫妇。12月14日，傍晚7点40分左右，天色已黑，旁边一家文具店的老板娘跑过来对蔡姓夫妇说：快点，你家娃儿出事了。

夫妇二人急忙跑出去，看到四岁的孩子吊在文具店门口的电话亭的一根电话线上，脚悬空离地五至六厘米，已经不省人事。送到医院后，医生宣布孩子已经死亡。父母痛彻心肺，觉得唯一的孩子死得不明不白，要求警方调查。当地刑侦部门排除了他杀，根据表面迹象判定蔡姓男孩属于意外死亡。此事激起了民愤，很多人认为是凶手将孩子抱起来吊在电话线上，孩子的跳跃能力有限，脖子很难伸到电话线的高度。

几天后，蔡姓夫妇去殡仪馆料理后事。殡仪馆的工人对他们说，你这孩子死得有点蹊跷。

负责火化的工人说了一句令他们感到胆战心惊的话，这个小孩是最近一个多月离奇死亡的第七个姓蔡小孩！

蔡姓夫妇觉得毛骨悚然，七个蔡姓小孩先后意外死亡，怎么会如此巧合？

十宗罪
2

殡仪馆的一个人看了下死亡证明，大惊道：你家孩子是2005年8月18号出生的，那天是阴历七月十四日，中元节啊！

另一个工人说道：七月半。

这个孩子出生在鬼节！

从事丧葬的工作人员都有自己的忌讳，他们把鬼节称为"中元节"或者"七月半"。鬼节是中华传统习俗，据说十四鬼门开，万鬼出游，到十五的半夜鬼门关闭。鬼节出生的孩子称为鬼崽，这一天出生的人向来过的都是阳历生日。

七个蔡姓小孩，其中两个孩子的额头上有针眼，警方对此的结论是意外死亡。

这两个孩子是溺死，一个男孩一个女孩，住在同一个村。放学回去的路上，跌落进山路下的水潭里，淹死了，警方无法解释孩子额头处的针眼是怎样形成的。其他孩子有食物中毒死亡的、电击死亡的、出车祸的、哮喘病发猝死的，加上电话亭吊死的小孩，一共七个。

七个蔡姓孩子，最小的四岁，最大的十二岁，警方称并无关联。

愤怒的村民抽干了水潭，试图找到凶手杀人的证据，然而一无所获。溺水死亡的两个孩子没有火化，父母和村民抬着尸体去市政府门前上访，想要讨个说法。

山城市人心惶惶，学校门口每天都聚集着大量接送孩子的家长，一系列儿童离奇死亡事件为这个城市蒙上了阴影。

山城警方向特案组请求协助调查。山城公安局局长是警界大名鼎鼎的打黑英雄王令君，从警一生，获得过无数荣誉，中国十大杰出民警，他也是为数不多的活着的一级英模。此人外表温和，但内里强硬，铁面无情的作风曾一度使重庆警界震慑，山城百姓提起他的名字无不竖起大拇指。

红衣男孩

苏眉说：看来王局是遇到难处了啊，不想担一个警方不作为的骂名。

包斩说：警界闻名的王令君局长能低下头向我们求助，可见此案多么棘手。

梁教授说：我读过此人的两部专著——《2004年国际颅面法医鉴定协会论文集》、《痕迹检验与侦查破案》。

画龙说：这是个真汉子，全国警界能让我喊一声哥的，也就是他。

王令君用自己最高的规格来接待特案组。特案组以往办案，受到的是众星捧月般的待遇，当地警方有的在豪华酒店举办欢迎宴会，有的大张旗鼓召开新闻发布会。然而王令君局长与众不同，他请特案组在公安局附近的露天烧烤摊吃了一顿烧烤，算是为特案组接风洗尘。

几个人坐在马扎上，吃烤肉，喝啤酒，烧烤摊主拿把破扇子把木炭扇得火红，撒上辣椒粉，周围烟熏火燎，隔壁桌上传来几个山城棒棒吆五喝六的划拳声。

苏眉说：王局这么抠门啊，就请我们吃烤肉串啊。

王令君局长说：这就是我最高的接待规格，西装革履去酒店吃饭多是应酬，能坐在夜市上喝酒的才是朋友。我把你们当朋友。

画龙说：果然豪爽，我换大碗和你喝酒，这杯子太小了。

王令君局长说：老板，拿几个大海碗，我敬各位。梁书夜教授，久仰大名，我敬你。

梁教授说：看来今天要不醉不归了。

包斩说：我喝酒就脸红，酒后失态，我还是用小杯子吧。

苏眉说：我和小包都用玻璃杯，你们用大碗，以显江湖英雄气概。王局，你喝醉后不怕嫂子挠你啊。

王令君局长打趣道：姑娘，你这么漂亮，有对象没，要不要给你介绍个？

苏眉笑着说：我都不知道我未来的老公是什么样的呢。

王令君局长说：你嫂子会这么说——千万别嫁给警察。

众人哈哈大笑起来，在露天环境下并不适合谈论案情：隔壁桌上的几个棒棒竟然开始聊起山城公安局局长王令君，大家侧耳倾听。

棒棒是山城的苦力，大街小巷都会看到一些人，手中拿着扁担或竹棒，这些临时搬运工被称为棒棒，他们生活在社会的底层。

一个棒棒说：王令君局长每天都穿着防弹衣枕着枪睡觉，因为得罪了很多人。

另一个棒棒说：王令君常常开着出租车微服私访，在东北的时候，王令君在当地的人力三轮车车夫中拥有无上的威望。这些人有不少是下岗工人，经常被当地地痞欺压、敲诈。王令君下令，抓到这样的地痞，不但要依法严惩，还要让他把兜里所有的钱掏出来，付给三轮车夫作赔偿。有个段子流传甚广，一天深夜，王令君下班徒步回家。有个车夫看出是他，赶紧蹬过来要送他，王令君一边推辞一边走，结果不出几百米，后边跟上来一串三轮车，足有十几辆。

最后一个棒棒说：这样的官要是多几个，我们的社会就太平了！

特案组四人举起杯子，大家都没有说话，一起向王令君敬酒。

无论一个官员获得过何种荣耀，有过怎样显赫的资历，都是表面现象，官员的丰碑只存在于老百姓的口中。出席各种高级会议的领导，如果能体会民之艰难，参加一次春运，春运的问题就会迎刃而解；公款吃喝的那些官员，开一百次会议讨论解决民生，远不如在露天烧烤摊倾听一下邻桌的声音，更能近距离直面民意。

山城警方正进入打黑除恶专项斗争的最后阶段，缴黑枪、破积案、追逃犯，王令君局长忙得焦头烂额。红衣男孩案和七名蔡姓孩子死亡事件，使得警方多年树立起的亲民形象在民众心中受到了质疑。王令君局长把特案组请来，希望他们能给山城民众一个权威的调查结论。

特案组分析认为，七名蔡姓孩子，可以确定有五人是意外死亡。

电话亭男孩吊死案，特案组勘察现场后，给出了一个结果。电话亭呈圆

红衣男孩

柱形，高210厘米，底部有三道半圆形不锈钢护管，分别离地高48厘米、30厘米、11厘米。微量物检验证明，第二道钢管上有不明显的踩踏痕迹，孩子应该是踩上去，意外缢颈死亡。

两名溺水死亡的孩子额头上都有针眼，红衣男孩头上也有针眼，这三名孩子死因可疑，特案组将这三个孩子作为重点调查对象。

摊开地图，特案组选择了距离三名孩子最近的一个森林公安派出所作为临时办公地点。王令君局长抽调不出更多的警力，派了一名姓唐的助理来协助特案组调查。唐助理告诉特案组，那个森林公安派出所很简陋，其实是个检查站，位于半山腰，风景不错。

山顶上，一座道观内香客云集，烟雾缭绕，祈福烧香者众多。

山下有个庙会，热闹非凡，唐助理和特案组在庙会上遇到一个算卦的道士。那道士年逾半百，蓄着胡须，穿着大襟大袖的道袍，席地而坐，面前摆着周易八卦图，还有甲骨、铜钱、蓍草等占卜道具。道士没有穿鞋，自称一双赤脚云游天下，不分春秋，结善缘，种善因。

包斩对出家修行之人一向尊重，他报上生辰八字，请道士算卦。

那道士凝神闭目，过了一会儿，大惊说道：我隐身草木，居此一方，第·次见到如此大凶大贵的命理。

包斩语气恭敬，说道：道长，请指教。

赤脚道士说包斩幼年坎坷，历经劫难，包斩点头称是。

道士随后说了一段高深莫测的话：

莫以观云，能忘沧海，江湖无路，上下求索。

衔枝所见，君子操刀，屠向人羊；

面壁所闻，邻人哭声，苍生恻隐；

太平乱世，众星归位。

十宗罪2

日月繁星，一并能盛，我若不知，生足何用。

赤脚道士准确地算出特案组四人是警察，为破案而来，然而破案的希望渺茫，除非——半夜鬼敲门，白日鬼上身！这些诡异的话让苏眉觉得很诧异，也报上生辰八字，让道士测算一下她的姻缘。道士说了一些令人难懂的话，例如正官、偏官、辛比肩、戊正印等。苏眉难以理解，道士在苏眉的手心写下了一个字。

苏眉一脸的惊愕，感到不可思议。

道士写字时，道袍的袖子遮挡着苏眉的手，别人都不知道写的什么字。

上山的路上，大家都很好奇，包斩问苏眉：那个字是什么？

画龙也问道：是你未来老公的名字？

苏眉的回答是：写的是你们俩当中一个人的名字，不过，我不会告诉你们的。

到达半山腰时已是傍晚，大家打算在森林公安派出所歇息一晚，明天再去红衣男孩和两名溺水死亡儿童的村子调查。这个派出所就是个检查站，白天有民警值班，晚上无人居住，工作主要是检查过往车辆，禁止盗伐林木，平时还要巡视山林，谨防火灾事故。

几间瓦房破旧不堪，屋后杂草丛生，屋顶也长着蒿草，这个检查站在夜晚显得阴森恐怖。午夜时分，敲门声响起，那道士说的话应验了——半夜鬼敲门。

画龙检查后发现，房前屋后连个人影都没有。

然而，特案组四人和唐助理都清清楚楚地听到了敲门的声音。

大家都觉得这敲门声异常诡异，抬头一看，门上赫然出现一个小手印。

山上有些冷，阴风阵阵，那手印看上去非常骇人。手印并非血手印，就像一个水淋淋的小手在门上拍了一下，门上留有一些液体，散发着臭味。包斩凑近闻了一下，他对这种液体的味道再熟悉不过了——腐尸的味道！

特案组和唐助理的脑海中出现了这样一个恐怖的画面：

一具腐烂的尸体，摇摇晃晃地站在门前，抬起流着尸液的手，敲响了门。

◎第四十三章　绿色尸液

包斩想起一部著名的短篇小说，名叫《猴爪》，被誉为英国惊悚小说中的典范之作。

故事离奇诡异，讲述的是一个印度僧人给猴爪施了魔法，猴爪可以满足人的三个愿望，后来这干枯的猴爪落到怀特先生的手中。怀特先生半信半疑地许下第一个愿望，希望得到两百英镑。第二天，愿望实现了，怀特先生的儿子被工作的机器绞死，抚恤金正好是两百英镑。第二个愿望，是母亲思念儿子产生的疯狂的念头，要将已埋葬在墓地里的死者唤醒。当天晚上，敲门声响起……怀特为了阻止老伴这种已丧失理智的行为，在开门的一瞬间作出了补救，他向猴爪许下最后一个愿望：希望把坟墓里爬出来的死人送回坟墓里去。

直到故事结束，也没说出是什么可怕的东西敲响了门，然而令人不寒而栗，想象力越丰富的人就越感到害怕。

特案组做了拍照取证工作，天亮后，大家发现门上的尸液是绿色的。

门上有一个绿色的小手印。

究竟是什么敲响了门？显而易见，一具腐败的尸体不可能敲门。

特案组断定是有人搞鬼，鬼吓人并不可怕，可怕的是人吓人。然而，即使是一个人拿着一只腐烂的小手敲门，从听到敲门声到开门的时间很短，画龙不可能看不到那人，那人离开的速度未免太快了，几乎是在门开的一瞬间骤然消失，无影无踪。

大家听到的是敲门声，门上的手印却是拍门形成的。

包斩查看了门，门环已经脱落，露着一枚生锈的钉子，小手印正好在钉子上面。

画龙说：这是个孩子，一个小孩的手掌印。

苏眉说：奇怪，不管是敲门还是拍门，为什么找不到这只手呢？

唐助理说：有点邪门，这地方的村民都有点迷信。

包斩说：不管是人是鬼，敲门的动机很可能是恐吓我们。

梁教授说：我们是不会被吓跑的。

门上的手印来自一具腐烂的儿童尸体，特案组仅从尸液判断，这具尸体已经死亡五天左右。尸斑是尸体上的图案，颜色各异。吊死的人，身上是紫黑色；冻死的人，尸体呈现血红色。法医检验尸体时，往往根据尸斑来判断尸体死亡和停放的位置。尸斑是较早出现的尸体现象，一直持续到尸体腐败。

随着死后变化的发展，尸斑逐渐转为浅绿色和绿色，与腐败尸体的颜色相融合。

绿色尸液来自腐败的绿色尸斑，腐败气体中的硫化氢与血红蛋白结合成绿色的硫化血红蛋白，在皮肤上呈现污绿色的斑块，称为腐败绿斑。腐败绿斑最初为淡绿色，以后逐渐变为深绿色。中高度腐烂的尸体，尸表呈绿色。

红衣男孩的家在一个叫做高石坎的小山村，距离森林公安派出所不远。山村里到处都是破破烂烂的房子，看上去摇摇欲坠，墙角杂草丛生，蚊虫乱飞。阴郁的天气里，这些陈旧的房子都呈现出暗黄色。山路是石子路，崎岖不平，雨季来临时，路就会变成河。

特案组一行人中午就到达了村里。

然而，家中无人，红衣男孩的父母不在。很多村民都跑出来围观，他们站在附近的土坡上看着特案组四人，小声议论着什么。唐助理用电话联系了死

红衣男孩

者刘海波的父母,劝说了好久。村民听到唐助理在电话里说:上级来人了,一定会查明,你们配合一下,赶紧回来……

特案组四人在外围进行了简单的勘察,苏眉拍照,梁教授要求把围观的村民也拍下来。苏眉对着村民举起相机,村民纷纷侧头躲开。

红衣男孩的家在村西头,后门屋侧有座土坡,长着草,没有院墙,屋门紧闭,门前有一株死去的老树,树形奇特,老态盎然。树下有个石磨,枯黄的叶子落了一地。房子由石头和泥搭建而成,墙上有很多故意留下的孔,算是采集光线的窗户。

十三岁的男孩刘海波就吊死在这间老屋里,死的时候身穿泳衣和大红裙子。

临近傍晚的时候,死者刘海波的父母才匆匆赶来。他们向唐助理说出了自己的顾虑,今天是回煞之日,也就是红衣男孩死亡的第四十九天。有个阴阳先生留下一张符,贴在孩子吊死的那间房子里,阴阳先生说回煞之日,家里不要有人,所有人都要躲开——这是父母不愿赶来的原因。

刘志军说:就不能明天吗?今天夜里,我娃儿的阴魂要回来。

梁教授说:那我们来得正是时候。

回煞又称回魂,迷信者认为,人死之后,阴魂要回到家中,看望家人。凡是家里有亲人去世的,亡故不久后,死者的灵魂就会出现在生前熟悉的地方。农村的迷信说法是死去的亲人的灵魂会从屋东面进来,在家巡视一圈后离开。传说回煞时可以听到沙沙声,那就是灵魂的脚步声,家人需要避开,如果冲撞,阴魂就会流连不肯离去,无法转世。

围观的村民里,一个老婆婆对红衣男孩的母亲说:你家娃儿,怎么是在四十九天回来啊?

另一个村民说:是啊,别人都是七天,死后第七天回魂,你娃儿是七个七天。

男孩母亲说：阴阳先生推断的，说我娃儿死于非命，要七七四十九天回来。

男孩父亲说：就在今天。

这个老婆婆是死者男孩的邻居，曾对警方声称自己在案发前看到一个戴着帽子的陌生男人出现在村里，男孩的母亲也梦到了这个男人。包斩上前做了笔录，苏眉拍照时，老婆婆竟然吓得哆嗦起来，转过身摆着手说：不要拍相，不要拍我。

天色已黑，村民渐渐散去，家家户户把房门紧闭，谁也不想在回煞之日撞见吊死的男孩。

刘海波父母顾虑重重，焦急地向特案组表示：咱明天再来吧，今天得躲着我娃儿。

特案组四人却没有离开的意思，他们在男孩吊死的那间老屋里作了细致的勘察。包斩测量了房梁距离地面的高度，画龙检查了房顶，苏眉对每一样东西进行了拍照取证，梁教授和唐助理静静地坐在屋子里，墙上有一张道士贴上去的黄色符箓，随风抖动。

唐助理上前将那张符揭了下来，留做物证。

刘海波父母看到后大为惊骇，父亲说道：哎呀，坏了，这张符揭不得啊。

母亲大声说道：你们怎么能这样呢，这是驱鬼的符啊。

刘海波父母愤愤不平地离开了，两人站在院里大声地争吵起来，互相抱怨。

外面天色已经黑透，山村的夜晚显得阴森寂静，特案组打算勘验工作结束后就离开。苏眉对着老屋里的一面镜子拍照，闪光灯过后，苏眉突然叫了一声，众人问她怎么回事，苏眉惊恐地说自己看到镜子里有一双脚走过去了，是一双小孩子的脚。

红衣男孩

梁教授说：小眉，别大惊小怪的，哪有什么小孩子？记住，我们是警察。

画龙说：这老屋里死过人，给你留下了心理阴影吧，你肯定眼花了。

苏眉说：我看到了，很清楚，不是脚，就是脚的影子。

唐助理说：可能我真不该把那张符揭下来。

包斩说：都别说话，听，是什么声音？

大家都停下手里的工作，全都侧耳倾听。老屋里安静得可怕，一阵冷风从墙孔中呜呜地吹进来，后门竟然缓缓地开了，发出一阵吱吱呀呀的声响。大家的汗毛都竖了起来，苏眉起了一身鸡皮疙瘩，每个人都一动不动，把眼睛睁得大大的。包斩觉得背后似乎有人走过，给他一种脊背发冷的感觉。画龙掏出枪来，正欲查看，大家突然听到有拉灯线开关的声音，"啪嗒啪嗒"响了几声，然而，老屋内的灯泡一直亮着。

一盏灯靠在墙壁上，发出昏黄的光线，老屋显得异常诡秘，灯丝闪了几下，熄灭了。

大家离开黑暗的老屋，红衣男孩的父母坐在石磨上，已经停止了争吵。画龙上前询问后门是否关好，男孩父亲惊慌地反问他们在屋里是不是遇到了什么，梁教授平淡地说了一句：屋里的灯泡灭了，可能是电线老化出了问题。

这时，一个邻居跑过来，气喘吁吁地说：你家娃儿的坟头被挖开了。

男孩父亲怒道：哪个龟儿子挖的？

邻居惊魂未定地说：不晓得，我家猪丢了，我去找猪，就到了野地里。我拿着手电，四处照，就看到你娃儿的坟头开了，土分到了两边，分成了两堆。我走近一看，里面是空的。土堆上有爬过的痕迹，难不成，你娃儿从坟里面爬出来了？

天下起雨来，男孩母亲听到此事，心绞痛立刻发作了，疼得额头上都是

豆大的汗珠。她坐在石磨上，拿起自带的水壶，仰起脖子吞服下几片药。她把水壶放在石磨上的时候，低头看见自己的肚子上出现了一只小手，就像有个孩子从后面抱住了她。

夜色中，那只手还残存着一点腐肉，露着森森白骨。

◎第四十四章　童子鸡蛋

男孩母亲的肚子上突然出现一只腐烂的手，她吓得浑身一哆嗦，晕倒在地。丈夫急忙上前抢救，大声喊着她的名字。梁教授拿起那只手，大家不约而同地仰头观看，这只手很显然是从天上掉下来的。

唐助理站在磨盘上，看着老树喊道：谁在上面？

画龙掏出枪，大家以为树上藏着一个人，扔下了这只手，夜色中难以看清楚。画龙对着树上开了一枪，两只乌鸦"哇哇"怪叫几声飞走了。

隔壁邻居家一个女人听到枪声，好奇地打开了窗户，探头观看。

她男人咬牙切齿地说：狗日的婆娘，看啥子，赶紧关上窗户，枪子打死你，乌鸦一叫没好事。

两只乌鸦绕着老树盘旋飞翔，不时地发出怪叫声。乌鸦常被视为邪恶之鸟，喜欢在荒凉的野地或阴气深重的坟场周围筑巢，死者男孩老屋门前这株孤独的枯树上就有一个乌鸦巢。画龙爬上树，一只乌鸦向他发动了袭击，画龙瞄准后开了一枪，乌鸦扑棱着翅膀落在地上。画龙下树时，把乌鸦的窝也捅了下来，包斩闻了一下，乌鸦窝散发出腐肉的味道。

这只腐烂的小手应该是从乌鸦窝里掉下来的。

一个邻居反映，红衣男孩的坟头被挖开，一场突如其来的大雨使得墓地脚印辨识的工作泡汤了。包斩和唐助理以及带路的邻居看着空空的墓穴发呆，

红衣男孩

野地里大雨哗哗。

究竟是谁挖开了这座坟，红衣男孩的尸体儿哪去了？

墓穴里积着水，所有的作案痕迹都随着大雨消失了。仅从目击者邻居的描述上可以判断，应该是有人用绳索将红衣男孩拖出了墓穴，看上去就像是尸体爬出了坟墓。

男孩的母亲已经醒转，声称要把老屋卖掉，再也不回来了。梁教授安抚了一下死者的父母，表示警方会对尸体失踪一事追查到底，直到搞清真相。

回到森林公安派出所后，特案组四人都淋成了落汤鸡，疲惫不堪，唐助理从值班室拿出几件干净的衣服让他们换上。这一天，大家经历了很多匪夷所思的怪事：先是半夜敲门，门上留下了一个绿色厂液手印，然后去死者男孩的老屋调查，树上又掉下来一只手，赶到墓穴勘察时，红衣男孩的尸体不翼而飞……

唐助理泡了一壶热茶，拿出袋装烧鸡和牛肉罐头。大家无心吃东西，只围着桌子喝茶。

梁教授捧着个氤氲升腾着热气的杯子说道：这个案子很蹊跷，每件事都是这么怪异。

唐助理说：我们这里发生的挖坟盗尸的案子并不多。

苏眉说：如果孩子遗体埋得浅，会不会是被野狗啊、野猪啊什么的把坟挖开了？

包斩说：根据现场来看，不像是动物所为，分明是有人挖开了坟，拖走了尸体。

唐助理说：盗尸的目的是什么呢？毁尸灭迹，还是另有其他不可告人的秘密？

包斩突然说：我知道半夜敲门是怎么回事了。

画龙说：难道和乌鸦有关？

包斩说：没错，有人搞鬼，将一只腐烂的小手放在门环的钉子上，然后

悄悄离开。这样做的本意是恐吓我们，让我们退出这个案子。尸液黏糊糊的，散发的腐肉味吸引了一只乌鸦，乌鸦前来啄食，发出敲门的声响，我们开门时，乌鸦就飞走了，还叼走了那只腐烂的小手。乌鸦飞行的速度很快，夜里又看不清楚，所以，我们以为是有人敲门，开门后却看不到人。

梁教授说：乌鸦是一种食腐肉的鸟类，它啄食尸体，并且将一只手叼回到窝里，手正好落在男孩母亲的肚子上。接下来，我们要搞清楚这只手是谁的。

唐助理说：可以和最近离奇死亡的几个孩子对比一下DNA。

梁教授说：有谁知道我们特案组的行踪？

唐助理说：很多人都知道，一些领导很关注案情，市政府、公安局、教委领导都很关心近期的这一系列儿童离奇死亡案，我接到不少询问的电话了。

罪案史上，有过不少动物寻尸的案例。

滇西某地夫妇二人闹矛盾，丈夫把妻子杀害后埋在一个偏僻的滴水坑里，还在周围种植了甘蔗，掩人耳目。坑边每天都聚集着很多乌鸦，后来，乌鸦越来越多，足有几百只，引起了村民的注意，警方认定坑里有腐烂物，最终将丈夫抓获。

奉节县某男子酒醉后掐死六旬老母，埋尸在屋后的土坡。随后，他对家人和邻居谎称母亲精神失常离家走失。他没有想到，母亲养了近十年的黄狗每天对着土坡狂吠不已，有人路过土坡时，老黄狗一边刨，一边不停地向人哀鸣，整个土坡布满狗的抓痕。村长起了疑心，命人刨开泥土，一具裹着毛毯的女尸出现了。

第二天，特案组和唐助理去调查那两名溺死的孩子。两个孩子都在镇上的东阳小学读书，男孩叫蔡明亮，女孩叫蔡小溪，两个孩子都是十岁，上小学三年级，同班同桌。

森林公安派出所距离东阳小学不远，绕了一圈盘山公路，就到了小学所在的镇上。

红衣男孩

镇上污水遍地，弥漫着一股难闻的怪味，又膿又臭，让人怀疑家家户户的马桶都倒在了街上。苏眉昨晚提取了死乌鸦胃内的残留物，连同那只腐烂的小手，以及门上的绿色尸液样本，一起让唐助理派人送到市局化验分析。虽然镇上的味道令人恶心，但苏眉一整晚没吃东西，她看到学校门口有卖茶叶蛋的，想买几个茶叶蛋填饱肚子。

小煤炉上坐着一盆鸡蛋，摊主是个衣着朴实的中年妇女，她把蛋壳敲裂，再放进去煮。

苏眉问了一下价格，竟然卖一块五一个，比其他茶叶蛋要贵。

摊主说：童子蛋，绝对货真价实。

苏眉问道：什么是童子蛋，这不就是茶叶蛋吗？

摊主看苏眉是外地人，咧嘴一笑，回答说：就是茶叶蛋，好茶叶煮的蛋，可香喽。

煮鸡蛋的水看上去黄黄的，上面还浮着些泡沫。包斩闻了一下说：有点像尿膿味。

摊主赞许道：这是童子尿煮的鸡蛋，大补。

画龙勃然大怒，用尿液煮的鸡蛋竟然当街出售，他冲上前想把中年妇女的锅给掀了。唐助理和包斩将其拦住，梁教授劝道：小龙，别胡来，入乡随俗，尊重人家的饮食习惯。画龙这才注意到，镇上的集市口和小吃铺都有这种卖童子蛋的摊点，购买童子蛋的食客络绎不绝。

东阳镇有用童子尿煮鸡蛋的传统，据说童子蛋还申报了非物质文化遗产。他们认为用童子尿烹煮的蛋，是进补的不二之选。

特案组进入东阳小学，他们发现教室走廊上放着一个红色塑料桶，不知道有何用处。一会儿，下课铃声响起，孩子们拥出教室，几个小学生竟然不去厕所，而是直接尿在塑料桶里。

办公室里一位姓茅的青年教师接待了特案组和唐助理。茅老师解释说，吃童子蛋是当地的老习俗，那些卖童子蛋的摊贩或者是要自己煮童子蛋的人

家，会提着塑料桶到各小学去收童子尿。老师和学生都对此见怪不怪，一到三年级的男生们想小便的时候，便会对准教室外的塑料桶。老师还会提醒孩子们，在感冒生病期间不能往塑料桶里尿尿。

茅老师说：我每天吃两个。

包斩问道：童子蛋是什么味道呢？

茅老师说：很香，还有点咸，连蛋黄都是咸的，一次也不能吃多，吃两个是最好的。

茅老师教数学，也是蔡明亮和蔡小溪的班主任。他说：两个孩子很奇怪，他们上学一起来，放学一块儿走，不管在哪儿，都是成双成对，现在又一块儿淹死了，真奇怪。

苏眉说：这有什么奇怪的，两个孩子是一个村里的，上学放学互相照应呗。

梁教授说：你再给我们讲述一下事发当天，两个孩子的表现，他们几点离开的学校？

茅老师说：两人的考试成绩是一样的，都不及格。我怀疑他们俩作弊，互相抄袭，就把他们俩留下补考，离开学校的时候，天都黑了。

包斩说：那时学校里就剩下这俩孩子了？

苏眉说：两个孩子所在的村子离学校挺远，又是山路，你不觉得你也有责任吗？

茅老师说：考试不及格，还作弊，让学生补考有什么过错。再说，这两个孩子和别的孩子不一样，我觉得他们在谈恋爱。

包斩说：现在的孩子也太早熟了吧，两个十岁的孩子谈恋爱？

茅老师说：蔡明亮称呼蔡小溪为堂客。

唐助理说：堂客就是老婆的意思。

茅老师说：学校里的老师和同学都知道他们有不正当的男女关系。

梁教授问道：不正当的男女关系？

茅老师回答：虽然这两个孩子只有十岁，但他们是一对小夫妻！

◎第四十五章　盗尸奇案

走廊上，几个小孩正在拍手唱歌：两只老虎，两只老虎，谈恋爱，谈恋爱。两只都是公的，两只都是公的，真变态，真变态。一些小学生在操场上做游戏，他们往地上摔着一种圆形的卡片，不停地说着脏话。几个孩子玩着手中的溜溜球……上课铃响起，孩子们跑进教室。

校园安静下来，三年级教室里，两张桌子空着，两个孩子永远也不会来上学了。

特案组耐心地等待学生下课，然后进行了讯问调查。事发当天，学校里没有出现可疑的人和异常的事。据说，两个孩子偷过摊主的童子蛋，学校门口卖童子蛋的妇女曾经骂过蔡明亮和蔡小溪。有同学反映，蔡明亮和蔡小溪是娃娃亲，两个孩子一出生就由父母定下了亲事。

蔡明亮和蔡小溪住在同一个村子里，事发当天，因为补考，离开学校的时候天色已黑。

他们的村子名叫蔡庄里，那是一个栽种着很多柿子树的小山村。

学校距离村子很远，山路崎岖难行，两个孩子要走一小时才能到家。

包斩、画龙、唐助理三人重新踏上了这条山路；梁教授腿脚不便，他和苏眉留守在市局，指挥刑警大队对盗尸案展开调查。红衣男孩的尸体不翼而飞，背后肯定隐藏着不可告人的秘密。盗尸有何用途？谁会干出这种伤天害理的缺德事？腐烂的尸体能给盗尸者带来什么？目前这些问题还是一个谜。对比DNA的检测结果发现，森林公安派出所门上的绿色尸液，以及红衣男孩老屋前乌鸦窝里掉下来的腐烂小手，都来自一个孩子——蔡明亮。

城市里的孩子上学和放学，都由家长接送。

山村里的孩子都是自己步行回家，他们的求学之路异常艰苦。

包斩、画龙、唐助理三人将蔡明亮和蔡小溪回家的那条山路重走了一遍。

路的一边是刀劈斧削般的峭壁，另一边是万丈悬崖，常有巨石挡路，雨季来临时，泥沙俱下，埋没巨石，形成一个山坡。山坡上又长满了草，开出野花，泉水从野花和青草中间漫过。这是旅游踏青者赞叹大自然的所在，这是两个孩子走过的艰难无比的路。

一个男孩和一个女孩，都是十岁，他们是一对小夫妻。

他们经历风霜雪剑，走过春夏秋冬，携手同行在黑暗的山路上。

两个孩子淹死在山路边的水潭里，包斩、画龙、唐助理三人仔细观察了一下。该处地势险恶，附近有一株枯死的大树，树的周围有一小块平坦的草地，孩子有时会在草地上玩耍一会儿，遇到下雨会在树洞里避雨。前方是一处羊肠小道，不能排除有人将孩子推下水潭的可能。

绕过水潭，就是这个叫做蔡庄里的小山村。

这个村子没有通电话，唐助理无法用电话联系村委会。他说：村村通电话工程没有全面落实啊，这都什么年代了，有的村子竟然没电话？

画龙说：别说这里，就是京城，也有村子没通电话。现在的贫富差距太大了。

唐助理说：不是吧，京城也有没通电话的村子？

画龙说：密云山安口村——京城最后一个没有通电话的村子。

包斩一路无话，画龙问道：想啥呢，小包？

包斩说：我想起自己小时候上学时走过的那条路，其实，这么多年过去了，什么都没变。

三人向村民打听，找到了村委会。

村支书介绍说，蔡明亮和蔡小溪的父母不在村里，都外出打工去了。父

红衣男孩

母办完丧事还得继续维持生活，丧子的伤痛也抵消不了生活的艰辛。村里只有留守的老人和儿童，几乎所有的青壮年都外出打工去了。

唐助理问道：你们村的治保主任呢？

村支书说：就是我啊，我兼任村治保主任。

画龙说：那原先的治保主任呢？

村支书说：也进城打工去了，在城里当保安。

唐助理说：我们这次来，是想开棺验尸。

村支书说：这怎么行？入土为安，你们要开棺验尸，两个孩子的父母都不在。我是村支书，也做不了主啊，村里人也都会反对啊。

包斩说：你找人通知孩子父母，让他们明天就赶回来。

村支书说：这案子折腾了这么久，最后定为意外死亡，你们公安是不是又有新发现啦？

包斩说：实不相瞒，坟里很可能是空的。

村支书说：空的？不会啊，出丧时，我亲眼看着下葬的。

画龙说：孩子的尸体应该不在里面了。

村支书说：这可是大事，我明天带你们去看看。两个孩子都喊我爷爷，我做主了。

包斩说：只是开棺，用不着验尸，尸体可能被盗了。

唐助理说：我们在别的地方找到了孩子的一只手！

村里人家的祖坟都集中在后山上，当地人称为"老林"。次日凌晨，包斩、画龙、唐助理三人对蔡明亮的坟墓进行了挖掘。不出所料，坟头已被挖开，墓穴里是空的，蔡明亮的尸体神秘失踪。奇怪的是，蔡小溪的尸体也不翼而飞，两个孩子竟然葬在一起。

村支书对此的解释是：两个孩子是娃娃亲，娃娃亲也是夫妻，死了自然葬在一起。

包斩对坟头周边的土进行了采集取样，带回去化验。土中有纸钱，竟然

还发现了鞭炮的碎屑。这是一件很奇怪的事，按照当地的丧葬礼仪，下葬时很少有放鞭炮的，这不合乎情理。

三个孩子的尸体神秘失踪，王令君局长高度重视，主持召开了案情分析会议。到会警员对盗尸动机和尸骸流向进行了讨论，众说纷纭，难有定论。

全国各地发生过不少盗尸的案子，例如新圩附近的多个乡镇发生过十几起尸骸被盗事件，十里店李呈沟盗尸案更是震惊全国，还有龙川镇仁相村，开棺盗尸、砍头剔肉，然后再把骨架偷走……这种令人毛骨悚然的事情，十年来频频发生。

王令君说：结合全国各地的盗尸案分析一下，盗尸有什么用？

苏眉说：有的地方，谁家死了人，下葬后要派人守墓防备，这成了当地怪异的风俗。

唐助理说：这样做是防备有人盗尸，我们这里并不多见。

画龙说：现在全面流行火葬，但是很多地方都拒绝火化。有的死者亲属就高价购买无名尸体冒名顶替火化，然后将死者偷偷土葬。被盗走的尸骸，有的是被用于冒名顶替进行火化。

梁教授说：还有人盗窃尸体出售，制作成人体骨骼标本，用于医学或其他用途。那些开棺盗尸剔肉的案子，大多是出于这种犯罪动机。

苏眉说：这几天，我看过不少盗尸案的卷宗，其中一起就是用来制作标本。盗墓者将尸体头颅砍掉丢弃，刮掉尸身上的腐肉，只盗骨架。卷宗里的照片很恶心，一副棺材顶部掀开，尸骨已被盗走，坟堆旁有个黄色塑料袋，装的是从尸体身上刮下的腐肉。

一位老刑警说：按照迷信说法，长在棺材上的灵芝能吸收尸骸中的营养，因此十分珍贵，药效绝佳，还有的犯罪分子盗取尸骸种灵芝。

苏眉说：盗尸的用途还有一种叫配阴婚。阴婚就是死人和死人结婚。某些地区的农村还有配阴婚的习俗。随着需求的增加，女尸的价格节节攀升，为谋取利润，就有人盗尸，甚至有杀害残障流浪女或站街妓女卖尸配阴婚的案例。

红衣男孩

包斩说：蔡明亮和蔡小溪很可能就是配的阴婚，墓地出现的鞭炮也就有了合理解释。

苏眉说：两个孩子定下娃娃亲，死后，双方父母也许为他们举行了婚礼。

包斩说：没错，他们的葬礼也是婚礼。

画龙说：村支书担心上级批评他搞封建迷信，可能故意隐瞒了这点，让村民也守口如瓶。

王令君说：尽快找到孩子的父母，证实一下此事。

老刑警说：盗尸，尤其是盗窃童尸，还有一种犯罪动机。

王令君说：什么？

老刑警说：养小鬼！

隔世夫妻

第十卷

离此洞口约一千步远的地方才是地洞的真正入口。

——卡夫卡

经常上网的人，千万别搜索这些词语，否则你会后悔的。这些词语是：

莲蓬乳、空手指、琵琶蟾蜍、妹妹背着洋娃娃、Hello Kitty藏尸案、1993年广九铁路广告、幽媾之往生、歌曲嫁衣、巨人观、蜱虫狗、葡萄胎、深海恐惧症、豚鼠实验、恒河浮尸、少女浴室自杀二十天、两女一杯、闲花野草逢春生、蜗牛人、冰恋、冥婚。

◎第四十六章　阴亲冥婚

网络上流传着一张著名的冥婚照片，吓倒过无数人。

隔世夫妻

照片难辨真假，看上去阴森怪异。男的握拳，显得紧张；女的表情呆滞，眼睛上翻，脚竟然是悬空的，有人分析认为此女用木架在背后固定，明显是将她吊着拍照。据说，这是一个活人和死人的结婚照。照片上的女子已经死亡，男人倒插门和女尸结婚，继承家产。

冥婚又称阴婚、鬼婚、冥配等，即家人为了让死去的未婚子女在地下不孤单，为地下有情人找到终身伴侣，便寻求合适的尸体一起合葬。它分为死人与死人以及死人与活人两种。

活人和死人结婚并不多见，但是死人和死人结婚在某些地方已经不足为奇，而且衍生成了三百六十行之外的新职业——阴婚介绍。

在开平，"冥婚介绍所"的广告宣传单竟贴到了居民楼的外墙上。

在余林、吕凉、临分一带，每个花圈店都挂着冥婚介绍的牌子。

这种职业也称鬼媒人，专门帮死人介绍对象，成功配对后收取一定费用。谈妥后，他们会安排两名死者的亲人见面，相亲即看看对方的尸体，刚刚死亡的女尸尤为抢手，供不应求，腐烂或正在腐烂的尸体也有人要。

一个兼职介绍冥婚的花圈店老板这样劝说一个想要配阴婚的家长：你儿子是车祸死的，下面身子都没了，别嫌弃人家了，女娃不就是烂点吗？骨感美，知道不？

配阴婚的家长问道：我要给女方家多少彩礼钱？

花圈店老板说：刚死的女尸，三万多元，就这还常常是有价无市。有个病死的女大学生，长得真漂亮，还是高学历，好多人来抢，最终是四万元成交……你这个，起码也得一万元。

配阴婚的家长问道：要不要请阴阳先生算算八字，选个时辰，还有阴婚仪式是什么样的？

蔡明亮和蔡小溪生前是娃娃亲，死后，双方父母在一天夜里为两个孩子举行了冥婚。

警方找到了当时的一份冥婚结婚仪式主持词，摘录如下：

各位亲朋好友、各位来宾、女士们、先生们：

今天我们齐聚在此，为亡儿蔡明亮与冥妻蔡小溪完婚，使逝者安息，活人得福，今生来世结为夫妻。我宣布，蔡明亮与蔡小溪结婚典礼现在开始：

第一项：鸣炮奏乐，新人就位，来宾就位。（要选择正式结婚仪式的喜庆乐曲，两副棺材放在一起。）

第二项：让我们以热烈的掌声祝福二位新人和双方父母，披红戴花。（先朋亲、后干亲、男方亲属、女方亲属、男方的姐家、女方的姐家，披红就直接披在棺材上，一定不要忘记将部分红披在男方棺材上，花冠戴在女方棺材上面的头部位置，不必放进棺材。）

第三项：宣读结婚证词，双方家长讲话。（双方亲属要对儿女叮嘱几句话，比如在黄泉路上相互照顾等，也可以不讲话，但是仪式中必须有这项。）

第四项：证婚人讲话，亲戚朋友讲话。（亲朋可以不讲话，但是媒人必须致以祝福。）

第五项：拜天地。（抱着新人相框鞠躬代表。）

第六项：结婚典礼礼成，送入洞房。（抬起棺木，吹打手在前引路，扬起花红纸钱，入洞房就是下葬。下葬时放一串爆竹，不可在坟墓中陪葬童男童女。）

蔡明亮和蔡小溪的父母对警方声称，他们给孩子举行冥婚，不是强求而来。亡故者要成冥婚，家中会提前出现预兆。有一对冥婚者，男方的母亲梦见死去的儿子抱着一个大石球，儿子刚死的时候，家里很不安稳。几天后，儿子的一个女同学就因病亡故了，女同学正好姓石。整理遗物时，发现了女孩写的情书，原来两人相爱已久，女方家长就主动找来配了阴亲。

蔡明亮和蔡小溪的母亲怀孕时，遇到了一个赤脚道士。

村口有一株老柿子树，熟透的柿子落在地上摔得稀烂。太阳快要下山了，两个身怀六甲的妇女看到一个赤脚道士坐在树下捡柿子吃，就上前要那道

隔世夫妻

士给肚子里的孩子算命。

赤脚道士说：你们肚子里的这两个孩子，生下来是一男一女。

蔡明亮的母亲说：神了，我刚做过B超，是个男孩。

蔡小溪的母亲说：我倒是没做B超，我吃辣，都说怀孕时爱吃辣子，生女孩。

赤脚道士说：你们生下来的两个孩子，前生是一对夫妻，这辈子也是夫妻，来世投胎还要做夫妻。这就叫三世夫妻，姻缘天定，谁也更改不了。不过……女孩是双夫之命。

蔡小溪的母亲问道：啥子是双夫之命？

赤脚道士飘然离去，临走前说：以后你就知道了。

两个孩子出生，果然是一男一女。双方父母都信了道士的话，给两个孩子定下了娃娃亲。

两个孩子的童年在那个破破烂烂的小山村度过，那里有很多柿子树。蔡明亮和蔡小溪一起割猪草，一起爬树摘柿子，一起上学，一起在树洞里避雨，一起用手指划着树桩上的旧伤疤。

山风吹过峭壁，下起一阵花瓣雨，树洞周围的草地上落英缤纷。

同村的几个女孩在草地上跳皮筋，蔡明亮趴在一块光溜溜的大石头上写作业；蔡小溪一边跳一边唱，这是一首在山村和乡下广泛流传的嫁女童谣：

> 雏菊花，艾莲花，打扮的女娃坐下吧！
> 豌豆花，石榴花，打扮的女娃起来吧！
> 车前花，马蹄花，出嫁的女娃上车吧！
> 牡丹花，金钱花，出嫁的女娃下车吧！

蔡明亮跑过来拍手笑着说：堂客，婆姨，老婆，媳妇，妻子，爱人，恋人，心上人……

蔡小溪板着小脸瞪他一眼，往地上吐口水，说道：呸，不要脸。

同村的孩子开始起哄，一个孩子说：你们长大了，就要结婚的。

蔡明亮继续喊：新娘子，我有一个新娘子。

蔡小溪说：呸，你休想，我是不会和你结婚的啊。

蔡明亮说：你上辈子是我的新娘子，下辈子还是我的新娘子，算命的道士说的。

两个小孩子除了玩耍外，还要干一些农活。山村无煤，四季烧柴，雨季来临前，家家户户都会储存一些柴火。孩子放学的路上要砍柴，捆扎成垛，用棒棒挑着回家。蔡小溪力气小，只能捡拾枯树枝，捆的柴垛很小，挑回家就要挨骂。蔡明亮每次都砍一大担柴，像小山一样挑在肩上。嬉皮笑脸的孩子在干活的时候会瞬间长成一个朴素沉默的农家少年。有一次，天下着雨，蔡小溪捡到一截枯树干，她艰难无比地扛在肩上，咬着牙一步一步地向前挺。

蔡明亮说：扔了吧，你扛不动。

蔡小溪说：我不。

蔡小溪累得实在走不动了，蔡明亮接过了她肩上的柴火，两个人的柴火在一起，由他一个人扛着。一担小山似的硬柴再加上一截树干，对十岁的孩子来说，这是难以承受的重量。

他每走一步都挥汗如雨。

她从心里佩服他力气大，但是她不知道他有多累多苦。

回家的路还有多远呢？

夫妻不就是如此吗？一起共患风雨，一起承受生活的重担。

天下着雨，两个孩子就这样走在雨中，沉默不语。他挑着一大担柴，她给他打着伞。雨淅淅沥沥，下得不大，但他的衣服全湿了，头发和眉毛上挂着水珠，她不忍心看着，只好走在他的身后。两个孩子不懂什么是爱情，他们一起上学，一起走路，一起砍柴，一起约定上市里的中学，他们长大以后要结婚。她看着他的背影，心里有种说不出的难受，呜呜咽咽地想哭出声来。

蔡明亮问道：怎么了，小溪？

蔡小溪说道：我想哭。

蔡明亮说：那你就哭吧。

小女孩大哭起来，忍了千百年的泪水终于夺眶而出……

那一刻，时光之河的并蒂花上，一只蝴蝶对另一只蝴蝶说：梁兄，别来无恙？

如果存在前生和来世，洛阳有牡丹盛开，济南有荷花凋谢，金陵的梅花飘香，北京的月季绽放，我们前生和来世的家又在哪里？

从西晋到东晋，从长安到西安，三生三世，你还在我心底。我们一直形影不离，蝶翅约定了双飞，是谁在亭子里弹琴？杏花纷纷，纷纷落在地上变成尘埃。

从楷书到行书，从长笺到短信，万水千山，我还在你梦里。我们始终没有分别，指尖承诺了同醉，是谁在草桥边送君？纷纷大雪，大雪铺满归来时的道路。

最初的一拜天地，也是最后的一谢天地。

◎第四十七章　尸油棺材

特案组重新对案情进行了综合分析，刘海波、蔡明亮、蔡小溪三个孩子的尸体神秘失踪，法医以前的验尸报告显示，三个孩子的身上都没有挣扎和抵抗痕迹。唯一的疑点是额头上都有针孔，但都不是致命损伤。

三个孩子离奇死亡，三具童尸神秘失踪。

特案组感到很没面子，案件调查到现在，竟然连一个犯罪嫌疑人都没有。

大雨破坏了墓地的脚印，以及现场工具的痕迹，涉及此案的遗留物不多。包斩将所有的物证都放到桌子上，其中有大量的调查走访笔录，墓地泥土

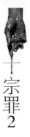
样本，门上尸液手印，一只乌鸦，一只骷髅断手……还有一张道士画的符，这张黄色纸符贴在刘海波吊死的那间阴森老屋里。

梁教授说：我们是不是走进了一个误区，这到底是一起案子还是三起案子？

包斩说：还有可能是两起案子。

画龙说：我们一直是并案侦查，我也觉得太主观了。

苏眉说：接下来，不如集中精力调查一个。

包斩说：时间不等人啊，有些事情一旦错过就晚了。要是我们提前两天去验尸，尸体可能就不会被盗了。凡是与案件有关的线索都要进一步调查核实，补充搜集新的犯罪物证。

画龙说：盗尸炼鬼，也要作为我们下一步的侦查方向。

梁教授看着桌上的物证，那张黄色的符引起了他的注意：立刻找到画这张符的道士！

警方在此案的调查过程中，遇到了两个道士：山下庙会上那个赤脚道士以及将符箓贴在死者刘海波老屋里的道士。蔡明亮和蔡小溪的母亲怀孕时也有一个道士给她们算过命，只是时隔已久，两个孩子的母亲已经记不起那道士的容貌。

十三岁的男孩刘海波身穿红裙、脚坠秤砣，吊死后，因为死得蹊跷，男孩父亲请了一个道士到家里驱鬼辟邪。男孩父亲对警方说，那道士是在庙会上请来的，他并不认识那道士，也不知道他住在哪里。根据描述，那道士瘸着一条腿，四十多岁，穿一身蓝布道袍，戴着紫阳帽，背着个布包，做完法事后，画了一张符贴到男孩吊死的老屋里。

梁教授觉得这张符透着古怪，上面的图文诡异莫测，请教了道教人士后，发现这竟然是一张勾魂符。道士符箓有多种，一般用来招神、祈福、驱鬼、镇邪、祛病、禁咒、超度等。画符勾魂属于茅山一派的邪术。

隔世夫妻

　　包斩和画龙一起去庙会上寻找瘸腿道士，游人如织，熙熙攘攘。两人根据刘海波父亲描述的体貌特征进行了走访，一个捏面塑的民间艺人反映，这瘸腿道士以前也在庙会上算卦，但是这段时间没有来摆摊。庙会上有两个算卦的道士，现在只剩下那个赤脚道士坐在角落里，正盘腿坐着闭目养神。

　　画龙和包斩走上前询问，赤脚道士摇摇头，称自己没有见过什么瘸腿道士。

　　画龙和包斩对视了一下，赤脚道士整天坐在庙会上，肯定见过那瘸腿道士，却矢口否认，很明显在刻意隐瞒着什么。

　　包斩突然问道：道长，上次见你时你也是坐着，你是不是腿有残疾呢？

　　赤脚道士说：我腿不瘸，不是你们要找的那人。

　　画龙说：腿瘸也有可能是假装的，你和我们要找的那位道士年龄、体态都很像。这样吧，你跟我们走一趟，辨认核实一下。

　　赤脚道士说：去哪里？

　　画龙说：公安局啊，你可能得在那待一晚上，辨认结束后要没你事，再把你送回来。

　　赤脚道士说：我不去。

　　画龙说：那我们只好得罪了，警察办案，你总得配合一下嘛。

　　包斩说：除非你告诉我们那瘸腿道士在哪儿。

　　赤脚道士叹了口气，说道：好吧，我带你们去找他。

　　瘸腿道士姓李，名叫彦宏，并不是道教中人，平日里招摇撞骗，早年还冒充过和尚，他假扮道士的原因是因为他的头发长了出来，又懒得剃头。此人懂些歪门邪道，嗜赌如命，有一次出老千时被人打断了腿，但依旧执迷不悟，算卦骗来的钱都到赌场里挥霍去了。

　　赤脚道士深以为耻，简单介绍了一下这位同行，带着包斩和画龙走进一个茶楼。

　　楼下摆着几张麻将桌，楼上空间狭小，喧闹嘈杂，足有四五十人围着几张桌子聚赌。

　　赤脚道士悄悄指点了一下，瘸腿道士没穿道装，面相猥琐，眼窝深陷，

正在赌牌。

包斩暗示画龙不要轻举妄动，画龙本想当场带走瘸腿道士，但是楼上赌徒众多，其中或许有瘸腿道士的死党，一旦亮出警察身份，众多赌徒以为警察抓赌，肯定乱哄哄抱头鼠窜，混乱中很可能让瘸腿道士跑了。为了万无一失，包斩用手机悄悄通知了唐助理，要他带一队民警过来。

瘸腿道士玩的是扎金花，这种赌博的扑克游戏在全国很流行。玩法简单，底钱十元，每人抓三张牌比大小。别小看这种市井赌局，一局下来输赢不小。瘸腿道士吃着烧鸡，喝着酒，面前已经赢了厚厚的几沓钱。

为了防止别人起疑，画龙也加入赌局，坐在瘸腿道士对面，包斩和赤脚道士站在背后看。

一局下来，画龙的钱就要输光了。瘸腿道士运气绝佳，一桌人的钱都被他赢走了。

细心的包斩发现，瘸腿道士时不时地把一小块鸡肉扔到地上，这是个怪异的举动。

瘸腿道士看到赤脚道士，脸色一变，对周围的赌徒嘟囔道：我再要最后一把，就不耍了。

赤脚道士笑着说：早点收手为好。

包斩把自己的钱包给了画龙，画龙下的暗注，不知道自己底牌，跟了三圈后，赌桌上八个人，只有两人放弃，看来大家抓到的牌面都不小。又下注了几圈，其余人扔牌放弃，只剩下包斩和瘸腿道士。

瘸腿道士喝口酒，一副胜券在握的样子，他的牌是三个A。

画龙掀开一张底牌，是个红桃2，又小心翼翼掀起第二张，是个黑桃6，牌面非常小，赢得可能性几乎没有。画龙也懒得看第三张了，骂了一声晦气，想要放弃，赤脚道士却悄悄对他摆了摆手。

画龙问包斩和赤脚道士说：这牌也要跟啊？

赤脚道士点点头。

隔世夫妻

这时，一个人大喊道：快看窗外！

所有人都呆若木鸡，虽然是正午时分，天上竟有很多蝙蝠在飞，除了这种夜行动物出现外，还传来了公鸡打鸣的嘹亮声音。远处，阳光消失的分界线快速地掠过大地，近处，树的光斑已成了月牙形。一切影子都变了形状，每个人的影子都在自己脚下缩成了一团，看上去就像是无影人，大街上鬼影绰绰。人们抬头看天，忽然间，天空变得一片黑暗。

包斩喊道：日食。他突然想起赤脚道士说过的那句话——半夜鬼敲门，白日鬼上身！

日食过后，赌局继续。瘸腿道士亮出了自己的牌：三个A。玩过扎金花的人都知道，这是最大的牌了。不过他们的玩法有点特别，并不抽出大小王，大小王可以配成任何一张牌。

画龙开牌，三张牌竟然变成了大小王和一个A！

按照规则，这是一个同花豹子，大过三个A，瘸腿道士输得一败涂地。在很多地方，大小王也被称做大小鬼。瘸腿道士后来向警方供述——他将鸡肉扔到脚下是喂小鬼，小鬼能帮忙变牌，可那赤脚道士法术高强，竟然可以把牌变成鬼。

唐助理带领一队警察冲上楼，赌徒们炸了窝似的作鸟兽散，想要逃跑，屋里一片混乱，有的跳窗而逃，有的手忙脚乱地把自己的钱装兜里，还有聪明的赌徒把赌资悄悄地掏出来。画龙和包斩冲上去，将瘸腿道士死死地按倒在地。

瘸腿道士面对审讯百般抵赖，只承认自己赌博，没做其他违法乱纪的事。

警方在他家里搜到了一具小棺材，只有鞋盒那么大；在后院发现了一个隐蔽的萝卜窖，地窖内有一具烧烤过的童尸。经过DNA鉴定，正是上吊死亡的那个红衣男孩。

瘸腿道士见事情败露，对盗窃童尸炼鬼一事供认不讳，但是拒不承认杀人。

画龙怒不可遏，给了他一记耳光，说道：你不是会算卦吗？有没有算过今天会挨打？

瘸腿道士警告画龙说：你别打我，我有小鬼护身。

画龙又给了他一记响亮的耳光，说道：你的小鬼在哪里？你叫出来看看。

瘸腿道士说：就在我身边。

苏眉说：你少装神弄鬼。

梁教授问道：小棺材里装的是什么？

瘸腿道士回答：尸油。

唐助理问道：尸油是怎么来的？

瘸腿道士回答：用蜡烛烧烤童尸的下巴。

◎第四十八章　豢养小鬼

因为迷信而发生的罪案数不胜数，除了贫穷，愚昧和无知也是犯罪的根源。

川南彩民周远德迷信"杀人中奖"，砍死了母亲、哥哥和嫂子。

东北妇女宋玲听信"喝血治病"，残杀九岁儿童喝血，潜逃十四年后被抓。

瘸腿道士家里有一本线装的茅山古书，他说是一个背着包、戴着帽子的陌生男人送给他的。上面记载着养鬼、降头、下蛊等邪术。这本用毛笔手抄的线装书上说，养小鬼是控灵术的一种，因为过于阴损，有伤功德，所以很少有人修炼。养小鬼必须拘提一个冤死的童魂才能驱使，童魂一经拘提，无法轮回。小鬼的来源有两个，一个是夭折的幼童，另一个是被凶杀的小孩。其中能力最强的是凶死时穿红衣的男孩，可炼做厉鬼。各派都有自己的炼鬼法术，有

的到凶杀现场或灾难现场，用冥纸蘸童血，然后作法聚魂，七七四十九天成凶煞；有的开棺从难产死的孕妇肚子里取童尸修炼，或者盗墓挖取凶死的童尸，以木头刻成小棺材，用蜡烛烧烤童尸的下巴，小棺材接尸油，然后炼制小鬼。

苏眉在网上搜索了"养鬼"，可以看到不少明星养小鬼的传闻，荒唐可笑，难辨真假。

瘸腿道士对盗窃童尸炼鬼一事供认不讳，但是拒不承认杀人。

他说孩子父亲请他去做法事，得知孩子的生辰八字后，觉得这个穿红衣吊死的男孩非常适合炼鬼，就画了一张勾魂符箓贴在墙上，在夜间刨坟挖尸，按照那线装书上的方法养小鬼。说来也怪，自从养了小鬼后，瘸腿道士逢赌必赢，索性也不去庙会摆摊算卦了，以赌为生。很多赌徒怀疑他出千，但是找不到证据。

警方使用了一些特别的手段，包括测谎仪，但瘸腿道士的口供中没有出现矛盾和漏洞，顺利地通过了测谎。他声称对蔡明亮和蔡小溪的死亡概不知晓，这两个孩子的尸体失踪和他无关。因为找不到第三者作证，又找不到其他充足证据，警方只好将他关押收监。

案情走进了死胡同，包斩私下里去请教赤脚道士，希望他能指点方向，但是遭到了拒绝。

赤脚道士说：这个世界上，其实没有人死，因为人人都会死。

包斩说：那你呢？

赤脚道士说：像我们这种修炼之人，早已不在这个世界，换句话说，我早已死了。

所有的侦查线索都中断了，案情走进了死胡同。蔡明亮和蔡小溪的尸体失踪，警方也只能以盗尸来立案侦查。尽管特案组每个成员都凭借自己丰富的

办案经验，认为两个孩子死于凶杀，但是没有尸体，无论是警察还是法官都束手无策。

对于红衣男孩的死亡，一位法医坚持自杀的观点，他在案情分析会议上说：

这就是一起简单的自杀案，这和我遇到的一些有异装癖的性变态者性窒息死亡现场差不多。有的人在悬空吊着或者窒息时也会产生快感。红裙子应该是小孩自己收集的，异装癖患者大都收藏有几件异性服装。另外，农村的小孩有几个不会打拴牛结的？绳结打得很专业以及捆绑的圈数并不一定代表深刻的含义。木质横梁在农房也很常见，至于秤砣可能是为了增强快感。我觉得小孩这么自慰至少有一段时间了，只不过父母忙于打工并不知晓。

特案组不可能总是耗在这一个案子上，因为有的案子历经几年甚至十几年都无法破获，每个公安局都有大量积案。特案组四位成员商议决定，三天后离开山城，撤出此案。

这意味着特案组自成立以来，第一次失败而归。

然而，梁教授宣布了一条假消息：特案组将长期入驻山城，不破此案，誓不罢休！

苏眉不解其意，她问道：梁叔，咱们为什么要撒谎呢？

梁教授说：小眉，这可不是撒谎，这是我的最后一条计策了。

画龙说：要是案子不破，咱们真的要在这里待上几个月，甚至几年？

梁教授说：三天后，咱们就离开。

苏眉说：我还是不懂，这么撒谎有什么用。

包斩说：也许有可能逼迫凶手进一步行动。

画龙说：那要是没用呢？

梁教授反问道：即使没用，对我们来说有什么损失吗？

苏眉说：特案组的名誉。

第十卷

隔世夫妻

梁教授说：我们的名誉重要还是两个孩子的生命重要？这是最后一线希望了。

第二天，梁教授高调宣布了特案组将长期入驻山城的消息。当天晚上，东阳小学教职工宿舍发生了一起火灾，那个茅老师被烧死了，他也是蔡明亮和蔡小溪的班主任。

警方经过火灾现场勘察及相关技术鉴定，获得了燃烧残留物中存在助燃剂等线索，还发现了其他故意纵火的蛛丝马迹。尽管火灾现场作了一些伪装，但是结合调查情况，确定这是一起系他人故意纵火的刑事案件。

警方在茅老师家的衣柜里发现了一具密封在塑料袋中的腐败童尸，正是死者蔡明亮。因为火灾及时扑灭，童尸没有被焚毁。警方打开塑料袋，发现童尸少了一只手。

梁教授听到这个消息后，眼睛一亮，他说道：看来，这个茅老师就是此案的突破口。

画龙说：我们调查时和这个茅老师有过接触，但是没发现什么可疑之处。

苏眉说：凶手果然沉不住气了。

包斩说：茅老师要么是知情者，要么是帮凶，绝对不会是真正的凶手。

梁教授说：很明显，这是有人栽赃陷害他！

包斩说：我本来有点怀疑那个唐助理，但现在可以将他的嫌疑排除了。

梁教授说：是啊，如果警察是凶手，不会使出这么拙劣的陷害手法。

特案组在森林公安派出所入驻的当天晚上，一个神秘人曾经用腐尸小手在门上留下掌印恐吓他们，这说明此人了解特案组的行踪。市公安局、当地政府、教委的领导都曾经给唐助理打电话询问案情，他们知道特案组的落脚点。特案组一直怀疑凶手就隐藏在其中，然而这些人都位高权重，在没有证据的情况下无法展开调查，只能让此案搁浅。

梁教授虚张声势，化被动为主动，逼迫凶手狗急跳墙进一步行动。

包斩进行了现场模拟，纵火者应为两人或者两人以上，应该和茅老师认识。

包斩分析认为：茅老师刚从师范大学毕业，还未结婚，单身居住，凶手抬着一个纸箱敲门进入他的住所，谎称送他一台电视机，或者找了其他借口，茅老师不知道纸箱里装着个死孩子。凶手使用某种方式将茅老师制伏，将纸箱里的童尸取出，放置在衣柜中，然后在茅老师身上浇上汽油焚烧，纸箱也被焚毁，警方在现场找到了一些残片。

社会上开始流传一名老师杀死两名小学生的恐怖说法，一时间，满城风雨，沸沸扬扬。

特案组严守案情，不动声色，对茅老师的社会背景和人际关系展开了详细调查。茅老师是当地人，父母都是退休教师。他的人际关系很简单，每天的生活范围就是宿舍和学校，两点一线，业余时间喜欢打篮球。

包斩和苏眉到茅老师所在的东阳小学进行调查，他办公桌上有个上锁的抽屉，打开后发现里面放着一个存折，账户上有整整十万元。存折下面还压着一张白纸，纸上有一行手写的怪异数字。

十万元，对于一个刚从师范学校毕业没几年的青年教师来说，也算是一大笔钱。

茅老师的父母不知道这笔钱是哪里来的，无法说明来源。

特案组分析认为，茅老师是帮凶，这笔钱是酬金，纸上的怪异数字应该是一串密码，肯定含有深意。茅老师意识到自己可能会被杀害，但是自己又不太确定，只是有一种隐隐的担心，所以他留下了一行数字提示给警方，以防不测。如果自己死了，就能通过这种方式暗示警方谁是杀害他的凶手。

茅老师写下的这行怪异数字是：

［23/1/14/7］［10/21］［26/8/1/14/7］［19/8/1］［23/15］

◎第四十九章　冰恋温柔

特案组预感到这串密码将成为破案的关键，梁教授打算召集国内的密码专家进行破译。

包斩说：不用请什么专家，我和小眉姐差不多就能搞定。

梁教授说：你这么有信心？

包斩说：很显然，如果茅老师想暗示凶手是谁，肯定不会把密码设置得太复杂太难。设置密码的原因，应该是防备别人无意中看到，所以密码应该很容易破解。

画龙问苏眉：你会破译密码吗？

苏眉说：当然，破解你的信用卡密码轻而易举，国外有电脑高手还能让自动取款机吐钱。

包斩先检查了一下这张纸，没有发现隐形的墨水、针刺的小孔以及字母的凹进，可以排除这些隐蔽的加密方法。破解密码需要找到正确的捷径，苏眉用电脑先尝试了维热纳尔、矩阵等复杂的密码，试图找到这串数字所对应的逻辑，但是没有解码成功。

包斩提示道：小眉姐，别考虑最复杂的，就用最简单的试试。

苏眉说：电脑擅长的就是复杂的运算，简单的，自己想就是了。

包斩看着那串数字说道：最小的数字是1，最大的数字是26，这是不是一个暗示？

苏眉想了想，说：会不会是……

包斩和苏眉脱口而出：英文字母！

26个英文字母，按照顺序，对应如下：

a	b	c	d	e	f	g	h	i	j
k	l	m	n	o	p	q	r	s	t
u	v	w	x	y	z				
1	2	3	4	5	6	7	8	9	10
11	12	13	14	15	16	17	18	19	20
21	22	23	24	25	26				

1对应a，2对应b，依此类推……

这串密码——〔23/1/14/7〕〔10/21〕〔26/8/1/14/7〕〔19/8/1〕〔23/15〕——就变成了：

〔w/a/n/g〕〔j/u〕〔z/h/a/n/g〕〔s/h/a〕〔w/o〕

去掉密码分割号就是：wang ju zhang sha wo。

这样就一目了然了，然后按照拼音的习惯去念，就是"王局长杀我"。

特案组大吃一惊，他们第一个想到的就是王令君局长。特案组四位成员不敢相信，这位在老百姓心中德高望重的局长难道会和此案有关？特案组在森林公安派出所入驻的那天晚上，那个留下血手印的神秘人会不会是王局长，或者是他派去的？可是这样又说不通，因为特案组就是王令君局长请来的，王局长没有理由再去恐吓威胁特案组。

案情急转直下，特案组在会议室里一言不发，气氛有些沉闷。

苏眉想向白景玉秘密汇报，但又觉得不妥。

包斩说道：wang ju zhang会不会是一个人名？

画龙说：王居章、王菊璋，可以组合成不少人名呢。

梁教授说：我明白了，除了王令君局长外，肯定还有其他姓王的局长。

这时，王令君和唐助理走进会议室，梁教授把密码破译结果坦诚地告诉了王令君。王令君也很吃惊，他想到了一个人——市教育局王局长。七名蔡姓

隔世夫妻

男孩离奇死亡，教育局的王局长也多次询问案情，他也知道特案组的行踪，而且，在那天晚上也给唐助理打过电话。

王令君说：我倒是认识这位王局长，他爱人也是教委的，夫妇两人在教育系统位高权重。

唐助理说：我听说，老两口都病了。

王令君说：那我们正好借这个机会去看望下他们。

王局长和爱人参加完一场追悼会后就得了奇怪的病，夫妇二人都嘴歪眼斜，还流口水。有人说他们是中邪了，经过医生检查，王局长是中风，他爱人患了面瘫。

王局长体态肥胖，中风时嘴歪眼斜，流着口水，手指捏成鸡爪状。

局长爱人的脸也歪向一边，家人发现，她的双眼呆滞，眼珠无法转动，看东西时要转动身子，眼神直勾勾的，非常吓人。面瘫是一种多发病，患者面部往往连最基本的抬眉、闭眼、鼓嘴等动作都无法完成。

王局长的中风很快就治好了，但是又检查出他患有冠心病。

局长爱人记忆力下降，经常失落物品，记不住别人姓名，这是老年痴呆症的征兆。

王局长和爱人都住进了高级干部疗养院，疗养院设备豪华，医疗水平全国一流，坐落在风景名胜区，有山林、草坪、温泉和湖泊，风景秀丽，景色宜人。这种高级干部疗养院门口禁卫森严，有哨兵站岗。除了干部外，还有某些特殊职业的人员。能住进这里的病人，都会被列为重点医疗保健照顾对象，其治疗费用按一定级别报销或补助。

王令君、唐助理、特案组一行人驱车来到疗养院，院里有护士搀扶着病人散步，还有的病人在湖边钓鱼。此时正是黄昏，晚霞满天，夕阳如血。

王令君和唐助理去联系院长，要求院方配合警方立即展开对王局长的调查工作。

特案组四人打听到主治医生的办公室，想从侧面先了解一下王局长夫妇的情况。办公室门没有反锁，特案组推门而入。医生正坐在办公桌前聚精会神地看着电脑，有人进来，他慌忙关掉了显示器，问道：你们是谁？怎么没敲门就进来了？

画龙亮了一下证件说：警察，找你了解点事？

医生惊愕地问道：什么事？

梁教授说：关于教育局王局长和他爱人的情况。

医生说：哦，我是他们的主治医师，不过现在……

特案组一行人注意到这名医生的腿一直在颤抖，神色也有些慌张。

医生尴尬地解释说：我有抖腿的习惯，从小就有，改不了，只要坐着，就会情不自禁地抖腿。办公室里太狭小，咱们去接待室吧。

抖腿医生站起来，引着特案组向外走，包斩闻到他身上有一股痱子粉的味道，这让包斩感到很奇怪。大家离开办公室，抖腿医生正欲关门的时候，电脑里突然传来一个怪异的声音：

我给你穿上小红鞋好不好，你要乖哦。

特案组四人听得清清楚楚，这是抖腿医生的声音。抖腿医生面色煞白，冲进门想要关掉电脑，包斩和画龙意识到这人非常可疑，跑过去拽住了他。苏眉打开显示器，画面上出现了令人毛骨悚然万分恶心的一幕，这是抖腿医生自拍的视频。

画面上，他正在给床上的一具童尸穿上红鞋子。

这具童尸就是蔡小溪！

小女孩的尸身上还穿着白上衣蓝裙超短水手服，裙带上有红色蝴蝶结，手上戴红边长手套。抖腿医生依偎着女尸的脸庞，温柔地说道：我给你穿上了水手服，这是日本的学生制服呢，我要把你打扮成月野兔，你会变身吗？代表月亮干掉我吧，我已经为了你神魂颠倒了，好吧，你又在诱惑我了，我要扑倒你，不能向妈妈说哟……

隔世夫妻

这个抖腿医生是一个恋尸癖，特案组感到极其震惊，立即将他拘捕。那些自拍的画面触目惊心，王令君和唐助理只看了一眼，就扭过了头。包斩和画龙立即前往抖腿医生的住所寻找蔡小溪的尸体，苏眉对抖腿医生的电脑进行了详细检查，从中可以看出这个变态者的心理路程。

抖腿医生离过婚，后来谈了一个女朋友，女朋友在网上发过这样一个帖子：

本来呢，我的男友是一个很正常的人啊。

我们的第一次也很正常。

可是到了第二次的时候，他却要求我扮尸体，还说什么那样更好玩，囧死我了，但我是很爱他的啊，所以当时极不情愿地答应了。

谁知道噩梦才刚刚开始，以后每次房事他都要我扮女尸，而且在整个过程中只要我稍微动一下，他就会很生气地对我怒吼。他是个医生，有着体面的工作，平常不是这样子的啊，我现在正在用他办公室里的电脑上网。

真希望晚上不要到来。晚上，我担心，我男友让我再装死人啊。

这样的日子我真受不了了！

他到底是不是恋尸呢？

另外，我在他的电脑里还发现了很多恶心的照片。

因为此事，抖腿医生和女友分手了。苏眉从电脑的网购记录中发现这个恋尸癖者买过充气娃娃，还自拍过使用充气娃娃的视频。

抖腿医生对警方说，充气娃娃已经不能给他带来满足，后来就厌倦了。他在职业生涯中接触过大量尸体，然而都是一些老年人，皮肤干皱，没有美感。他越来越需要一具少女的尸体，这个念头让他发疯了，他供述了自己挖坟盗窃女尸的犯罪经过。

当天晚上，他对女尸作了一些简单的防腐处理，第二天，买了很多漂亮衣服。

他给女尸起了一个名字：月野兔，这是日本动漫中的美少女，更多的时候他亲昵地称呼她：小兔。用视频自拍是为了记录下珍贵的画面，他知道女尸并不能保持很长时间。自拍视频中，他对女尸说的话，以及一些梦呓似的自言自语，都足以说明他的迷恋程度。

◎第五十章　老年痴呆

除了茅老师外，抖腿医生也是此案的知情者。为了减轻自己盗尸的处罚，争取戴罪立功，他向特案组举报了王局长夫妇"杀童续命"的重大案件。

王局长名叫王祈天，爱人叫杨可，夫妇二人官运亨通，在教育系统位高权重。

夫妇二人参加完一场追悼会后就病了，医生说是中风，家人却以为是中邪。老两口嘴歪眼斜，流着涎水，面部表情非常骇人。中风治愈后，又检查出两人患上了别的病，王祈天局长有冠心病，爱人杨可短时间内记忆力减退，医生诊断说这是老年痴呆的轻度症状。

老年痴呆患者，通常还能活八到十年，然而新的研究显示这种病的存活率正在不断下降，目前，患上该病后大约还能存活五年。根据疾病的发展和认知功能缺损的严重程度，可分为轻度、中度和重度。

局长夫妇住进了疗养院，杨可一夜间好像老了十岁。

为了增强记忆，这个老妇人每晚临睡前都喃喃自语：我叫杨可，我丈夫叫王祈天，大儿子叫王冬青，二儿子叫王秋白，小女儿叫王春红……

一个人苍老的过程就是忘记，把一切都慢慢地忘记。

首先忘记小时候的家，胡同里的那一株老榆树，还有住在破房子里的小

伙伴。

我们的破房子，我们的家，那时还没有拆迁。

那时，葡萄栽种在远未建成的长廊两旁，尚未做成拐杖的湿木头堆在墙下，长出了木耳。

童年的小伙伴，那些一起玩耍的无忧无虑的孩子，长大后都去了哪里？为什么再也没有了那种亲密无间，而是渐渐疏远，平时为生活而忙碌，每年只能相聚一次。

接着要忘记的是上过的学校，门前的路，那条小路要经过一片树林、一个池塘，还有一个沙堆，这是最普通的景色，然而对我们来说，永远地保存在回忆中。

然后忘记的是初恋，懵懂的感情，那最初的惊鸿一瞥，就栽下了玫瑰的种子。

一位少女站在清晨的风中等待几小时，一名少年站在黄昏的雨中守候到晚上。

夜来香在天亮前凋谢，为什么那些花儿现在再也看不见了呢？

少年时代就这样过去了，甚至没有来得及和你去那公园的荷塘路上散步，没有来得及和你去看最后的一谢天地。一个人现在的位置就是从前到过的地方。

长大以后，开始怀旧，听老歌，然后谈几次恋爱，结婚，还要出几次轨，精神出轨和肉体出轨有什么区别吗？一生中，我们要爱上很多人，再把这些人一个又一个地忘记，只剩下当时的一些碎片。想起一个人，能想到的也仅仅是一些细枝末节。比方说，因为一个人会喜欢上一座城市，但是多年后，我们只记得这座城市，却忘记了当初在这座城市里的那个人。

最后，忘记我们的家人，我们的父母和子女。坐在椅子上，苍老，呆滞，谁也不认识了。生命就是这样，一个又一个被遗忘掉。

最终，忘记自己。

忘记吃饭和站立，终日躺在床上，一遍一遍地问护士：我是谁啊？我是谁啊？我叫什么……

局长爱人的记忆障碍日益严重，这个在教委雷厉风行的女强人，变得行为紊乱，在疗养院常捡拾破烂，乱拿他人之物，甚至忘记穿衣服，当众裸体。主治医生为了让她增强记忆，就诱导她反复说出一些事情，还有自己的名字、年龄等。有一次，局长爱人向主治医生说起自己"杀童续命"之事，但是第二天她就忘记了。

很多凶手会在无意中泄露秘密：彭光雷酒后狂言称自己抢劫杀害过四名出租车司机；何卫明嫖娼时说了一整夜梦话，身边的小姐第二天报警，从而抓到这个在逃通缉犯。

主治医生是个恋尸癖，他没有选择报案，而是盗墓挖取了尸体。

事后，特案组调查出王局长夫妇贪污受贿、渎职侵权、为子女谋取私利等问题。查实贪污受贿金额达五百多万元，房产六套，另有三十多万元不能说明来源。王令君局长震怒，亲自率人抓捕，将其一网打尽。王局长夫妇的子女供述了整个案情，小女儿王春红和茅老师在同一所师范大学毕业，两人谈过恋爱，但是父母一直反对。他们和茅老师有过这样一段对话：

王春红：我爸中邪了，我妈也快不行了，现在我们都急死了。

王秋白：是啊，小茅，你要是能帮忙，就是我们的大恩人了。

茅老师：看你们说的，我能帮啥忙？

王冬青：我们去道观里烧香祈福，人家道观住持说了，命是注定的，运是可以改变的。

王秋白：那住持可是个活神仙，他和我爸关系不错。

茅老师：真的有活神仙？

王冬青：有个很出名的主持人叫啥来着，她都相信有活神仙。

茅老师：怎么改运？

王春红：可以续命啊，泰国的白龙王给多少大官续过命啊。

王秋白：我爱人有个同学，负责一些领导的私生活，不少大官都找高人续命，这是真的。就是寻找和自己命格相近，最好相同的人，用别人的命续自

己的。

王冬青：小茅，先不说这个，咱们以后也是一家人了。

王春红：小茅，你还爱我吗？

茅老师：当然，别人给我介绍对象，我都不去。

王春红：那你要帮我，救救我爸和我妈。

王秋白：爸妈有点糊涂，反对你们的婚事，等爸妈病好了，我会劝劝他们的，放心吧。

王冬青：包在大哥身上。

王秋白：这些钱，不多，我和大哥先给你们买房交首付，其他的你们慢慢还。其实我们家有房子，但是这样就少了你们青年人努力向上的干劲了。

茅老师：谢谢大哥和二哥，今天怎么了？我有点受宠若惊，呵呵。

王冬青：当然，以后你和春红真有难处，只要你开口，我当大哥的还能看着不管？

王春红：等爸妈身体好了，我们就办婚事。

王冬青：你的工作也可以升迁一下，小茅，你要当一辈子小学老师啊？

王秋白：那你可配不上我妹妹，开玩笑，一家人不说两家话。

王冬青：升迁的事你先保密，免得你们同事说闲话。

茅老师：大哥、二哥，你们怎么说，我就怎么做。

王冬青：唉，其实就是为了咱爸咱妈，我也不想这样，以后我得多捐款。

王春红：是这样，道观住持说，"艹"字头加一个"祭"字，艹头表示"廿缺一"，我也不懂。

茅老师：什么意思？

王冬青：要找你们学校的两个姓蔡的小孩，带出来，做个续命的仪式。

王秋白：就像是药引子。

王春红：能救活我爸我妈，咱爸是冠心病，咱妈老年痴呆，这都是治不好的病。

茅老师：我想一下……

王春红：这个续命仪式得在夜里进行，你能在晚上把他们偷偷带过来吗？

茅老师：学生放学就回家了，不过，我可以让他们补考，拖延下时间。

王春红：嗯，这样也行。

王冬青：其实，仪式吧，咱们也看不到，你就把两个孩子偷偷带过来就行了。

这个每天吃两个童子蛋相信能治病的茅老师，面对爱情、升迁、房子的诱惑，最终选择了妥协，被拉下水，成为这起极其荒唐的"杀童续命"案的帮凶。事后，学校里的同事都扼腕叹息，说这个青年教师太傻，但是也有一些人认为，在如今这个物价飞涨的时代，面对房子和美女，哪个穷小子能经得起诱惑？

特案组介入调查后，王局长的子女坐不住了，为了防止东窗事发，他们先是对特案组进行恐吓，后来迫于无奈，将茅老师杀死灭口。

扑朔迷离的案件到这里真相大白。

瘸腿道士盗尸是为了养小鬼，红衣男孩的死因，警方后来始终没有查明。

抖腿医生盗尸是因为他是个恋尸癖，这个变态在盗尸的时候吓了一跳，刨开坟墓，里面竟然有两具尸体。他盗走蔡小溪的尸体的第二天，王局长的子女把另一具尸体也盗走了。

王局长的子女杀害蔡明亮和蔡小溪是为了给父母续命，后来盗尸是想嫁祸给茅老师。

特案组后来逮捕了道观的住持以及举行"续命"仪式的相关人员，案件到此画上句号。

蔡明亮和蔡小溪被重新安葬，他们睡在坟墓里，不再分离。她看着小河在他身上流过，他看着鲜花在她身上盛开。每过一年，他们的手就接近一点，拥在一起的时候也化做了尘埃。

特案组逮捕王局长爱人杨可的时候，这个患有老年痴呆症的老妇人正坐在疗养院的长椅上。她的嘴角歪斜，眼神呆滞，患有面瘫的脸看上去恐怖骇人，她转过身子，直勾勾地看着眼前众人，同时在自言自语：我是杨可，我爱人是王祈天，我大儿子叫王冬青，二儿子叫王秋白，小女儿叫王春红……我杀

隔世夫妻

小孩，给我续命。

　　夕阳如血，落叶满地，她坐在长椅上，膝头放着一本书。书的最后一页，写着一行数字：

　　［7/1/14］［24/9/5］［4/21］［26/8/5］［23/15］［1/9］［14/9］［13/5/14］

（本册完）

图书在版编目（CIP）数据

十宗罪 . 2 / 蜘蛛著 . —长沙：湖南文艺出版社，2011.7

ISBN 978-7-5404-4983-4

Ⅰ . ①十… Ⅱ . ①蜘… Ⅲ . ①长篇小说 – 中国 – 当代

Ⅳ . ①I247.5

中国版本图书馆 CIP 数据核字（2011）第 094107 号

上架建议：文学·悬疑恐怖

十宗罪 2

作　　者：蜘　蛛
出 版 人：刘清华
责任编辑：丁丽丹　刘诗哲
监　　制：蔡明菲
策划编辑：柳　易
文案编辑：张建霞
版式设计：利　锐
封面设计：荆棘设计·张　雪
出版发行：湖南文艺出版社
　　　　　（长沙市雨花区东二环一段 508 号　邮编：410014）
网　　址：www.hnwy.net
印　　刷：北京鹏润伟业印刷有限公司
经　　销：新华书店
开　　本：787×1092　1/16
字　　数：250 千字
印　　张：19.5
版　　次：2011 年 7 月第 1 版
印　　次：2015 年 4 月第 8 次印刷
书　　号：ISBN 978-7-5404-4983-4
定　　价：26.80 元
（若有质量问题，请致电质量监督电话：010-84409925）